夫君們笑一個

【卷二】

晴空

逍遙紅塵／著　柳宮燐／繪　晴空部落格　http://sky.ryefield.com.tw

夫君們笑一個

情竇終於開

【卷二】

逍遙紅塵 著
柳宮燐 繪

晴空

目錄

第一章

救人者，是誰？

「淩寰，你是人我是妖，真不悔跟我在一起？」

「淩寰，你以血起誓，我亦以血許你同生共死，從此你命牽繫我身，希望你不悔這妖血。」

「淩寰……」美豔的女子淚如雨下，抱著懷中氣息全無的男子，面對著雄偉的城牆，「等我，為你復仇之後，我就來尋你。」

一幕幕，在嵐顏的眼前飛過，還有那一片片的紅，鮮豔如血的花瓣，讓她想要伸手，卻怎麼也抬不起沉重的手腕。

「珞伽，若是為妳，不悔入魔、不悔成妖。」

「珞伽，我不要與妳同死，只求和妳共生。」

那聲音，為何這般熟悉，溫柔得彷彿能滴出水了，讓嵐顏的心都軟化了。只是她所熟悉的這個聲音，並不是這麼溫柔的語調。

是誰，夢裡的這個人是誰？

而且喉嚨好乾，她要喝水。

不對，不是水，水解不了她的渴，但是她好渴。

口中嗚咽著，彷彿有什麼東西滴上她的唇，溫熱的，卻是滿滿的香甜。

她舔著，舌尖上舔到一點點甜美，但是為什麼這麼少？不夠啊，她還想要，要很多很多。

溫熱的肌膚貼上她的唇，那甜美的味道又滴了進來，刺激著她的唇舌，她喉嚨間發出一聲歡愉的咕噥，吮吸著。

一口又一口，不夠啊還是不夠。

當那肌膚動了動，似乎要離開她的唇瓣時，嵐顏發出不滿的囈語，一口咬了上去。

不准，不准拿走！

耳邊，又聽到了那溫柔的嗓音，依稀還有暖暖的手撫過她的臉龐，「妳這個貪心的傢伙，不要咬我，會疼的。但是妳可以盡情地吸，吸飽了為止。」

那聲音，和夢中人一模一樣，一樣的溫潤、一樣的輕柔，輕易地撫平了她的焦躁，尤其那濕潤的甜美入口，心頭的飢渴也得到了滿足，她安心地吮吸著。

身體像是乾涸的大地被甘霖滋潤，她舒服地歎息著，卻還是有些捨不得放開，又吸了兩口，直到自己撐得再也嚥不下。

「真是貪心啊，我都快被妳吸乾了。」那聲音再度傳來，嵐顏這才依依不捨地放開了唇。

當那溫暖離開唇畔，她還是發出了不滿的哼聲。

她想要的，不是再吸那甜美。而是那暖暖的溫度、那溫柔的聲音。

而對方，彷彿知道她的想法似的，輕柔地對著她說：「我不走，我就在妳身邊。」

依稀，有一個溫暖的身體貼在她的身邊，臂彎環抱著她，她無意識地扭動著，尋找到舒適的位置，昏沉沉地睡了過去。

當一抹亮色逐漸瀰漫上眼簾，沉睡中的嵐顏神智被一點點拉扯醒來。

討厭啊，真的好討厭，為什麼陽光來得這麼早，她還沒睡夠呢。

慢慢睜開眼睛，印入眼簾的是床邊輕舞的白紗，透過白紗床帷，似乎是一間敞開的竹屋，只是這屋子沒有門窗，四面都是輕柔的白紗，讓她恍如在仙境中一般。而此刻，白紗被風吹起，輕輕柔柔地飄動，陽光穿過了縫隙，在她的臉上晃動，最終將她晃醒。

空氣中，點點的浮塵在陽光下飄著，外邊，鳥兒啾啾的鳴叫聲不絕於耳，生機勃勃的景象，讓她的心也雀躍了起來。

環顧四周，簡單卻清雅，有一種怡然世外的悠閒感，可見竹屋主人的獨具匠心，可是……這是哪兒？

她死了？不可能！她明明記得，就在自己昏迷前，似乎有人出現。

可是那人是誰？她努力地回想，可怎麼都想不起來。

還有夢中，她記得有人抱著自己，擁著自己入眠的，還在自己耳邊不斷地說著什麼話……

她側首看著身邊，床榻旁空蕩蕩的，連人影都沒有。

果然，這一切都是自己的夢境，居然夢到男人，也不知道為什麼，那男人還與自己說了一夜的話。

那個夢中的男人叫什麼來著，淩寰？為何這名字總覺得有些熟悉，可仔細想，卻是什麼都想不起來。

她是睡傻了嗎？

嵐顏在床上呆了許久，發現腦中一片空白，肚子裡空空如也，咕嚕嚕地直叫喚，果然肚子餓的人是沒有思考能力的。

嵐顏跳下床，光裸的腳尖踩在竹製的地面上，有些微微的涼，卻是說不出的光滑舒適。

一襲白衣瀉地，在她腳踝旁微微飄蕩，瑩潤的珠光在衣衫上點點閃動，她的手撫過，軟韌的觸感，是她之前在封城時都不曾擁有過的。

她踩在地上，伸手撩開簾子，明媚的陽光投射在她臉上，讓她有一瞬間的失神，不禁伸手擋在臉前。

暖暖的陽光，舒服得讓人歎息，她卻更加疑惑。

如果她沒記錯，昏倒前的自己穿著一身冬天的棉衣，城中還下著雪，分明是冬季，可是現在……這樣的陽光，一身單薄的長裙，卻半點也不覺得清寒。

自己到底睡了多久？還是說，此刻她已不在原來的城裡？

那這裡，又是什麼地方？

還有，到底是誰把她救走了？

管輕言嗎？這個想法才一入腦海，就被嵐顏否定了，以她對管輕言的瞭解，這種地方絕不是他喜歡的，他只會把自己丟在破廟爛屋裡，而不是這種世外出塵的地方。

那還有誰？絕塵嗎？更不可能，他是個小和尚，這裡雖然清幽，卻沒有禪味，而這裡的每個布置，都顯出主人的高雅，更不可能是那個只知道念經的木頭會安置的地方。

她踩下竹梯，前方小溪潺潺，清澈見底的溪水中，偶爾可見一尾魚兒愜意地游動，甩甩尾巴翻起小小的浪花。

溪水的中央有一塊大石佇立，那塊褐色的大石頭上，端坐著一個人影。

一身淺淺的綠色，就像她身旁這竹林一般，但在清澈透明的溪水和褐色的大石頭映襯下，卻又是那麼奪目。

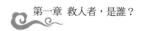

一個背影，與這方天地融為一體，讓她想起一個人：白羽師傅。

可是又有些不同，白羽師傅是超然世俗的，任何景色都不及他的縹緲仙氣；而這個人則彷彿融入了這方景色中，青嫩的顏色，讓人只覺得溫柔。

不期然的，嵐顏想起了昨日耳畔的聲音，如果聲音有顏色，大約在她心中就該是這般的。

看那身形，應該是名男子吧？

嵐顏走到溪水邊，揚起了嗓音叫喚：「恩公！」

應該是他救了自己吧，她這麼喊應該沒錯吧？

不過那人就像是沒聽見一般，身體不見動一下，怡然地面對小溪。

「恩公！」嵐顏再叫一句。

還是沒反應。

「恩公！您聽到沒有？」嵐顏提氣，已經不是叫，根本是吼了。

對方不動，就是不動。

「恩公！您要是聽到就回個頭吧！」這一嗓子喊得連身旁的竹枝都猛搖了一下。

但眼前的人還是不理她。

看髮色，烏黑發亮，如一潭凝墨，怎麼看也不像是個眼昏耳聾的老者啊。

她索性蹚進水裡，朝著那個人走了過去。

她就不相信，看不到這個人的反應。

站在他的身後，目光越過他的肩頭，她看到對方正執著一桿竹枝，在——釣魚。

釣魚？

她有點憂傷地看看那竹枝，再看看自己的腳下，剛才蹚水那麼大的動靜，還可能有魚嗎？

嘩啦啦的溪水在她腳下打著轉，水溫剛好，很舒服。雪白的小腳丫踩在水裡，剛剛好淹沒過腳面。

這樣的淺溪，也能有魚？這不是逗她嗎？

一時壞心大起，嵐顏抬起腳丫，在水中蹦蹦跳跳，故意把水濺得四處都是，她要讓他徹底釣不到魚。

不過她似乎打錯了算盤，那青碧色的衣衫上被染了點點的水暈，由深變淺，身影卻還是手執釣竿，不動如山。

越是如此，嵐顏心中的好奇越盛，若不是顧及著對方可能是救命恩人的分上，她只怕早就跳到面前伸臉看對方是誰了。

「恩公啊，你是不是昏過去了啊？」她忍不住開口。

心頭的好奇，卻越來越濃烈了。

這樣的人委實沒有見過，她現在極度想要知道，眼前的人到底是誰？因為這背影，看上去總覺得在哪見過似的。

不管了，她索性繞到了對方的面前，「恩公，您能說句話嗎？」

嵐顏的眼睛，停留在對方的臉上，她實在太想知道，這個人到底是誰？

當對方的面容一入眼，嵐顏表情一僵，市井地爆出一句：「我草！」

第二章

猴子臉怪人

嵐顏見過神祕的人，卻沒見過這樣搞神祕的人。

有人的神祕是高貴的，拿著姿態端著架子，讓人想靠近又不敢靠近，想探索又畏懼，在對方隱藏的表象下被無形的壓制。

嵐顏在剛醒來時就是這樣的感覺，陌生的地方、不熟悉的人，還有莫名其妙銜接不上的記憶，都讓她有些小心翼翼的忌憚。

可是，所有的一切，都在看到這張臉後，變了。

「哈哈哈！」嵐顏捂著肚子大笑，伸出一隻手指著對方，哪還顧得上對方是不是恩公，先笑了再說。

戴面具的人多了去，什麼金的、銀的、青銅的，鑲嵌著寶石的，封城中的貴胄公子們也偶爾會戴著面具出入某些場合，可是眼前這位……

一個誇張的猴子臉，咧著似哭似笑的表情，濃墨重彩的顏色，瞬間把之前在嵐顏心中樹立的恩公形象給踢飛到了天邊。

這恩公腦子有病吧？

嵐顏腦海中的第一個反應就是這個。

那人手中的釣竿悠悠然地收了起來，面具之下，漆黑的眸光挪到她的臉上，停留。

「恩公，原來您是活的啊？」嵐顏誇張地叫出聲。

面具後的眸光，依稀泛起笑意，那雙深邃的眸子無聲彎了起來，即使在這麼可笑的面具之下，她依然覺得那眼睛漂亮極了。

不僅漂亮，還……

那釣竿在他手中晃了晃，輕輕敲上她的頭頂，嵐顏一縮脖子，吐了吐舌頭。

「是不是您救我的？」她問著。

那詭異的猴子臉，望著她，輕輕點了點頭。

對著這麼一張臉，真是想恭敬都恭敬不起來。

嵐顏看著他，一眼，又一眼，才不確定地開口：「我是否在哪裡見過您？」

這一次，那雙眼又無聲彎了起來，就在嵐顏猜測的時候，迎面一條魚丟了過來，正好砸在她的臉上。

水花在眼前炸開，外加強勁的魚尾啪地一下打上眼眶，嵐顏猝不及防之下，被打了個眼冒金星，腳下一個踉蹌，倒退了兩步，想要穩住身形。

奈何長長的裙子吸飽了水，猶如強韌的水草般纏住了她的雙腿，可憐的嵐顏腳下一亂，一屁股坐進了水裡。

水花四濺，手中的魚還在扭動，險些跳出了她的手掌心。

情急之下，嵐顏雙手死死抱住手中的魚，身體歪倒，整個人在水裡打了個滾。

一瞬間從頭濕到腳，被弄濕的頭髮貼在眼前，遮擋了所有的視線，她狠狠地壓著手中的魚，趴在溪水中。

「噗。」耳邊傳來一聲輕輕的笑聲，悠悠蕩蕩飄進了嵐顏的耳內。

嵐顏下意識地抬頭，朝向聲音的來處，可惜頭髮擋在眼前，什麼都看不到。

她一隻手狼狽地抱著魚兒，一隻手狠狠撩開眼前濕淋淋的頭髮，可惜她看到的只有一個走遠的瀟灑背影。

一抹幽幽的青綠色，瞬間隱沒在竹林間。

她抱起魚兒，飛快地跟上他的步伐，追了過去。

這山林之間，所有的一切都是原始而自然的，長長的竹筒引著泉水，緩緩地流進水缸裡，一旁的花圃裡，幾株青嫩的草兒迎風搖曳，卻看不出是什麼品種。

她看到那背影佇立前方，似乎是在等她，連忙幾步追了上去，喘著氣開口：「恩公！」

氣還沒喘平，對方修長的指尖上閃過一道利刃光芒，小巧精緻的匕首在他指尖上跳動，晃動著陽光，刺著嵐顏的眼睛。

好漂亮的手指！

嵐顏在心底剛感慨完，對方手一晃，那匕首就朝著她甩了過來。

不是吧，這是親手救了再宰掉的意思？

嵐顏眼明手快，雙手一抬，將那尾大魚擋在臉前。匕首狠狠地紮進魚身裡。

她從魚後伸出腦袋，笑得無賴，「恩公，下手太狠了吧？」

他看著她的笑，微微偏著臉，不知道為什麼，她就覺得對方在笑她。

那手指著她，慢慢地、懶懶地，挪到了魚身上，點了點。

「這是讓我……」嵐顏看看魚，猜測著：「剖魚？」

猴子的怪臉點了點，給了她肯定的答覆。

嵐顏的臉一下垮了下來，她好餓，為什麼不能先給點吃的再讓她幹活啊？

「咕嚕……」肚子發出大聲的哀鳴，對方胸膛輕輕震了一下，她知道自己又被嘲笑了。

「我好餓，幹不了活。」她可憐巴巴地說著。

那腦袋搖了搖，繼續指著魚。

眼見著討價還價無用，嵐顏恨恨地嘆了口氣，抱著魚走回溪水邊。

一邊剖著魚，一邊嘆氣又嘆氣。

好餓，她好餓，也不知道到底睡了多久，怎麼這麼餓呢？

這種餓，不僅是在肚子裡，而是從骨子裡散發出來的，而且身體好懶，懶到不想動，只覺得又餓又渴。

匕首看上去小巧精緻，卻鋒利無比，三兩下動作，就已經弄得漂漂亮亮，嵐顏把魚丟進溪水中洗著，耳邊傳來衣衫簌簌的聲音。

她斜眼看去，那青碧色的衣衫又落回了大石頭上，悠悠然地坐下，隨手抬腕就唇，清幽笛音緩緩飄送開。

竹風陣陣，溪水幽幽，笛曲聲聲，在這樣的風景之下，一個披頭散髮渾身濕透的女子，正揮舞著匕首，凶殘地刺著手中的魚，一下、一下又一下。

真是焚琴煮鶴的煞風景啊，她就是那個煞風景的人！

而他，就是那個讓她煞風景的人！

她有氣無力地問著：「恩公啊，你是不是故意的啊？」

連尊稱都不想用了，直接喊你了。

她知道這個人大多時間是不理自己的，也不指望他會回答了，嵐顏自說自話，讓別人聽去。

沒想到那笛曲一停，人轉過了身，衝著她微微一點頭。

挑釁啊，赤裸裸的挑釁啊！

算了，看在他是救命恩公的分上，她還是忍了吧。

「恩公啊，我是不是睡了很久啊？」她餓得頭昏眼花，恨不能現在面前就有一大堆吃的讓她塞進肚子裡，虛弱地問著。

那似哭似笑的猴子臉，又點了點頭。

嵐顏很嫌棄那個面具，怎麼看都像是在嘲諷自己一般。她更嫌棄對方不說話只點頭的姿態，簡直就是故作清高冷豔。

「恩公，我的同伴如何了？」藏在心裡很久的話，終於問了出來。

醒來時，她還幻想著，或許能看到管輕言和絕塵，可惜這短短的時間相處下來，她能夠明顯感覺到，恩公似乎並不熟悉輕言和絕塵，那……他們如何了？

那天管輕言讓她趕快跑之後，他是否躲過了那批人的追殺？還有絕塵，當時的他身受重傷，可有人救治？如果恩公是在她最危險的時候救下她的，至少應該知道絕塵的情形吧？

不料對方身體一挪，居然轉了回去，拿著屁股對著她。

這是什麼意思？

她想也不想，拎起手中的魚，轉到他的面前，「恩公，你快告訴我，我的同伴怎麼樣了？絕塵如何了？輕言哥哥是否安全了？」

她明顯感覺到，眼前的人影僵了一下，臉慢慢抬起來，疑惑地看著她，但是疑惑之餘有濃濃的怒意。

對，是怒意，她絕對沒有感覺錯誤。

可是，他在生什麼氣？

任嵐顏想破了腦袋，也想不出一個合理的理由。

「你快告訴我，他們到底如何了？」嵐顏急了，說話也急促了起來。

那人，卻平靜地遙望前方，直接無視了她。

「是不是他們死了？」嵐顏咬著唇，小聲地猜測著。

沒有回答。

「你告訴我啊！」對方越是這般的反應，她越是有種不祥的預感，可眼前的人，就像是鐵石心腸般打死不開口說話，讓她問不到半點訊息。

想起患難與共的管輕言，想起被自己無辜拖累的絕塵，嵐顏再難以按捺自己的心情，她把魚朝著男子用力甩了出去，看也不看的轉身就走，「算了，你不說，我自己去找！」

才邁出一步，一股巨大的力量扯住了她的後脖領子，用力一扯中，她腳下不穩，再度一屁股坐進了水裡。

水花四濺中，那條魚又一次迎面撲來。

命運總是如此的相似，在不久前，她就遭受了同樣的待遇，而這一次依然沒能躲過被魚砸的下場。

她手一晃，將魚打到一邊，手指如電探出，此刻的她已經不管對方是否是自己的救命恩人了，下意識地出手攻擊。

就在她出手的瞬間，還在為自己的魯莽感到不好意思的時候，詭異的一幕發生了，那人影微晃，瞬間從她眼前消失了。

消失了……

消失了……

嵐顏愣了，而就在下一刻，肩頭一麻，嵐顏整個人如木雞般呆立當場，所有運行的真氣都被截住。她被點穴了，而她甚至連對方怎麼出手的都沒看到。

耳邊，又聽到了一聲輕輕的嗤笑，那人的手揚起，拎起地上的魚，左手拾起一根竹枝在地上畫著，嵐顏的眼前慢慢延伸出一行字：想走出這裡，贏了我再說！

這算什麼？

嵐顏深深覺得自己掉入了狼窩裡，以對方的身手來說，如果自己要打贏他，那要多少年？一百年夠不夠？

天哪，誰來救救她！

沒有人聽到她內心的呼喚，就連眼前這個不知道是恩公還是仇人的人，都懶得再看她一眼，轉身走了。

可憐的嵐顏，就這麼呆呆地站在水裡，一身濕淋淋的，外加一股魚腥味。

人生，有時候就是這麼倒楣。

第三章 詭異的魚湯

嵐顏在水裡站足了兩個時辰，氣血終於流動順暢後，她一屁股坐在地上，揉著自己發麻的雙腿，再看看天色，已是漸昏暗。

一天，就這麼悲催地過去了。

好不容易有了些許力量，她艱難地撐起身體，跌跌撞撞地朝著竹屋走去，在溪水裡泡了兩個時辰，還被凍結了內力，她好冷。

衝進竹屋，小桌前某人正悠然而坐，面前放著一個精緻的砂鍋。而她，也管不得他了，直接撲上床，扯過被褥把自己團團包裹起來。

冷，好冷。

濕答答的衣服，濕答答的頭髮，貼在身上實在太難受了，粗魯的某人才懶得理會，在被子裡隨手扯下那件濕衣服，丟了出去。

女子的矜持，她才沒有，當了十幾年的男人，光著亂跑早就是習慣了，此刻凍得半死，哪裡會管對方看不看得到？

不過那人顯然也沒有窺探的心思，慢條斯理地揭開手中的砂鍋蓋子，一股濃香撲來，嵐顏的肚子又不爭氣地大叫了一聲。

這聲音，在安靜的小屋裡格外清楚，她按著肚子，看著對方慢悠悠地盛好一碗湯。是魚湯，都燉成了奶白色，她的眼睛看得明明白白，好饞。

那人慢慢站起身，端著魚湯走到她的面前，把碗遞給她。

魚湯，鮮美的魚湯，那一陣陣的香味勾引著嵐顏的味覺，她的眼珠子都黏在湯上了，有湯還有魚肉，白色嫩嫩的魚肉飄在湯上，她狠狠地嚥了口口水。

她應該要有尊嚴的拒絕，然後豪氣干雲地說寧可餓死，也不要被人囚困而死嗎？她是有志氣的少女。

還是一巴掌打掉那碗湯，大聲地呵斥他不該用食物來引誘自己，讓他滾遠點？

嵐顏感覺到，對方的目光正停在自己身上，等待著自己的選擇。

最後她大咧咧地伸出手，接住碗，毫不猶豫地湊到嘴邊，坦然地喝了口。

「真不錯。」她感慨了聲，伸出手朝著那個人，「有筷子沒？」

一雙銀筷子遞到她的手中，她胳膊夾著被子，手中的筷子快速地在湯碗裡撈著，魚肉入口，嫩滑得幾乎瞬間就化了。

手在碗裡扒著，大口大口地吃著，呼嚕的聲音充斥著房間，她明顯感覺到對方的詫異和驚訝，轉而變成不贊同的目光，但她懶得看一眼。

和管輕言在一起久了，吃東西都是用搶的，哪裡顧得上吃相，而且這樣吃起來才香不是嗎？

風捲殘雲地吃掉一碗，嵐顏把空碗一伸，「再來一碗。」

那人倒也不惱，拿著碗又給她盛了一碗，送到她的手邊，她看也不看的又吃了起來。

這魚肉真好吃，又細又嫩，還沒有魚刺，不知道是什麼魚呢？

看她吃得開心，那人索性把一鍋的魚湯都端到了她的面前，任由她吃。

嵐顏也不客氣，吃到後來，索性抱住整個砂鍋，埋頭苦吃。

這魚湯裡也不知道放了什麼調料，讓她越吃越想吃，明明肚子已經撐得不行了，卻還是想再吃一口。

直到已經再也喝不下一滴湯，她才輕輕打了個嗝，把砂鍋丟給對方。

「吃飽了，我睡覺了。」既然不讓她走，那她就不走，吃了睡睡了吃，有本事困住她一輩子好了。

那人不說話，默默地把砂鍋收好，走了。

嵐顏翻身，把被子蓋在身上，閉上眼睛睡覺。

說是睡覺，但是心裡還是紛亂異常，所有表面的平靜，都不能掩蓋此刻的煩躁。

一覺醒來，什麼都變了，想要問一個答案，也問不出半個字。

這個人救了自己，卻不讓自己走，到底是什麼想法？別說問了，她想從臉上看出一點端倪，都只能看一張猴子臉。

那嘲諷的表情，讓她看到就一肚子火。

從當年的少宮主，成了喪家之犬，又成了乞丐，現在倒好，再成了剖魚的奴婢。這境遇啊，真是讓人悲喜交加。

她的煩躁從心頭升起，漸漸爬滿全身，不僅是煩躁，而且熱。

火在心頭燃燒似的，她在床上不住地翻身，到後來連翻身也阻止不了那種燥熱。

嵐顏跳下床，床幃被風吹起，吹在身上涼涼的，卻還是吹不散身上那股炙熱的感覺。撩開紗簾，她三步併作兩步跑到溪水邊，想也不想地整個人撲進水裡。

冰冷的溪水淹沒全身，嵐顏能感覺到一股清寒瞬間浸入肌膚，但是心頭的燥熱卻怎麼也消散不掉。

這是怎麼了？她好難受，難受得幾乎喘不上氣，誰能告訴她，到底發生了什麼事？

茫然地抬起頭，看到頭頂的月亮，一輪滿月，銀輝撒在她身上，似乎有什麼貼上肌膚，被一點點地吸收。

這感覺好充盈，就像剛才吃飽了的感覺一樣。

卻又有點不同，因為這種充盈的感覺像是吃不飽似的，越吸越多、越吸越想要。

而與此同時，她心頭的火氣與燥熱也越來越多，眼前月亮的光暈也彷彿恍惚了起來，她的記憶開始逐漸清晰。

在封城時的那些嘲笑、那些不屑，在家中被追殺，與輕言討飯時的辛苦，與絕塵差點被殺時的慘狀，都一點點地浮上心頭。

她要報仇，她要殺了那些看不起她的人，她要讓那些人嘗到欺辱她的痛苦，嵐顏從未有現在這般瘋狂的仇恨感。

殺人的欲望，因為此刻的充盈感而越來越強烈，她從水中爬起來，毫不猶豫地揮舞著手，身體裡的真氣隨著動作散出，打在竹葉上，劈里啪啦亂響，碎裂的竹枝滿地都是。

正當她努力控制自己的時候，面前衣袂聲響起，落下一道身影。

她努力睜著迷亂的雙眼，看到一抹青碧色在眼前飄蕩。

是那個男人！

而那人一言不發，隨手拍來兩掌，嵐顏連躲閃的想法都沒有，狠狠地彈出兩指，兩人勁風相交，嵐顏被重重地彈開，身體落回水中，再度打了個滾。

她又跳了起來，撲上去。

剛才被他打中，她不但不覺得疼痛與難受，反而有種說不出的舒坦，釋放的舒坦。

而那出手，也讓她的殺意徹底被激發，他不是說打贏他就能離開嗎？那就打好了！

一指又一指，一掌又一掌，對方袖角微拂，她就被彈開，但是嵐顏不氣餒，馬上又跳起來，再度出手。

而此刻，她的記憶也無比清晰，曾經學過的所有內功和招式，都如浪潮般在腦海中洶湧而至。而她的手腳也從未如此靈活過，每一招、每一式都銜接得無比巧妙，將鳳逍給她的那本書上的招式，連綿不絕地使出。

她一直在盡情地釋放著，一套打完，再接著一套，翻來覆去地打著。而對方就簡單多了，只要一揮手她就滾一邊去了。

而他彷彿在折磨她一般，每次揮的方向，都是溪水裡，於是她就像一頭在水中打滾的驢，一次又一次地掙扎，一次又一次的爬起。

當她又一次被打翻在水裡的時候，嵐顏的手撐上，想要起身，身體卻一軟又落了回去。身體猶如被巨石碾壓過一般，她就像被人一腳踩扁的蛤蟆，再也鼓不起半點力道。

水波沖刷過身體，一陣陣的冰冷，她開始哆嗦，神智也因為這種冰冷而一點一滴恢復。

她剛才在幹什麼？對著自己的恩公出手，甚至帶著殺意地出手？

一雙繡著雲紋的絲履出現在嵐顏的眼前，她慢慢抬起頭，露出一絲抱歉，低聲道：「對不起，我瘋了。」

除了瘋，她似乎也找不到任何理由為自己的行為開脫。

那目光居高臨下地看著她，甚至沒有半點表情波動，朝她伸出手。

嵐顏看看那隻伸來的手，卻沒有遞出手，而是想要自己撐起身體，可身體才支起一半，又無力地趴了回去，再看自己的手，已是不受控制地顫抖著。

才這麼一會兒，怎麼自己就虛脫成這樣了？

她茫然地看著，水面的倒影中，不僅是她的手在抖，她的整個人都在抖，微微泛白的光線中，就連唇也在抖。

泛白的光線？

她這才發現，天色不知道什麼時候已微亮。

天哪，難道她發了一夜的瘋，抓著恩公打了整整一個晚上？

可是時間為什麼卻彷彿只有一瞬間？

難怪她會累成狗，被人摔了一夜，還能起來才怪。

恩公的手已經縮了回去，她現在再請他幫忙拉一把，會不會有點過分？

正想著，對方的身體卻蹲了下來，衣衫下襬落入水中，轉眼就被暈染成墨色。

他雙手抄入嵐顏的腰身下，微微一用力，她已被翻了過來，被對方打橫抱在懷裡，溫暖的氣息貼上她冰冷的肌膚，頓時有了些許暖意。

冰涼的肌膚？

嵐顏低頭看去，嚇得張大了嘴。

比發瘋更可怕的是什麼？是對著恩人發瘋。比對著恩人發瘋更可怕的是什麼？是裸體對著恩人發瘋。

她還整整瘋了一夜！

當這個認知入腦，饒是臉皮厚如她，也不得不低下頭，不敢再看對方。

當身體再次沉入溫暖的床榻時，嵐顏才恍然大悟地想起——剛才那麼好的機會，她怎麼沒趁機掀了恩公的面具？

豬腦子就是豬腦子，走到哪都是豬腦子！

第四章 挨打

也不知道是不是發瘋發累了，這一覺睡得又懶又長，如果不是肚子一聲聲地叫，餓得直抽筋，嵐顏還真不願意醒來。

壓著咕嚕直叫喚的肚子，她看著外面斜斜落下的夕陽，揉了揉眼睛。

竹屋旋梯處，青碧色的身影坐著，遙望著夕陽，紅紅的霞光落在他的身上，彷彿穿透了身體，有些不真實。

竹風陣陣，遠處沙沙的響聲幽幽傳來，紗簾被吹起，在他身後撩動著，那身影也是若隱若現的，俊美秀雅。

一時間嵐顏看呆了，竟然忘記了肚子餓。

記憶中，依稀有種熟悉的感覺。一方竹屋，一個在門前夕陽下坐著的人影，然後自己從身後環抱上他的腰身，卻被反手拉入懷中。

紅暈浮上嵐顏的臉頰，她用力地搖了下頭，趕緊把腦海中的畫面搖晃掉。

她剛才竟然看到，不，是感受到，兩唇相貼的纏綿黏膩，還有身上如火燒般的燙，猶如親身經歷一般。

這一動，竹榻搖出咯吱咯吱的聲音，原本背對著嵐顏的人立即回過身，一張猴子臉遠遠地面對她。

什麼想像、什麼感觸、什麼心神搖盪，都在看到這張臉之後飛到了九霄雲外，嵐顏嫌棄地咧了下嘴。

有些人是背影殺手，看來說的就是他吧？

戴著面具神神祕祕的，也不知道是不是臉上長瘡或者毀容？她壞心地想著。

「我餓了。」嵐顏大咧咧地開口，完全把之前自己裸體對著人家又打又踹的事情拋到了腦後，根本沒有不好意思的表情，賤賤地伸了個懶腰，「太陽都下山了，睡了一天呢。」

冰白的玉指伸在她的眼前，輕輕地搖了搖。

「啥？」嵐顏不解。

那手指豎起三根，指了指外面。

「你說我睡了三天？」

那猴子臉點了點，嵐顏張大了嘴，說不出話。

又睡了三天？難怪她餓成這樣！只是，她不過是發了一夜的瘋，怎麼會這麼累？以她平常動如瘋狗一樣的體格，不可能啊！

何況，她好歹也算是練武的人，不應該累到這般田地啊？

思量間，她運氣探查內腑，忽然發現丹田裡氣息充盈，流轉神速，曾經的阻滯也少了很多。

不是吧，睡一覺能把武功睡高？

雖然只是很小的一點點變化，但是對於每日都調息的嵐顏來說，卻輕易能發現其中的不同。

可是肚子裡的飢餓感卻更重了。

練武的人，有內功做支撐，一般不會餓到瘋狂，但是她現在不僅是餓得瘋狂，簡直是餓到癲狂凌亂了。

下意識地運功，可她發現，越是運功，飢餓感越重。

她有種說不出的詭異感，這種感覺自從她醒來後，就始終縈繞在心頭。

嵐顏的目光越過猴子臉怪人，看到了桌子上霧氣裊裊的砂鍋。準確的說，是聞到了裊裊霧氣裡的香味。

好香，她不用想也知道，還是上次她喝過的魚湯。

這一次嵐顏已經熟到不需要等他動作，自己跳下床，直奔桌邊，抄起勺子就猛喝了口。

「啊，好燙！」她一聲叫，吐著舌頭直呼氣。

「哈。」彷彿是一聲輕笑，嵐顏回頭，卻只看到一個背影，一動不動地看著夕陽，根本沒有瞧她的方向。

剛才是她聽錯了吧？一定是聽錯了。

她舀起魚湯，這一次小心翼翼地啜著，不時轉過頭偷瞄一眼那個怪人，不過那人就像是尊石像，從她下床後，就沒有看過她，反而是那輪她根本不覺得有啥看頭的夕陽，他一看就是半晌。

真是個怪人。

不過此人對她的吸引力，遠不及魚湯，所以嵐顏什麼也沒多想，繼續埋頭吃了起來。

她發現，這個魚湯有著神奇的力量，每當這魚湯入口，她骨子裡的飢餓感很快就會被填補，不僅如此，還會無比貪婪，一口接一口地吃。

當砂鍋見底，連她都有點讚歎自己的能力，再這麼吃下去，要不了幾日她就能滾著走了。

當吃飽喝足，再回頭看去，那人仍像木頭樁子般站在那裡，她擦擦嘴巴走了過去，站在他的面前。

她吃了他的、喝了他的，可不代表她就從此死心塌地跟著他了。

「我的同伴，你知道在哪裡嗎？」

搖頭。

「如果是你救我的，你至少應該會知道絕塵的情況。」她不甘心地追問：「絕不可能是不知道，除非你故意不說。」

這一次，是點頭。

嵐顏氣結。人家知道，就是不告訴她，還有比這更讓人窩火的嗎？

「到底要怎麼樣才肯告訴我？」

他隨手一抽，細細的竹枝入手，左手在地面上沙沙地劃過，幾個漂亮的字顯現：我說過，打敗我。

他說過打敗他才能走出去，現在變成了打敗他才能得到她想要的答案，這個傢伙看來是篤定一點，就是除非她贏，否則什麼都別想知道。

她討厭他，討厭他那種高高在上的姿態，討厭他那種故作神祕的表現，更討厭他這種強行壓制的感覺。

嵐顏從小到大，都極具反抗精神，別人越是要她怎麼樣，她越是不願意，今天這個人想要強迫把她困在這裡，也不可能！

「不就是打嗎，來！」她知道自己不是他的對手，但是吃飽後的她，心底那股戰鬥的火焰又無形燃燒了起來。

燒心的感覺，嗜血的欲望，一點點在血液中蔓延。

熱，好熱！

媽的，這到底是怎麼回事？

由不得嵐顏細想，那炙熱已經吞沒了她的思想，她一掌揮了出去，直擊他的臉。

管他是人是鬼，都要把他的臉露出來！

眼前綠影一晃，空氣中發出一聲劃破的聲音，「咻！」

竹枝打在她的手背上，嵐顏發出一聲痛叫，手掌帶著整個身體偏向一旁，腳下踉蹌著衝出去兩步。

明明就是那麼不起眼的一下，為什麼會有這麼大的力量？

嵐顏低頭看去，自己的手背上已經被抽出紅紅的一道印子，高高地鼓起，一陣火辣辣的燒燙感傳來，讓她不斷地甩著手。

可是心頭的那種炙熱感，卻因為這個疼痛有了少許的舒緩。

更快的一掌拍了出去，力量與速度都比剛才大了許多，她的想法非常簡單，只要能靠近他、抓住他，自己多少就算成功了。

「咻！」

「啪！」

「啊！」

快速的三聲接在一起，結果也非常簡單。

竹枝閃過，打在她的手背上，疼痛感也比剛才那一下更重。

手掌挨打是吧？那就換手指，靈巧的指風彈出，為的就是快速中不被對方打中。

但是結果……

「咻！」

「啪！」

「噭！」

嵐顏低頭看著自己的手背，手背上兩道高高腫起的傷痕，手指上也有一道青紫鼓脹著。

好疼！

她一捏手掌，改為拳頭，這樣可以更快，機會說不定更大。

「咻！」

「啪！」

「咻！」

「啪！」

聲音不斷傳來，但是只剩下竹枝揮動和打在身上的聲音，再也聽不到嵐顏呼痛的聲音。

她的視線牢牢地鎖著眼前的男人，反而感覺不到疼痛了。

他幾乎沒有動過，只是站在原地，每當嵐顏一掌拍出，就狠狠地抽打在她的手背上。

那優美的姿態，就像是一隻林中仙鶴翩然起舞，輕輕抬起手腕，衣帶當風飛起，髮絲飄揚，竹枝劃破殘暉，曼妙無比。

不過這妙曼對於嵐顏來說，卻是最痛苦的折磨。

這一下下的抽打，讓嵐顏開始逐漸喪失信心，她甚至覺得對方是不是熟悉自己的武功，否則為什麼每一次起手都被中途攔截了？

還是說，自己實在太弱了？

初始的有招有式，到後面逐漸散亂，再到後來她索性整個人撲上去，猶如街頭小混混打架一般，胡亂地輪拳伸腿，連打帶踹。

於是下場就成了原本抽打在手背上的竹枝，開始抽在她的全身各處，從胳膊到腰，連屁股都沒放過。

嵐顏的進攻也在疼痛中變成了防守，一條條竹枝如雨點般落下，讓她想要忽略都難。

一下比一下快，一下比一下疼，嵐顏承受不住，轉身拔腿就跑。

打不過先跑，大不了改天再打！

但是她的如意算盤似乎又被看穿了，無論她怎麼跑，那竹枝都始終緊跟在她的身後，一下下地抽打。

現在變成一面倒的挨打狀態了！

還是……還是出招對打吧。

嵐顏也不知道自己打了一百招，還是兩百招，反正打一下挨一下，除了臉蛋，全身每個地方都被抽過了，而抽得最多的地方居然是屁股！

她氣喘吁吁，揮舞著拳頭又一次衝上去，誰知腳下一絆，狗吃屎地趴在地上。

嵐顏停了，竹枝也停了。嵐顏趴在地上，全身猶如散架了一般，想要起身，可是無論如何用力，身體都不聽使喚，動也動不了。

而心中詭異的火燒感，也在不知不覺間消失了。

他慢悠悠地走到嵐顏的身邊蹲下，雙手抄入她的身下，將她打橫抱了起來。

上次的一幕再度重演，同樣的姿勢、同樣的人，這一次她倒沒忘趁機拿掉他的面具，只是……她的手根本抬不起來。

當她被丟入床榻，簾外泛起淺淺的藍色，又一個白天來臨。

她，被揍了整整一夜！

當眼睛閉上，眼前浮現的是他揮動竹枝的動作，似乎整整一個晚上，他的招式始終是同一招。嵐顏被打了幾百下，想忘記都難。

第五章

偷藝

熟悉的飢餓感，熟悉的夕陽天色，熟悉的紗簾外的背影，嵐顏看著他，抱著被子坐了起來。

低頭看著自己的手背，紅痕還在，只是不再腫脹，留下橫七豎八的印子。

嗚咽的簫聲隨著風傳入她的耳內，低沉中帶著哀涼，夕陽沒有了熱力，只剩殘留的蕭瑟霞光，他的身影也在這空遠中變得越發寂寥。

風吹紗簾，簾外竹葉在空中緩緩飄墜，落在他的身側。

她靜靜地聽著，默默垂下頭。

有時候，快樂未必能夠傳遞；但是悲傷，卻太容易感染。嵐顏就在這簫聲中，沉浸在自己的悲傷裡。

一無所有，身邊的人一個個地離去，這就是她最大的傷感。

她想要挽留的，什麼都沒能挽留住。她想要得到的，卻都得不到。其實她想要的，不過是平平靜靜的生活，隨興自由地與管輕言過討飯的日子。

就這樣小小的要求，老天也不給她。

雖然她討厭眼前的這個人，但是她也不得不承認，這人有著極高的音律駕馭能力，一曲簫聲，輕易地觸動了她的情緒。

眼眶有些酸、有些脹，視線開始漸漸模糊。

忽然間，嵐顏猛地抬起頭，聲音清冽冽：「我是不是又睡了三天？」

少女囂張的嗓音，頓時打破了所有的意境之美。簫聲一頓，他轉過身，看著她。

真讓人討厭的猴子臉！

那人點了點頭。

「你不會說話？」嵐顏猜測著。

他的胸膛震了下，輕輕傳出一聲似是笑的氣聲。

一個不置可否的答案，讓她還是不知道答案。

知不知道都無所謂，她有一個更想知道的問題：「那魚湯裡，你是不是下了藥？」

一連兩次，她都是因為喝了魚湯後而產生殺意，而那魚湯是他熬煮的，她的不正常舉動，思來想去一定與眼前的人有關。

他偏著臉，用目光斜斜看著她，又一副高高在上的舉動。嵐顏被惹怒了，口氣更硬了：「是不是你在我的魚湯裡下了東西？」

她強硬地瞪著他，大有不問出答案誓不甘休的態勢。

他看著她的動作，微微搖了搖頭，就在嵐顏的心剛剛放下還沒落定的時候，他又點了點頭。

搖頭又點頭，這他媽的算什麼意思？

他手一晃，一根細細的竹枝入手，嵐顏情不自禁地縮了下，被打多了，身體的反應也自然而然地產生了。

「嗤。」面具後傳來小小的一聲，嵐顏氣結。

他在嘲笑她被打怕了，還嘲笑得這麼明顯！

竹枝在地上劃過，細細的幾筆：是下了東西，不過不是藥。

「承認下了東西就好。」嵐顏冷哼，「就算不是藥，以你這藏頭露尾的性格，只怕也不是什麼好東西。」

回頭，桌上的砂鍋裡升騰著香氣，一陣陣地引誘著她。她狠狠地吞了口口水，很有自尊地別開臉，「我不會再碰你的魚湯。」

傻子才會吃下了東西的湯！

他不惱，也不回應，而是轉身掉頭離去，丟下滿腹氣悶無處發洩的嵐顏。

罵他，他不回嘴；打他，自己打不過。還真是拿他一點辦法也沒有！

人走了，丟下嵐顏一個在空曠的竹屋內，守著一夕殘陽，和慢慢黯淡的天色，竹風吹入，吹起紗簾，還真的像鬼屋似的。

嵐顏打定了主意，索性爬上床，從頭到腳把自己蒙在被子裡。

睡覺，只要睡著了，就不會餓了！

可是她發現，這一次自己無論用什麼辦法都睡不著了，那個以往沾著枕頭就能昏睡過去的自己突然間消失了。

而讓她無法睡覺的原因，就是餓。那種從骨子裡散發出來的餓，那種彷彿連血液都抽搐著的飢餓感，讓她整個身體一點力氣都沒有，全身都在叫囂著好餓、好餓！

為什麼，為什麼會有如此強烈的飢餓感？

她好難受，難受到五臟六腑都彷彿乾癟了，餓到所有的力氣都在一點一滴地消失，餓到連骨頭都似乎軟了。

她要吃東西，要吃東西！

她努力地想著各種吃過的食物，想像著自己最喜歡的東西。燒雞、燒賣、肉餅，可是她發現，每當腦海中浮現最最愛的食物時，都會被一個影像代替，就是——桌上的魚湯。

她好想喝魚湯，因為那甜美的滋味，更因為其間那填補飢餓後的滿足感，讓她產生瘋狂飽食的衝動。

一定是那藥，一定是的。

他到底下的是什麼藥？讓自己對藥有了依賴，所以其他東西才不能引起自己的興趣，所以他才能那麼安然地離去，他是篤定了自己一定抗拒不了這鍋魚湯。

不喝，不能喝！

嵐顏咬著自己的唇瓣，努力地忍耐著那蝕骨的飢餓感，她從來不知道，原來餓的感覺是這麼可怕，可怕到她幾乎都呼吸困難了。

唇瓣被咬破，她能夠舔舐到自己唇上的血，那腥甜的味道竄入舌尖，胃猛地抽了下，嵐顏用力地抽了口氣。

這血的味道，徹底擊垮了她的堅持，她翻滾落地，掙扎著爬向桌邊，喘著濃重的粗氣，抱上砂鍋。

她的手在空中劃動，手指手腕都在顫抖著。

當砂鍋入手，她快速地舀起一勺湯，想也不想地送入口中。

湯放了很久，有點涼了，但是不影響它的鮮美，嵐顏一口接一口地喝著，到後來直接抱起砂鍋，湊上唇用力地喝著，湯從唇角邊滑下，弄濕了前襟也顧不上。

直到湯都被喝乾，她才大力地喘氣，不甘心地撈著魚塊吃。這魚湯太有誘惑力，讓她根本無法停下動作。

直到全部吃完，她看著空空如也的砂鍋，心裡無比憤恨。

為什麼，為什麼她會忍不住？

連飢餓感都無法堅持下去，她還能堅持什麼？還要堅持去封城為千寒哥哥而鬥，堅持為了死去的全家報仇嗎？

挫敗感湧上心頭，她癱軟坐在地上，耷拉著腦袋。

心裡默默想著：嵐顏啊嵐顏，妳真是沒有用，貪嘴好吃，想要見自己的朋友，卻連這裡的大門都走不出去，這十幾年沒有一點存在價值的人，還能做什麼？

都是他，都是這個混蛋，為什麼要困住自己？為什麼要給她吃這個下了藥的東西，為什麼？

殺意，洶湧。

凶狠，氾濫。

嵐顏用力一撐，整個人跳了起來，衝出門外。

她要挑戰他，她要殺了他，她要與他生死一戰！

才撩開紗簾，她就看到明月之下，那道在溪水邊竹林旁挺立的人影，手中一根細細的竹枝，已經在等著她了。

來得正好，她正愁他不出現呢。

嵐顏手一伸，一招揮了出去。

這一招揮出，她忽然發現，這招式似乎正是上次他揍自己的那招。

這一招看了幾百遍，想忘記也難，而招式中的每一個變化，也在挨打中被印刻在心上。

這真是精妙絕倫的招法，超越了她之前所有學過的招式，而且極其順手，就像是曾經用過無數次一樣。

「咻！」

「啪！」

「啊！」

歷史再度重演，就算是偷學到了他的招式，也改變不了被挨打的結局，嵐顏的手背上，又一次被竹枝掃中。

她倒退一步，看也懶得看自己的手了，反正肯定是紅痕一道，青紫鼓脹了。

這一下打中，不僅沒能打散她的鬥志，反而讓她有了一點驚喜。昨日她是連躲都沒有機會躲掉，而今天她已經做出了反應，雖然還是被打，但是和昨天比起來，至少進步了。

打，再打，還是打。

挨打，再挨打，還是挨打。

而那男人，似乎也發現了她對自己昨日的招式有了躲閃的能力，索性手腕一抖，換了一招。

也就是這一招，再度讓嵐顏吃足了苦頭。

她就像一條被挑釁了的小狗，齜牙咧嘴地衝著眼前的傢伙不斷撲騰跳躍，而她面前的人手中的竹枝，就是挑釁她的東西。

挨打，讓她的戾氣在一點點消散，鬥志也在一點點受到打壓，當她又一次在躲閃中摔倒在地的時候，嵐顏趴在地上，「不、不打了，老、老子，打、打不動了！」

全身的肌肉都如爛泥一樣，跳動抽搐著，完全不受半點控制，除了這種癱軟，就是無邊無際的疼痛。

比上一次更疼，可見他今日的下手也比頭一次重得多。唯一的好處是，她挨了幾百下，今日的這一招，她也再忘不掉了。

人影走近，重複著以往的動作，雙手一抄把她抱了起來。

死狗一樣的人攤軟在地上，他的每一個動作都看得清清楚楚，奈何就是施展不出半點力氣，而這次風吹起他的衣袍，她看到了他手腕間一道剛剛癒合的傷痕。

也就是一瞬間，她就被抱了起來，爛泥般靠在他的懷裡。

第六章 他在湯中下的是他的血？

對於上一次沒能堅持住，嵐顏是有點後悔的。

如果她不是餓到難受把那魚湯喝下，也就不會有後續的一系列事情，她氣自己的不爭氣，氣自己抵擋不住誘惑。

當這一次醒來，依然是如往日一般的情形，他背對著自己，望著夕陽。桌上砂鍋裡熟悉的魚湯味陣陣撲鼻。

嵐顏站起身，一言不發走到桌邊，抱起了砂鍋。

「我知道，你就是想逼我吃這個。」她一副認命的表情，抱著砂鍋站到他的面前。

他沒有任何反應，只是看著她，等著她下面的話。

「我不喜歡受制於人，更不喜歡被人強迫。」她冷冷地看著面前的男人，舉起手中的砂鍋，當著他的面，反轉手腕……

湯淅淅瀝瀝，從鍋子裡流了出來，倒在面前的沙土地上，她慢慢地咧開嘴，笑得張揚。甚至還壞心地抖了抖手腕，雪白的魚肉從鍋子裡跳出來，滾到地上，沾滿了沙土，黑黑的一團。

「我知道我難以忍受飢餓，但現在沒了，我不忍也不行了。」她轉過身，瀟灑地撥了撥頭髮，「你可以走了。」

看也不看他，她蹓躂到床邊，躺了下去。用被子把自己裹得死死的，這一次她就不相信自己堅持不住。

食物沒了，也就沒有念想、沒有盼頭，不管今天忍不忍得住，都必須忍。

這是她對自己下的決心，不受制於人，就算走不出這裡，至少不被他操控。

飢餓感慢慢湧上心頭，嵐顏知道他就在旁邊沒走開，她不要他看到自己連飢餓都忍受不了的樣子。

絕不讓他看到，絕不！

她咬著被褥的角，一動也不動地縮著。

她能忍的，一定能的。

不想，不想，什麼都不要想。

可是無論她怎麼告訴自己，都無法抹去心裡那一陣陣氾濫的感覺，萬蟻噬心，就連血液都凝結了般，又冷又涼。

她張開口，艱難地呼吸著，喉嚨好緊。不僅是餓，甚至還有乾渴的感覺，可她一點兒也不想喝水，她腦海中不斷閃過的就是那魚湯。

一想起那鮮美的滋味，口水就忍不住地氾濫。

好想吃，真的好想吃。

忍，再忍。那個人還在旁邊呢，她即便沒回頭，也感覺得到那個人就在門邊不遠處，正用一雙眼睛看著她。

所以她不能呻吟、不能叫，什麼動作都不能有，她只能蜷縮、再蜷縮，把自己縮成一團，假裝什麼感覺都沒有。

她以為，只要挨過這一波，或許就會好。

甚至她天真的想，有本事就讓她餓暈過去，暈了也就不受折磨了。

可是她錯了，因為可怕的飢餓感一直刺激著她、拉扯著她，讓她根本不可能暈過去。

幾次痛苦的呻吟到了嘴邊又被她嚥了回去，她的身體在床榻間翻滾，不安地扭動，想要咬住自己的唇，可是忽然想起昨天的一幕，她又不敢咬了。

昨天，她就是咬破了自己的唇，血腥氣讓她忽然控制不住自己，雖然不知道到底是什麼原因，但是她不敢再咬了。

她只能咬著被子的一角，煎熬中不自覺地拉扯著。

她能聽到被褥正被自己的力量拉扯出咯吱咯吱的聲音。

嘶啦一聲，可憐的絲製被面終於承受不住她的撕咬和拉扯，被硬生生地劃開。

嵐顏根本沒辦法去管，她又抓過枕頭，開始繼續撕咬。

好難受，可是無論她幻想什麼好吃的東西，都無法將她從對魚湯的覬覦中掙脫出來，她就是想喝魚湯。

她努力地睜開眼睛，想要讓自己平靜下來，可是她發現，眼前的世界在旋轉，一片迷離，她已暈得幾乎看不清楚了。

無論他下的是什麼藥，她都不能在藥性中繼續沉淪，唯有這樣才能不被他控制，她的理智告訴自己。

可是此刻她身體裡彷彿有一萬個聲音在對她呼號：去求他吧，快去求求他，讓他再給她一碗魚湯喝吧。

身體，掙扎著起來了，彷彿被心頭的魔咒控制了般，她朝他伸出了手。

手才起，她又落了下去。

不行，絕不能求他。

她慶幸他是背對著自己的，所以沒能看到她那一瞬間脆弱的舉動，她的手攀著床沿，身體跌坐在地。

沒有力氣了，一點都沒有了，好難受。

手指依然死死地摳著床沿，咯咯作響。青竹的表面已經被摳出一道道印子，手指縫裡滲出血跡，她也不肯撒手。

她知道，一旦鬆了手，她心裡的堅持也就崩潰了。

可她的眼睛，已經無數次瞟向那人，她心裡無數個聲音呼號著：別轉過來，千萬不要！

可是她控制不了對方。

她聽到了一聲悠長的嘆息，幽幽地飄過，那身影慢慢地轉了過來。

月光下，那身影與其說是縹緲，不如說是鬼魅。

幽冷地不帶半點人氣，衣袂在月光下拂動，可是那腳步一步步地靠近，卻讓她如此害怕。

那腳步，在離她三步遠的地方停了下來，她甚至能感受到那兩道目光投射在她手指上。

「不、不要過來！」她咬著牙，恨恨地抬起臉，「我就不信、不信熬不過去。」

果然他不再前行，只是站在原地看著她。

心臟猛地抽了下，她發出一聲壓抑不住的呻吟。

為什麼這種餓的感覺會這麼可怕？

她到底是在需求什麼？

他到底是在湯裡下了什麼藥？

身體無力、手也無力，嵐顏終於從床沿旁落了下來，整個人癱軟在他的腳邊。

手，碰到了什麼。

她努力睜開眼睛，發覺自己不知道什麼時候已經滾到了他的身邊，她再也控制不了自己的手，或許說她再也控制不了自己的欲望，哆嗦著伸出手，抓上他的腳，身體一點點地挪動著，抬起臉哀求地望著他。

她不要，她不要這樣在他腳邊乞憐。她更不敢想像，在這樣的痛苦中，以後的自己是否還有勇氣再反抗。

如果這次失敗，只怕就不敢嘗試第二次了。

鼓起所有的力氣，她猛地一翻身，滾到了門邊，撐不起身體，也要努力爬。

她滾著，身體順著樓梯滾了下去。

跌落在地也感覺不到疼，她現在只想離他遠遠的，不讓他嘲笑自己的狼狽，不被他看到自己的動搖。

耳邊，依稀又聽到了嘆息。

他是在笑她的不自量力嗎？還是在等著她無法承受下去，然後哀求他？

可是她已經再沒有半分力氣去挪動身體，讓自己遠離他，只能聽著耳邊腳步的沙沙聲，感受他的接近。

那絲袍的下襬劃過她的臉頰，和這月光一樣清冷。他蹲下身體，手指撫過她的臉龐，那手指也是清清涼涼的。

還是熟悉的姿勢，他將她打橫抱了起來，慢慢走回屋內。

人入床榻，嵐顏已經再無力抵抗，無論此刻他要做什麼，她也只能看著，再也不能動彈。

她看到他輕輕捲起衣袖，胳膊上的棉布落下，印入她眼簾的是一道道清晰錯落著的傷痕。有的明顯是舊傷，有的還凝著血的新傷口。

他指尖一劃，又是一道傷口，鮮紅的血沁出。

他將手腕湊到她的唇邊，溫熱的血沾染上她的唇瓣，忽然聞到一股香氣湧入，嵐顏震驚地瞪大了眼睛。

這味道、這味道……

這些日子，她每日都在喝魚湯，一直以來魚湯裡都有一股淡淡的香氣，她原本以為是魚肉與眾不同的味道，可是此刻她發現她錯了，這味道，是他血的味道！

那血入唇，就像是天雷勾動了地火，猛地竄起，將她所有的理智都吞沒。

她張開唇，大口地吸著。

每一口血嚥下，那炙熱就消散一點，飢餓感就減輕一分，四肢百骸中都流淌著舒坦。

她不顧一切大口大口地喝著，直到那感覺完全消失，她還想要。

再喝一口、再喝一口……

到後來，嵐顏甚至壞心地想，索性吸死他算了。

不過對方顯然不會這麼愚蠢，見她不再難受，那手便縮了回去。

「你！」嵐顏抬起臉，用一種恐懼的目光看著他，「你在湯裡下的不是藥，是你的血！」

對方扯過棉布，慢條斯理地裹著傷口。

嵐顏掙扎地起身，一把抓上他的手，也不管自己的力量剛好掐在他的傷口上，將那剛剛凝結一點的傷口又弄裂了。

血，順著她的指縫一滴滴地落下，落在她身旁的床榻上。

「你到底把我變成了什麼怪物？你到底是什麼人！」

嵐顏聲嘶力竭地叫著。

而他，只是輕輕拂開她的手，轉身離開。

第七章 打贏我，給妳答案

嵐顏無法相信，無法相信自己竟然成了一個嗜血的怪物，難怪昨天她咬破了唇之後，不僅沒能抑制住那貪婪的飢餓感，反而越來越餓。

眼見著他要離開，嵐顏想也不想地衝上前，一把扯住了他的衣袖，「你告訴我，為什麼我會變成這樣？」

那雙目光透過面具，冷冷地停在她的臉上，根本沒有任何解釋或者回答的意思，當然……他是個啞巴。

即便嵐顏心中知道，還是想求一個答案。

她眼見著對方最熟悉的動作，抽一枝竹枝，在地上淺淺劃過，借著月光嵐顏看得清清楚楚，依然是看過了無數次的幾個字：打贏我，就給妳答案。

打贏！打贏！打贏！

好吧，她就打贏給他看。

殺意開始氾濫，炙熱感開始流淌，她想也不想地揮拳衝了過去。

一如既往地挨打，一如既往地勇往直前。

被打倒，爬起；再打倒，再爬起。

嵐顏抱定了一個信念，就是無論如何都要打敗這個男人。她把前三次挨打時所偷學到的招式也一股腦兒地用了出來，加上以前書上的內功功法，竟然使得天衣無縫。掌風過處，樹枝颳落無數，但即使這樣，她依然無法逼退對方半步。

怒意之下，連白羽師傅指點的武功，管輕言那裡偷學來的招式，一股腦兒地混在一起，全部都打出來了。

倒是比起前幾日胡亂揮動拳腳好得多，而且今日的殺氣雖然濃烈，但體內的氣息卻也更加充盈，看來剛才一口口的鮮血，比起下在湯碗裡來得濃，作用也大得多。

對嵐顏的好處是經歷了前幾日的癲狂，她已能準確地掌控住這種感覺，不再瘋癲拍打，而是清晰地引導著自己的內力，揮舞著招式。

不僅如此，她還發現前兩日對方出手時，她只有被揮開倒地的份，連手是怎麼抬起、如何出招，那是半點也沒看清，只被揍得屁股開花。但是今日，她雖然依然躲不開對方的招式，卻已能看出他抬腕、抖竹枝的動作了。

不過她的得意還來不及升起，對方的招式忽然快了，快到再度回到了前幾日的狀態，她什麼都看不清楚，更別提躲閃了。

剛開始她出手時的招式，還能偶爾擦到竹枝的邊，可是現在……

明明是一拳打出去，卻每拳都落空，有如重重的一拳打在空氣上，讓她身影拿捏不準，衝出去兩步。

然後可憐的屁股上，就被竹枝抽打著。

疼！

她能明顯感受到對方的改變，甚至能明顯地感受到對方的怒意，明明剛剛還正常的人，怎麼突然就轉了性子？

但她沒空去想那麼多，眼前的人本就是個怪物，善惡難辨，性格乖張，做什麼奇怪的事她都不稀奇了。

對方的手勁比上幾次都重，嵐顏嗷叫一聲躥了出去，腳下的輕功踩著管輕言教的步伐，一下跳出去幾丈。

好疼，她覺得自己的屁股一定裂了。

不等她轉過身，嵐顏忽然聽到耳邊咻的一聲。

竹枝聲！

她心頭一個哆嗦，想也不想，又一次躥了出去，只聽到尖細的聲音擦著耳邊就過去了，髮絲被帶起，飄揚在風中。

好、好險。

「啪！」

「啊！」

竹枝重重地抽在屁股上，嵐顏發出一聲痛叫，跑！

不是她被虐得不敢反抗了，也不是她不想與往日一樣回手進攻，實在、實在是太疼了！

可見前幾日這傢伙根本沒下過重手，一任她打，抽她也是收著勁的，可是今天這抽……

如果說以前被抽，只是一條火辣辣的感覺，那麼這次是整片火辣辣的感覺，幾下抽過，她只覺得整個下半身都像泡在辣椒油裡一樣。

太疼了，疼得她的眼淚都飆出來了。

叫聲也變成了嚎。

她飛奔，石上、林梢、屋頂，但凡能蹦的、能跳的、能躍的地方她都沒放過，使出吃奶的力氣四處亂躥，可是那身影還是如影隨形地在身邊，不遠不近地黏著。

偶爾躲過，可是還來不及慶幸，就立刻被竹枝抽在屁股上。

不能休息、不能喘息，不敢有半分懈怠，她幾乎把所有的注意力都集中在屁股上，每次躍出去，屁股都下意識地扭一下，想要躲閃。

幾度扭動之後，耳後忽然沒有了竹枝的聲音，她飛快地跳著，抽空回頭一瞅。

這一瞅，嵐顏頓時魂飛魄散。

她原本以為對方已經停下了追逐的腳步，因為她一直沒聽到衣袂聲和竹枝聲，可是就在一回頭間，那張又哭又笑的猴子臉就在她身後一步遠的地方。

扭腰，閃屁股！

當她看到那張臉的瞬間，立刻下意識做出這個動作。

不過，她沒聽到竹枝破空的聲音。

再回頭間，對方的手忽然揮了起來，猛地抽出。

此刻嵐顏的招式已用盡，屁股還在空中扭動，根本無力躲閃，眼睜睜看著那竹枝落下，抽上她的屁股。

「啪！」

這一下，重得幾乎讓嵐顏閉過氣去，張著嘴抽氣，叫也叫喚不出來了。

她，又被他操翻了！

人影抱起她，一如以往的每一日，將她帶回了竹屋中。唯一不同的是，這一次他的手中多了一瓶藥。

嵐顏趴在枕間，忽然覺得腰間一涼，褻褲被直接拉到腿彎處。

「混蛋！」不能動彈的某人，虛弱地擠出兩個字。

好歹，她也是大姑娘了。

好歹，她也行過及笄禮了。

隨便被人打屁股、隨便被人脫褲子，這人生還怎麼活啊！

清涼的指尖撫上她的臀，她能清晰地感受到那手指的溫潤，輕輕地擦過她的臀，慢慢地將藥塗抹開。

塗就塗，能不能快點啊，這慢慢摸是什麼意思啊？嵐顏悶在被子裡，悲催地想著。

那手緩緩地塗抹，對嵐顏來說時間恍若靜止，唯有那隻手的挪動觸感如此清晰。

藥上了傷處，一陣清涼滲入，火辣辣的疼痛感也消褪了不少。

她敢肯定，自己的屁股現在一定像個壽桃又紅又亮，這個傢伙下手太狠了，再想想將來還不知道有多少日要承受這樣的抽打，她就一陣屈辱。

如果她以為這就完了，那她就錯了。

那隻手剛剛離開她的臀，嵐顏緊繃的身體放鬆了些許，卻不料……

「啪！」一巴掌狠狠地拍上她的臀。

「嗚！」嵐顏覺得自己臀肉重重地跳動了一下，才消褪的痛楚又升了上來。

這一下分明是在嘲笑她，嘲笑她沒本事反抗，嘲笑她無能。

「你等著！」她虛弱的聲音與話中的堅韌截然不同，「我一定、一定要打敗你！」

她聽到，那人胸口震出一聲冷嗤的氣聲，果然是在笑她。

衣袂劃過她的手腕，飄飄悠悠地朝著門外走去，玉指輕撩起紗簾，月光落在他的腳邊，玉樹臨風之姿，海棠靜綻之秀。

一時間，嵐顏看得有些癡了。

他的背影無聲地走入月光中，被那輪暈色染開，又被黑夜吞沒。

風吹起紗簾，那背影被她看得真切，又在遙遙的遠離中，變得不真切。

涼風吹上身體，嵐顏齜牙咧嘴，「可惡，你就不能給我穿上褲子再走？」

第八章

白狗兒？

經過這一次，嵐顏徹底老實了。

她抱著砂鍋，吃得稀里呼嚕、掃得乾乾淨淨之後，把砂鍋遞了出去。

那人接過砂鍋，目光在她臉上劃過，慢慢向下。

嵐顏揚起下巴，「看什麼看，傷早好了。」

那面具後的眼睛，無聲地彎了起來，分明在笑。

漆黑如墨的眸子，卻有著閃動的亮色，像是夜晚的月光投落在湖面上，波光粼粼地晃動著溫柔。能有這樣一雙眸子的人，長相絕不會難看，嵐顏如是想道。

那停在她臉上的眸光慢慢抽了回去，他手微微一招，一枝竹枝落入他的掌心裡，他輕輕抬起手腕。

該死的，她為什麼要說自己傷好了？這不等於告訴對方，可以把自己往死裡揍嗎？

嵐顏現在非常、非常想掐死自己！

她深深地吸了口氣，以認命的姿態站了起來，「來吧。」

可是當她走出竹屋，站在竹林旁的時候，那人卻忽然抬頭，看了看天色，隨手一抖，那竹枝飛落在她面前。而那青碧色的人影，雙手背在身後，忽然走了。

這是怎麼回事？

莫不是打膩了，不想打了？還是覺得打完她的屁股要給她上藥有點噁心，所以索性不打了？

那她就……好好的練功。

嵐顏早就發現，她從這男人身上偷學來的四招，與自己的心法極為融合，而這四招顯然並不似表面上那麼簡單，當內力推動招式，四招連動，威力之大讓她甚為欣喜。

她的身體似乎也開始接受他的血液，精神越來越清楚，也越來越懂得如何在熱血沸騰之下駕馭這股奔湧的氣息，更藉著此刻強大的力量瘋狂練功。

四招，只有四招。嵐顏反反覆覆地練習，四招使盡又一次從頭來過，當所有招式都爛熟於心能隨意比劃的時候，她忽然發現，這四招並不是一定要連貫使用的，而是可以隨意銜接。

哪怕起手第四招銜接第二招，也沒有半點凝滯或者阻塞的地方，這個發現讓她驚喜無比。

僅僅四招，也有著無數變化的可能，嵐顏就沉浸在這一招招的變化裡，忘卻了身外事。

直到完全純熟，嵐顏才停下手，她這才發現自己不知不覺間竟拿著他丟下的竹枝在揮舞。

她，其實在不知不覺間，被他引領著走了。

嵐顏看著自己的手，掌心裡有著氣息在隱隱跳動，這是真氣鼓脹飽和的狀態。嵐顏驚訝了，畢竟自己毫無保留地練劍運氣，怎麼真氣還如此充盈？

不僅充盈，甚至還有噴薄欲出的態勢。

抬起手腕，她看著自己的掌心，瑩潤雪白，流淌著水一般的光澤……

嵐顏茫然地抬起頭，這才發現，今日是一輪滿月，無怪乎分外明亮，腳下的細沙反射著月光，點點閃爍。

而那月光落在自己的身上，就像是有一股無形的氣息在往身體裡鑽，被她的身體吸收著，而那鼓脹的真氣正是來源於此。

她，她這是在吸收月華嗎？

這怎麼可能，她一定是練功練到真氣運轉越來越好，堅持這麼久的時辰也不覺得累，才有了這樣的錯覺。

不過今夜的月色，真美啊！

嵐顏挪不開眼睛，呆呆地望著月亮，就像是靈魂都被月光吸走了一般。

她這才發現，身體沐浴在月光下，有著說不出的舒服，卻也有著說不出的通透，這通透中，她發現自己的靈識比以往都要敏感。

體內有股躁動，但這躁動是想要抒發的力量，在身體裡湧動，似乎要噴發而出。

她閉上眼睛，發現此刻的自己對周圍十丈內所有的動靜都十分清明，風吹過草尖的細嫩聲，十尺外蛐蛐在草叢裡的動態彷彿都能看到一般，分毫不差。

這樣新奇的感覺是以前從未有過的，彷彿筋脈和血液也剔透了起來，她放任著靈識延展，想知道自己到底可以感知多遠？

十丈、二十丈，再遠、又再遠點……

嵐顏的臉上露出了微笑，開心至極的純淨笑容，她張開雙臂，讓自己沐浴在月光下，想要擁有更多。

忽然，她耳朵一動，在遙遠的前方，靈識感應的邊緣，她聽到了一絲異動。

草叢簌簌地響，是什麼在鑽動？

她努力地擴展著自己的靈識，而那東西的速度飛快，嵐顏傾盡全力，也只能勉勉強強讓自己跟隨上，但是想要查探清楚，卻總是差了那麼一點點似的。

忽然，那東西停了下來，似乎是察覺到了她的窺探。

好敏銳的東西！

那東西猛地朝前一竄，速度更加快了起來。

可是剛才那一個停頓，卻讓嵐顏的靈識追逐上了它。

白色一閃而過。

在白影閃出她靈識的一剎那，她彷彿看到了白色身體之後，幾條飛揚在身後的尾巴。

八尾巴狗兒？

是她在封城的那位老朋友八尾巴狗兒嗎？

嵐顏的心一動，心神亂了。就在她心亂的一瞬間，那東西竄出了她靈識的範圍，再也不見了身影。

嵐顏怔怔地站在當場，猶未回神。

那身影、那姿態，真的好像八尾巴狗兒，可惜只有一瞬間，她還來不及仔細看清楚究竟是幾條尾巴？

不行，她不能讓牠逃離自己的視線，她要去找找，看看這小傢伙是不是自己昔日的夥伴？

打定了主意，嵐顏拔腿朝著牠消失的方向追了下去，腳下生風的同時，她還不忘展開靈識，繼續追蹤。

可惜機會稍縱即逝，無論她的靈識怎麼擴展，都再也尋不到那道身影。

不甘心，嵐顏不甘心！

身影落下，站在山林邊，這裡是她剛才探查到白狗兒的位置，四周全是樹林，那傢伙會往哪個方向而去？嵐顏無法判斷。

嵐顏四處看著，不死心地再度張開靈識，這一次她沒有將靈識的範圍擴大，而是變得更細，不放過一絲蛛絲馬跡。

東邊的方向，草叢有被擦過的痕跡，朝著一個方向倒著，雖然只是稍稍的歪斜，但這對於嵐顏來說，已是一個巨大的提示。

她提起腳步，朝著那方向走著，口中輕輕地呼喚著：「八尾巴狗，是不是你啊？」

沒有回應，只有月光依舊明亮。

再走了幾步，空氣中散發著淡淡的幽香，絨絨的花瓣飄飛在空中，嵐顏伸出手，那鮮紅的花瓣極輕，緩慢地在空中漂浮，漸漸落下，落到她的手心中。

這花……好豔麗、好美。

她看到，整個月光下，都飄飛著這樣的鮮紅絨花，輕得像羽毛，又像是一條絨絨的小尾巴，和那白尾巴狗兒一模一樣的尾巴。

這花，她好像在哪見過？

不是封城，封城北方冰寒，能生長的樹木花草都是淡淡的色澤，絕沒有這種豔紅到如血奪目的妖異。

「狗兒，是不是你啊？」嵐顏的身影在花瓣中行走，帶起微微的風，那花瓣就被這風帶著，追隨著她的腳步，在她身後飛舞。

依然沒有回應，這讓嵐顏有些挫敗。

可心底有個聲音在呼喚她，讓她再往前走一走、找一找，若真是那失散的舊友，一旦就此錯過了，將是她巨大的遺憾。

一直前行下去，已到了密林的深處，景色卻豁然開朗起來，不見重重疊疊的枝葉，卻有一方空曠，而這空曠的中心是一潭碧泉，反射著月光。

水波蕩漾著漣漪，一圈圈地迴盪。

嵐顏慢慢地靠近，「狗兒，是你嗎？」

這樣寂靜的地方，如果沒有東西入水，是不可能有這般漣漪水波的，她憑藉著這點猜測，行了過去。

伸臉，努力地看著。

水波很清，幾乎可以一眼見底，正當她的目光想要看清整個潭底的時候，頭頂的月光忽然黯淡了。

抬頭，她發現一片雲彩飄過，將那月華遮掩了起來。

與此同時，「嘩啦」一聲，水中躍起一道身影。

「啊！」嵐顏發出驚呼。

雖然只是一晃，她也看到了黑色的長髮，白皙的身軀，細窄的腰身和挺翹的臀，這、這、這分明是人的身體，絕不可能是條狗。

荒郊野嶺，深山老林，古怪水潭，外加水中突然竄出來的人，饒是嵐顏這般的心性，也被嚇了一跳，更主要的是，那人影出水的時候，揚起了一道水花，澆了她一頭一臉。

濕了，她又濕了！眼前都是水珠子。

被水弄得模模糊糊的視線裡，她看到那人的手一伸，猛地抓上岸邊的某樣東西覆上了臉，這才轉過了身。

猴子臉，她極度討厭的猴子臉。

她去追白狗兒，居然撞見了這個傢伙在沐浴，這是一種什麼樣的運氣啊！

潭水中的人慢慢站起身，彷彿沒看到她一般，踩上了岸邊，水珠順著身體的線條滑下。

嵐顏蹲在岸邊，他身體的所有一切盡入眼中。

寬厚的肩膀，線條明朗的胸膛，緊致的小腹微微起伏，兩條修長的腿。

嵐顏只覺得喉嚨發乾，用力嚥了嚥口水，下意識地想要挪開視線，可惜兩人距離太近，她無論是往左看還是往右看，似乎都逃不過這身軀。

那就往上吧……

目光向上看，正巧看到一滴水珠掛在他胸口的那點嫩紅上，柔軟的紅色因為突然接觸到空氣的清冷而緊繃起來，那點水滴就墜在那裡，搖搖欲滴。

嵐顏的視線瞬間就集中到了那個點上，無法挪開，她甚至不禁在暗自期待，等待那滴水珠什麼時候落下。

他腳尖踩上她的身邊，隨著身體的動作那滴水珠終於落下，打在了嵐顏的衣袖上。

「啊！我的衣服都被你弄濕了。」後知後覺的某人終於發現，自己的半邊衣衫都被他身上的水給弄濕了。

他抖了抖濕淋淋的髮，嵐顏的身上又多了一堆水珠子暈開的痕跡。

那人看也不看嵐顏，走向一旁，隨手扯起落地的外袍，覆上身體。

嵐顏看著他的動作，那說不出的優美又一次讓她挪不開眼睛，一道咒罵閃過心底：混蛋啊，這個人被自己撞見全裸，第一件事居然不是穿衣服而是遮臉！

這、這、這簡直太過分了！

第九章 離開

他走出幾步，回頭看了眼。

後知後覺的嵐顏頓時明白他在叫自己，跳起腳步追了上去。

「喂。」她追著他的腳步，「我有事問你。」

他停下腳步，面具後的目光落在她的臉上，等待著她下面的話。

「你有沒有……」她呼呼地喘著氣，沒想到他看起來走得慢，實則速度這麼快，就算她施展功力，也追得艱難。

難怪抽打她的時候，完全不費力氣。

那面具後的目光閃了下，也不知道是不是不耐煩了。

嵐顏深深吸了口氣，平復自己的喘息，「我只是想問你，有沒有看到一隻大白狗兒？」

面具後的眼睛，猛地瞇了下。

嵐顏不自覺地倒退了兩步，她沒感覺錯誤吧，剛才那一縷是……殺氣？

她有做什麼讓他想殺她的事了？嵐顏上上下下看了看自己，沒有任何奇怪的地方啊。

再想仔細捕捉對方的氣息，卻又什麼都沒有。

大概是她的錯覺吧？

那人不理她，身體一晃，繼續走著。

嵐顏追在身後，上氣不接下氣，好不容易擠出一口氣，「喂，給我答案啊。」

她就像跟空氣說話一樣，得不到一丁點的回答。怪人就是怪人，永遠別指望在他這裡看到正常的反應。

嵐顏停下腳步，決定不再跟著他，反正她找她的大白狗兒，他不說她就自己找找，說不定有運氣就找到了呢？

嵐顏的腳步才停下，她身前那道人影也忽然停了下來，當嵐顏調轉頭準備回到潭水邊繼續尋找的時候，冷不防眼前一花，青碧色的人影已經落到了她的面前。

他什麼時候回來的？好快的速度啊！

「幹什麼？」嵐顏傻不愣登地問他。

這人不回答自己的問題也就算了，難道她要走也不讓嗎？

如果她以為這個怪人只是不理自己，一貫的不說話，那她就大錯特錯了。

胸口忽然一麻，嵐顏甚至沒看清楚他是怎麼出手的，自己就成了樹林裡的一隻木雞，僵在了原地。

人被點了穴，嘴巴可沒被點，嵐顏叫嚷著：「你幹什麼，不就問了你個問題嗎，為什麼點我穴？啊……」

話沒說完，她眼前的世界頓時顛倒，被人扛上了肩。

果然是連待遇也不同了，以前至少是橫抱，人不難受。但是現在她被扛在肩膀上，肩頭的骨頭頂著她的肚子，簡直難受得快要吐出來了，又是頭朝下的姿勢，腦充血了。

「放我下來，我不就是看了你洗澡嘛，需要這樣嗎？」

「是你自己讓我看的，又不是我要看的，你自己不遮掩，現在為什麼來怪我？」

「你不回答我問題，還不准我去找我的狗兒嗎？」

「啪！」屁股上重重地挨了一下，是他的巴掌。

「放我下去，我要去找我的狗！」

「啪！」

「你放我下去！」

「啪！」

嵐顏在他肩膀上呱呱地表達著自己的不滿，聲音隨著他的腳步清脆地飄蕩在夜色中。不、具體地說，天邊已經出現了淺藍，天不知何時已經亮了。

她一路走一路嘮叨，到後來變成了叫罵，反正街頭市井待久了，什麼不會，就是會吵架。

從最初他綁架自己強留在竹屋開始，到他給她喝自己的血把自己變成怪人，再到每天抽自己屁股讓自己只能趴著睡，還有今天的事件，新仇舊恨上心頭，不吐不快。

罵罵咧咧中，那人就是不回答，沉默地走著，她罵一句就打一下她的屁股，到最後，嵐顏不罵了。

不是沒詞了，也不是沒力氣了，而是……屁股太疼了。

可憐的屁股，自從自己被他關在這裡開始，就一直處在傷痛狀態。

隨便他了，反正她也反抗不了，不是嗎？

可是過了一陣子，嵐顏就發現不對勁的地方了。

依照她來時的腳程計算，他這麼快的速度，應該早就到了小竹屋了，她嘴巴都罵酸了，幾個來回的路都應該有了，為什麼還沒到？

她想看，但是眼前只有他的背心，還有地下的路面，根本看不到任何風景。

她想問，但是想想又沒問。反正不管帶她去哪裡她都抵抗不了，還不是由著他？到了地方總能把自己放下來的。

可惜她徒有安逸的想法，卻沒有安逸的身體，胃被他的肩膀頂著，實在太難受了。

耳邊有風呼呼地吹過，吹起她倒垂的頭髮，長髮就像是掃把一樣，散開在風中，拖拉著。

偶爾上個山路，過個樹林，還會被荊棘掛住。

可憐的嵐顏，一路上就這樣被扯掉不少頭髮，她深深地懷疑，如果他再多走點路，自己會不會被拔成禿毛雞？

她知道他的速度很快，半日下來，恐怕已走了百里了。而她，也從腦充血變成了習慣。

再後來，她索性睡了一覺。

一覺醒來天色已黑，她的飢餓感開始湧上心頭，現在已到了她平日裡要喝魚湯的時辰了。

帶著她奔馳的人也終於停下了腳步，把她從肩頭丟了下去。

頭上腳下的感覺真是太好了，雖然穴道還沒解開，但能這麼坐一會兒，真是讓人覺得舒服的事情。

青碧色的人影靠近她，衣袖滑下，一股濃烈的香味從他的衣袖間傳出，撲入她的呼吸內。

重複著以往的動作，指尖劃過手腕，血沁出。他將手腕送到了她的唇邊。

嵐顏張開嘴，也不囉嗦，大口地吸了起來。

溫熱的血，瞬間消散了她的飢餓，甜美的味道讓她一口接一口地大吮起來，喉嚨裡發出咕嘟咕嘟的聲音。

而他的手，始終在她唇邊，讓她盡情地吸著。

直到她真的再也喝不下了，主動放開咬著他手腕的唇，那手才收了回去。

他坐在她的邊上，開始靜靜地調息。他坐在上風處，每一次風吹過，就有一股香味傳來。

現在雖然是夜晚，但是初十六的月光依然明亮，嵐顏清晰地看到他的頸項處，有點點浮起的汗意。

其實剛才在他背上，她就已經感覺到了他背心的汗，但是她選擇了忽略。

身負武功的人，會出汗其實代表已經到了力竭的邊緣，在這樣的情形之下，她剛剛還喝了他那麼多血。

明明兩口就夠的，她卻出於賭氣，硬生生喝了十幾口。

一絲悔意浮上心頭，但是很快又被她打消了。

如果不是他，她何至於變成這樣的人？

如果不是他，她只怕早就回到了管輕言的身邊。

一切都是他的錯，她為什麼要因為覺得對不起他而內疚？

他的胸膛輕輕起伏，呼吸綿長，但是在這樣的綿長裡，她聽到了一絲輕弱之氣。

練功之人，氣息沉厚，可他的氣息，卻是細軟的，即便是嵐顏這種武功不算高深的人看來，也知道這是先天的問題。

他，先天有病嗎？

嵐顏不能動彈，只有眼珠子滴溜溜地亂轉，把他從上到下都瞟了個遍，明明有著青碧色衣袍的遮掩，她腦海中出現的，卻是他水中乍起時的驚豔。

那赤裸的身子，每一寸肌膚都在她的腦海中跳動，嵐顏的臉騰地一下紅了。

她、她居然記得那麼清楚？

他忽然轉過臉，面具後的一雙眸子炯炯發光，停在她的臉上，嵐顏彷彿被看穿了般，躲閃著他的目光。

身體又一次被扛起，上了他的肩頭，那迅疾的速度又奔了起來。

又是一夜不停歇，直到天色微明，他才在一個懸崖邊停了下來。放下嵐顏，他將她揹在背上，以腰帶將兩人緊緊繫住。

這一次嵐顏是趴在他的背上，她可以清楚看到他的頸項處有一粒粒晶瑩的汗珠。

他，已近虛脫的邊緣。

「喂，你是不是累了？」一直沒說話的嵐顏忍不住了，「累了就休息一下吧。」

她可不是關心他，她只是從他的動作中判斷出他明顯是要下崖，虛脫的身體強自支撐，還帶著她……

萬一他要是力氣不夠摔了下去，摔死自己事小，把她摔死了那可怎麼辦？

話音未落，他已經縱身跳了下去，呼呼的風颳過耳邊，雲霧在身邊繚繞，根本看不清這懸崖到底有多深。

嵐顏下意識地閉上眼睛，卻又趕緊睜開。

閉著眼睛，實在太沒有安全感了。

他的手在崖壁上輕拍，一道道掌風掃過，維持著下墜的速度，似乎一切並沒有她想像中那麼糟糕。

忽然，他的身軀猛地一震，一口血噴出，整個身軀朝下墜去。

嵐顏只覺得下墜的速度忽然變快了，而背負著自己的人，卻沒有半點動作。

完了，她還沒來得及長大成人，就要死在這個自負的人剛愎自用之下！

視線中，兩人距離地面越來越近，她幾乎已能清楚地看到地上的亂石堆嶙峋地聳立著。

唉，這麼多鋒利的石頭，連個全屍都沒了，怎麼辦？

就在越來越近地面時，他的手用力朝地上打出一掌，兩人的身體被這力量彈射上升數丈，他單手拉開自己腰間的繫帶，手腕一抖。嵐顏的身體就像被他操縱的風箏，朝著山崖下唯一一塊柔軟的草坪處墜去。

身體在草坪上打了個滾，嵐顏的身體穩穩地停下。而那道青碧色……

嵐顏的眼睛盯著他，那綠色的衣袍在空中綻放打開，猶如一朵青蓮，飛舞過清晨的霞光……墜落。

「啊！」嵐顏叫出聲，眼睜睜地看著那人落入石堆中。

剛才，他所有的力量都用來保護她，再也沒有殘留的力氣來保護自己，也不知道他這一摔怎麼樣了？

也不知道是情急之下的力量，還是穴道受制太久，在這一瞬間竟然自解了。

嵐顏跳了起來，朝著他墜落的方向飛奔而去。

剛剛恢復氣血，走路還有些跌跌撞撞，被制住太久，腳踝還麻木無力，嵐顏一腳深一腳淺地在亂石坑裡踩著。

終於，她的視線裡出現了一道青碧色，嵐顏快步衝上去。

碧色的衣衫微微拂動，是風撫弄的。而那石堆上的身體，卻是一動不動。

他，還活著嗎？

她急急地上前，手指探上他的頸項。

指尖下，小小的跳動，這讓她懸著的心終於放下，輕輕地吁出一口氣。

她努力地把他的身體抬了起來，可是當她的手貼上他的後心時，一片濕濡進入她的掌心。抽回手，滿掌通紅。

嵐顏倒吸一口涼氣，那身體被她扶起後，地面下滿是石子，而那石子上盡是點點殷紅。而他的背上，衣衫早已破爛不堪，背上嵌著大大小小的石子深入肉中，更有一塊尖細的石頭，插入他的肩頭。

嵐顏彎下身體，快速地將他揹起，抬頭尋找著出路。

前方，一彎小溪、一間草屋。

嵐顏快步地走了過去，腳下踩著溪水，跌跌撞撞朝著小屋飛奔。

「你這個該死的傢伙，有必要這麼死撐嗎？喘口氣再下來會死嗎？」嵐顏邊跑，口中不住地低聲罵著。

衝到小屋前，嵐顏已能感知到屋內無人，提腿就衝了進去。

他背上都是石子傷口，不敢隨便放下他，嵐顏傻傻地揹著人，在屋子裡亂轉，「有沒有藥？有沒有藥？」

忽然，那垂落她身前的手緩緩抬了起來，指著屋外某個地方。

藥在外面？這是什麼說法？

嵐顏也顧不上許多，依照他的指示，又衝向屋外。

門外，有一個石柱，而他手指的方向，就是這根石柱。

這，是藏藥的地方？開什麼玩笑！嵐顏一眼就能看到，這東西上面既沒有窟窿，也沒有暗格，哪有藥啊？

「你不是摔糊塗了吧？」嵐顏叫罵著。

那手，貼上石柱，推動。

石柱沒有任何反應！

他又用了些力氣，許是牽動了傷口，他的喉間發出一聲呻吟。

「我來。」嵐顏嘆著氣，「逞什麼強，讓我來不就行了？」

伸手一推，暗勁送出，石柱在她的力量中倒下。

「轟！」一聲悶響中，塵土飛揚。

而嵐顏的耳邊，聽到了咯咯的古怪聲，依稀是從地底下傳來的。

這是什麼，機關嗎？

遠方的石林詭異地挪動起來，慢慢地升起，從四面八方，將他們包裹在其中。

嵐顏目瞪口呆。

若非親眼所見，她絕不相信天底下會有這樣的機關，能夠讓山石樹木變幻，這不可能……絕不可能！

可是這一切，就這麼眼睜睜地發生了。

直到所有的山石陣都不再挪動，那猶如天然屏障的石林，將他們與剛才的懸崖完全隔絕開。肩頭的手頹然垂下，嵐顏這才猛醒過來，自己背上還揹著一個重傷的人呢。

再度奔回屋內，她小心地讓他趴在床榻間，快速地在屋內翻找起來。

抽屜裡，滿滿的各種藥物，這讓嵐顏十分欣喜。

以他剛才的動作，似乎對這裡十分熟悉，這麼多的藥物，也不知道是不是他備下的。

如果是，她只能說這個男人果然是個怪物，什麼食物都沒有，倒是一堆藥，好像知道自己會隨時受傷隨時生病似的。

低頭看去，他的臉側著，那張猴子面具掛在他的臉上，似哭似笑。

嵐顏嘆了口氣，現在救人要緊，容不得她滿足好奇心，她將注意力重新放回到他的傷處。錯落的石子，密密麻麻的傷痕，她都不知道該從何下手了。

看了看，她決定從最大的一塊開始下手。

那塊石頭，尖銳如劍，直接從他的後肩貫入，從前方穿出，死死地卡在肩胛骨下。

拔，勢必要有巨大的力量一次成功，不然光疼痛，就能讓他備受折磨。

可是貿然拔，若是傷及筋脈，他今後的胳膊都得廢在她手上，不能隨便啊！

嵐顏額頭上汗涔涔一片，現在的她可是背負著對別人的責任，可是……也容不得她猶豫啊。

那血，一直在流，破爛的衣衫早已濕透。很顯然，這塊石頭已經傷及筋脈，否則不會有這樣的情況出現。

她的手指飛快地點過穴道，用了些勁道。

這是截血之術，比點穴更深，可以讓血脈緩速，但是如果時間過久，人就會氣血不順，甚至筋脈壞死。

她的時間只有一炷香，再多對他就有損傷了。

嵐顏的手輕輕摸上他的肩頭，把骨骼的位置，筋脈的情況都大致摸索了下，一縷勁氣鑽入他的體內。查探著他的筋脈，將傷處的情況摸索清楚。

還好，筋脈並未斷裂，這點讓嵐顏非常慶幸。

一團勁氣慢慢包裹上受損的筋脈，另外一隻手凝聚著柔和的內力，貼上石塊的邊緣。

療傷是武者的本能，書中都有各種行功法門，融會貫通後都明白如何去做，可她畢竟沒有真正的經驗。

狠下心，嵐顏深深地吸了口氣，掌中勁氣吐出。

力道很快，幾乎是瞬間將石塊擊出。力量又很柔和，沒有剛猛霸道到再度傷害他的筋脈。石塊帶著血珠射出，落在枕頭上。嵐顏不敢怠慢，手指快速地撒上藥粉，隨手拔下他頭上的簪子，點燃油燈後在燈火上烤了烤。

他的頭髮散落枕畔，烏絲滑落在側，燈光下閃爍、流淌著細潤的珠光，這樣安靜的他，哪還見揍她時的強大，孱弱又可憐。

她真應該趁他現在虛弱，狠狠打他一頓，以報復自己被他打得那麼慘的仇。可惜她嵐顏不是趁人之危的人，就算要揍他，也要等他身體好了再說。

拿著簪子，尖銳的簪尖在他背心上跳動，很快地一個撥弄，一枚卡在肌膚中的石子就被挑了出來。

嵐顏的手很快，一個個挑著，有的石子非常細小，不過半個米粒大小，在血肉模糊的肌膚上，太難發現。

確定了再沒有一枚石子，嵐顏才放下了手中的簪子，乾淨的布巾擦拭過他的傷口，再將藥粉撒上，這才拿起棉布為他將傷口裹好。

他的傷面積很大，幾乎整個後背都是，嵐顏只能將他整個上半身都裹了起來，但是這個動作對於嵐顏來說，只怕有點艱難了。

她的手伸出，想要扳起他的身體，才剛動了下就看到血絲從各個小小的傷口中流出，又趕緊縮了回來。

直接翻身是不可能了，那就只有……

嵐顏的手從他趴著的身體與床榻之間伸了進去，手指一寸寸地爬行，拎著棉布穿過，在他背心處繞好，又一寸寸從胸前鑽過，再繞一圈。

他的高大與嵐顏的瘦小形成了鮮明的對比，某瘦皮猴似的少女，要整個前胸幾乎貼上他的後背，才能把棉布從他胸前塞進，又從他背上爬下，挪到側面，一點點摳出棉布。

這包紮對嵐顏來說，幾乎比療傷還要艱難，在幾番努力之下，她終於包好傷口，手指快速地解開被她禁制的血脈。

剛剛好，在一炷香之內。

他趴在床榻間，呼吸聲比之前要平穩多了，嵐顏蹲在床邊，看著那個詭異的猴子臉，忽然有了想法。

剛才她沒伸手是沒時間，救人要緊。現在他的傷也包好了，人也平穩了，她總可以滿足自己的好奇心了吧？

反正他也昏著，看一看他也不知道。

嵐顏的手指壞壞地勾上那個面具，先小小地挪動下，他沒有反應。嵐顏又大膽了些，掀開一點點。

一截優雅完美的下巴弧度，白皙清潤的肌膚，只這小小的一彎弧度，就讓人產生了無數猜測與想像的空間。

這面具下的面孔，一定是絕色非凡的。

可嵐顏卻有些失望地嘆了口氣。

在她的想像中，這麼怪脾氣的人，一定是面目醜陋，不能見人，否則為什麼整天要遮著擋著，不就是怕被人嘲笑唄。

這麼完美的下頜，不合情理啊。那他一定是三角眼、歪嘴巴、塌鼻子。

嵐顏的手繼續掀著面具，腦袋也越貼越近、越貼越近。

忽然間，她愣了下。

他一直是側趴著的，面具微微歪斜的遮掩下，她看不到他的眼睛，也就一直以為他是沉睡的。可是這一靠近，她才忽然發現，那雙眼睛是睜著的，正一眨不眨地看著她。

第十章 心軟

一雙如秋水深潭，清波蕩漾的眸子。

「啊！」嵐顏低低喚了聲，原本做壞事的手飛快地縮了回來，看著他呵呵乾笑，「原來你，是、是醒的啊。」

那目光停在她的臉上，不需要有任何態度，就讓她清楚對方已將她的心思看得通透。

跩什麼跩，不就是想看看他的臉嘛，需要跟守護貞操一樣嗎？

嵐顏嘿嘿笑了下，「剛剛打了盆水給你擦傷口，想必你奔波了兩天也出了不少汗吧，不如擦把臉如何？」

他沒有說不，似乎是在考慮她的提議。

嵐顏彷彿又看到了希望，手快速在盆子裡擰著毛巾，然後伸到他的臉前，另外一隻手快速抓上面具。

打著擦臉的旗號，他不會拒絕了吧？就算想拒絕，以他現在的身體狀況，也擋不住她了。

藏頭露尾這麼久，她總算能一窺真容了。

不是她對他的臉有多好奇，而是一種氣場上無形的較量，當著他的面掀開他最想遮擋的東西，就是最大的勝利。

手已經抓上了面具最下方，只要輕輕一掀，她就成功了。

嵐顏抓著面具，可惜再也不能往上抬一寸，因為有兩隻手指拈住了她的手腕。

冰白如玉，細長如修筍，清透似冰的兩根手指。

彷彿一點力量都沒有用，那麼輕巧地捏在她的脈門處，纖細的手腕隨著衣衫滑落也顯露了出來，青色的血管就在肌膚之下，更顯清瘦。

可就是這樣清瘦的手腕，這樣重傷下的人，她還是不能反抗。

這讓嵐顏多少有點失落。

不是失落自己沒看到他，而是失落自己為什麼這麼弱。

那手指鬆開她的脈門，指尖勾上那布巾，那方小小的巾帕就落入了他的手中。在嵐顏的目光中，那手指指了指前方。

嵐顏順著手指看過去，沉了臉。

他指的方向是——大門口。

什麼嘛，這是用完了之後就丟過牆嗎？好歹她也算救了他，洗個臉也要趕她出門？

嵐顏撇撇嘴，看了他一眼，決定不跟一個傷重的怪人計較。

她端起水盆，走出了門。

「呼啦」把水潑進一旁的小溪裡，她這才有空閒打量起四周。

石林成了屏障，隔絕在溪水之旁，她已經看不到剛才自己落下的懸崖了，再看另外一邊，綠樹蔥蔥，小溪潺潺，溪水旁長滿了小小的花兒，一大片一大片，紅得耀眼。

嵐顏忍不住走了過去，幾步之後，她已跑了起來。短短的距離，到最後她幾乎是用衝刺的速度，撲進了花海中。縱身一躍，身體落入花叢裡，激盪起一片柔柔飛舞的紅色花瓣。花瓣在她粗野的動作中四散飛起，在空中飄飄悠悠，她手指一撥弄，那輕柔的花瓣就隨著她的動作被帶動，猶如一道紅色的光，隨著她的指尖跳動，就像它們的生命因她而靈動了一樣，又像是她掌控了它們一般。

她喜歡這種紅色，從骨子裡就愛極了這色澤，這種喜愛也是與生俱來的，所以當她第一次看到這花瓣的顏色時，就被驚豔了。

她眯著眼睛，讓那花瓣自然地落下，如羽毛般刷過臉頰、刷過唇瓣，慢慢將她的身體覆蓋，在她身上落成一片花瓣軟被。

嵐顏吹起一口氣，一瓣原本要落下的花瓣被她調皮地吹起，她鼓著腮，繼續吹著，再繼續吹，自得其樂，玩得不亦樂乎。

吹起來，再看它飄飄落下，再吹起。反反覆覆的一個動作，竟也可以帶給她這麼大的快樂。

嵐顏忽然從地上跳起來，在空中旋轉著，帶著一波羽毛般的花瓣飛起，圍繞在她身邊，同樣旋轉著。

迎著陽光，她揚起手臂，自然而然地舞出了從怪人手中偷學來的四招，沒有殺意，只有快樂。此刻的嵐顏，就像是花中精靈，翩躚舞蹈。

自從前日在月光下看到它們，在她心底就一直隱隱有股衝動，但那地方的花瓣還不夠多，還不足以激起她將衝動化為行動。

可是現在，這一大片的花海，她再也無所顧忌，釋放著自己所有的想法。

招式中，內功開始飛速流轉，在丹田中生生不息。

她看著自己的手，內心喜悅無比。

這麼多年了，直到這個時候，她才終於有了底氣與自信。

以前，她知道自己內功出色，也知道白羽師傅教授給自己的招式是高超的，但是她始終無法融會貫通。就像一個人手腳永遠不平衡，動不動就走路摔倒，更別提跑的感覺一樣。

可是現在，她能跑了，甚至可以跑得很快。

也許……她真的可以去封城一試了吧？

還有兩年，她努力練功的話，一定可以的吧？

曾經放棄，是因為她完全不相信自己，才消沉的選擇拋棄了過往，但不代表她遺忘。

那些誓言、那些仇恨、那些心裡隱藏的不甘，都在這片花海中重新升騰起來，在心中燒起熊熊的烈火，就像這片花海，絢爛耀眼。

一指彈出，一尾魚兒跳出水面，落在溪水旁，嵐顏就地剖了，洗了，放在砂鍋中燉煮著。

眼睛一瞟，看到遠方的竹林，她眼神一亮。

刨出幾個鮮嫩的小竹筍，切切削削，落入砂鍋中，香味更加濃郁了。

果然管輕言的調教還是有用的，那個懶得要死的傢伙，每次弄來了吃的，都是一把丟給她，讓她處理剩下的事，久而久之倒也練就了一手好功夫。

想起管輕言，她又有點失神。

「呲……」砂鍋發出一陣輕聲，嵐顏的思緒被拉了回來，眼見著湯都溢了出來，她快手快腳地端下湯鍋，朝著屋內走去。

他還在睡覺，嵐顏也沒打擾，把湯放在他身邊的几案上。

正準備轉身，忽然間……

「啊！」嵐顏叫了聲，不由地倒退了兩步，手拍著胸口。

一雙目光，從面具之後透出來，幽幽地看著她。

他是鬼嗎，為什麼每一次都無聲無息的？

「醒了就不能吭個聲？」嵐顏翻著白眼，「嚇也被你嚇死了。」

那眸子彎了起來，彷彿是在笑她膽小。

嵐顏雖是這麼說著，心裡卻有些感慨。

進門前，她特意用內功探查過，他呼吸均勻，平穩輕柔，絕對是睡沉了過去。而她刻意沒打擾他，不敢有一絲動靜。

他是被她驚醒的，在她沒有發出一點聲響的時候，一個重傷的人還能有如此反應，只能說他的警覺心超越了常人，要養成這樣的警覺心，只有一種可能，就是他身邊從未有人能靠近，一旦有人稍近了距離，他的靈識就會產生警覺，讓他身體緊繃。

不能有朋友、不能有愛人，甚至不能接觸人群。

他還真是純純正正的怪人，可這樣的人，又為什麼會救她？

嵐顏心頭忽然閃過一絲疑慮，話衝口而出：「我是不是認識你？」

第十一章

相伴伺候

那視線輕輕挪開，根本沒有理她的意思。

這個反應早在嵐顏的意料中，她翻了個白眼，「我知道，要想從你那得到真相，先想辦法打贏你是吧？」

那頭，緩緩地點了點。

嵐顏抱起砂鍋放在他的面前，「喝，早點傷癒，老子才好挑戰你。」

那目光凝了下，似乎是對她的話語有些不滿。

嵐顏扠腰，一隻腳踩在床沿邊，「幹麼，不爽老子啊？那你趕緊好了和我打，要不是你這裡陣法奇怪，我跑不出去，你以為我會願意待在這裡？」

那手，又一次抬起，還是門口的方向。

媽的，她給他做飯、給他熬湯，他居然又趕她走？

「走就走。」嵐顏無賴地甩著手，「吃完了丟在那裡，等老子有空了來收，現在老子也要去睡一覺。」

她態度囂張，他倒也不惱，視線看看她，又看看几上的砂鍋，眸光流轉間，添了幾分溫柔。如水緩緩，流淌過心間。

一剎那的光彩，嵐顏的心猶如被重重擊了下。

她、她、她居然被他的一個眼神煞到了！那一瞬間的光華，就這麼侵入了她的心底。

她覺得，自己這輩子都不可能忘記這個眼神了，因為實在……太美了！

呆了好半晌，她才找到自己的腿，僵硬地邁開腿，飛也似的跑了。

剛才，她居然被那個眼神煞到腿軟，這簡直太丟人了，還好他不知道。

屋子只有一間、床也只有一張，全都被他占了。現在的嵐顏又不好意思跑回去，那只能在外面吹冷風了。

找了塊大石頭，嵐顏仰面躺倒，背後貼著涼涼的石頭，眼前晃動的全是剛才他那一個眼神，閉上眼睛，還是相同的畫面浮現。

該死的！

嵐顏翻個身，努力讓自己不去想。可心思紛紛亂亂的，就在這樣的胡思亂想中，她慢慢地睡了過去。

可就是睡著也不安穩，那雙眼眸一直恍恍惚惚地在眼前晃動，甚至漸漸地靠近、靠近。

身體，酥麻。無法抗拒那眼神中的柔情，只能由他靠近。

他這是……要吻自己嗎？

而她，不但不想反抗，心裡甚至滿滿的都是甜蜜，迎了上去。

「啊！」嵐顏猛地睜開眼睛，一骨碌坐了起來，用力地呼吸著。

她剛剛夢到什麼了？她居然夢到那個傢伙吻自己，而自己還滿心歡喜地接受了，這、這怎麼可能！

她這是思春了嗎？

不僅如此，她現在還能聽到自己的心跳急促而劇烈，在耳邊狂震著。

忘記，趕緊忘記！她好歹也是曾是堂堂封城的少爺，什麼美男沒見過？就算是討飯，她身邊也有個妖嬈的管輕言，還有個木訥卻清高的絕塵，再談氣質，誰能比得上白羽師傅？

她怎麼搞得像沒見過世面似的。

不准想、不准想！

嵐顏給自己暗中下著命令，強行讓自己平靜下來，深深地吸了口氣。

夜晚的空氣有些涼，順著呼吸深入肺中，一縷香氣填滿心胸。

香氣？

嵐顏抽了抽鼻子，沒錯，是有一股若有若無的淡淡香味，她朝著香味的方向轉過頭。

青碧色的人影站在她身邊，被夜色虛幻了身影，淡漠了魂魄氣息，唯有那衣袂的飄揚，是真實存在的。

他什麼時候起來了？居然還自己換了衣服，走到這裡來。

那麼重的傷卻這麼快就可以起身，他到底什麼體質啊？

他的衣帶被風帶起，高高飄飛，劃過了嵐顏的手腕，落入了她的掌心中。柔軟的絲棉質感，與她在那竹屋中穿過的一模一樣。

「這裡是你的……家？」最後一個字，嵐顏問得有點疑惑。

說是他的家吧，他似乎不常住，布置也是古樸而簡單。說不是他的家吧，所有的東西一應俱全。在無聊的時候，嵐顏早已經把這周圍都打探了個清楚，就連衣櫃都打開看過了。

這衣袍穿在他身上的合適度，讓她堅信這些衣物必定是他的，才有了這小小的猜測。

難得的是，他居然回應她了。

小小的一個點頭，幾乎輕得看不見，也算是回答了吧？

疑問得到解答，又一個疑問浮上心頭不吐不快，「那，衣櫃中的衣服，是你戀人的？」

她可沒忘記，打開衣櫃的時候，裡面除了男子的衣衫，還有一套套女子的衣衫。

鮮豔的紅，和那花瓣一樣的顏色。

要麼，就是一色的白，如雪的白，只在袖口繡了幾瓣花瓣，紅色的花瓣。

嵐顏知道，對顏色的喜好代表了一個人的性格。紅色熱情，白色清冷，可那女子的所有衣物，只有這兩種顏色，可見她是愛極了紅與白。

一個兼具熱情與清冷的女子嗎？

嵐顏有點好奇，因為她無法想像，為什麼這兩種截然不同的氣質，會同時存在於一個人的靈魂之內？

越是這麼想，就越是對那女子感到好奇。

他側過臉，看了看她，輕輕搖了搖頭。

「那是你妹妹？」嵐顏繼續猜測。

頭，再搖。

「難道……」嵐顏靈光一閃，「我知道了，是你媽？」

「啪！」頭上挨了頓爆栗，嵐顏捂著腦袋頂，極度不滿。

她不就是矮了點麼，敲這麼順手幹什麼？

他蹲下身體，手指在沙中慢慢滑過，不過是短短十餘筆，他寫得緩慢而鄭重，沒有用竹枝，而是手指。

地上，慢慢出現兩個字：吾妻。

嵐顏縮了下脖子，吐了吐舌頭，難怪他剛才敲自己了，因為她猜錯輩分了。

不過再好奇，嵐顏也知道不可以再問下去了。

這裡久未有人居住，放著兩個人的衣服，卻只有他一個人在這裡，那他的妻子不是跟人跑了就是死了，她才不會蠢得去戳人家的痛處。

好吧，那兩個字寫得如此深沉，筆劃間都可看到他對妻子的愛，不管是跟人跑了還是死了，只怕對他都是巨大的打擊吧？

難怪性格變得這麼古怪。

她嵐顏大人大量，不跟他計較好了。

「喂，你還傷著呢，回去將養著吧。」嵐顏打了個哈哈，又躺了下去。

他手一抬，一個東西拋進她的手裡，嵐顏接過一看，卻是一個小瓷瓶，裝藥的小瓷瓶。

「你要我給你換藥？」她抬頭問著。

他的回答，就是再丟給她一捲乾淨的棉布。

看來不需要他的回答了，嵐顏揉了揉眼睛，「來吧，換藥。」

求人辦事還能做得這麼跩，天底下也唯有他了。

他拉開腰帶，衣衫順著肩頭瞬間滑落，他的背影俊朗頎長。

明明只是一個這麼小的動作，為什麼他做起來，落在嵐顏的眼中，卻有著說不出的風情。

是的，風情。

不同於管輕言的妖嬈，他的風情就像是蘊含在骨子裡，舉手投足間就會蠱惑人心。

她這是被他的眼神迷惑了，導致無論他做什麼，都覺得好看？

嵐顏問著自己，卻也無法給出答案。

她解開包裹著傷口的棉布，沾染著凝血的棉布被丟棄一旁，露出了猙獰可怕的傷口。

雖然傷口已不再流血，但是還沒完全癒合好的傷口看上去依然觸目驚心，紅色的嫩肉暴露在外面。

她拔開瓶塞，正準備將藥粉撒上，他卻又伸手了。

手指著小溪的方向，並將一塊布巾丟進她的手中。

嵐顏歎了口氣，從石頭上跳了下來，在小溪中打濕布巾，嘴巴終於忍不住了：「有你這樣的人嗎？幫你裹傷就夠對得起你了，還這麼多事，一天不洗澡不會死的，何必一定要擦身呢？」

他聽著，也沒反應。

嵐顏囉嗦歸囉嗦，事情還是照做了。

她將布巾小心地覆上他的背，一點點地擦去乾涸的血跡，仔仔細細地為他將後面擦了一遍。

就在她覺得大功告成、準備丟下布巾的時候，他卻轉了過來，衝她張開了雙臂，等待著。

這……這是要她連前面都擦的意思？

媽的，讓她擦後面她還能理解，他擦不到唄。可是擦前面是什麼意思啊，他又不是沒手！

在幫他擦身還是把布巾砸他臉上之間，嵐顏選擇了前者。

誰叫他的傷是因自己而起呢，看他後面傷那麼重，擦身的動作只怕也會牽扯到傷口的份上，嵐顏忍了。

布巾擦上他的胸口，嵐顏的手慢慢地滑過每一寸肌膚，那雪白細膩的肌膚沾了薄薄的水，在月光照映下，更加瑩潤如珍珠。

擦前面和擦後面，明顯是兩種不同的感覺了。

後面，畢竟看得不多，感受不深。加上大大小小的傷口容易讓她忘卻其他，可前面是完好的，如此近的距離，她可以把他所有的一切都看得清清楚楚。

胸口，在微微起伏，隔著微涼的布巾，她都能感覺到他肌膚的溫熱，隨著他的呼吸，傳遞著緊繃的力量。

兩點殷紅，因為她粗魯擦拭的動作，慢慢緊繃起來。

那小小的變化，在她的眼前那麼清晰。

嵐顏不敢再看，努力把視線轉移，可轉了一會兒之後，她發現自己的眼睛根本沒地方放。

小腹，緊繃，肌理分明，漂亮得讓人想要舔舐。

腰身，細窄，沒有一絲贅肉，又讓人忍不住地想要掐一下，感受它的力量。

上次她也見過他全裸的身體，但那一次更多的是驚訝，而沒有如此近的距離，現在有了褻褲的遮掩，反而又多了若隱若現的誘惑。

嵐顏甚至覺得自己口中津液氾濫，她……居然有流口水的衝動。

快手快腳地為他擦乾淨，嵐顏趕緊拿出藥瓶，倒出藥粉撒上他的傷口。

輕輕抖動手腕，讓藥粉撒得均勻，看著那些尚未癒合的傷，她忍不住抿唇，吹著氣。

不知道這樣到底對他有沒有用，她只是習慣性的這麼做而已。

直到確定藥粉撒均勻了，她才拿起棉布，為他重新包裹。

因為要繞過他的胸膛，導致嵐顏每一次都要將手環繞過他的胸口，再將棉布拉回後背，每一次動作，她都覺得像是自己從身後環抱他一樣。

忽然間，她的手停了下來。

他的背後，那些大大小小的傷口中，她看到了一道白痕。

從脊樑直下，一直延伸到腰間，在腰間凹陷最低的地方，有一個銅錢大小的同樣白痕。

她的手忍不住碰了碰，他的身體立即緊繃了起來。

是傷痕，而且是老傷口。

之前被那些傷痕血跡遮擋住她沒有看到，當看到之後，她才倒抽了一口涼氣。

脊樑又稱龍骨，這個地方一旦受傷，輕則癱瘓，重則身亡。而他的傷，是自頸下開始，至腰椎而止。

痕很細，但並不代表傷就不重，越是細，越代表當初傷他的那把武器的鋒利。

而這樣的傷痕落在嵐顏的眼中，她只想到一個詞：抽筋扒骨。

為他留下這個傷痕的人，太狠毒了。

只是腰間那一個更大的傷痕白點，她卻想不出來是怎麼造成的？她只知道，那個傷痕應該也是由這道傷口衍生而來的。

「真殘忍。」嵐顏低聲喃喃。

手指又一次觸碰了下，而他的身體，則再度緊繃了起來，比剛才更緊。

「哼。」他的喉嚨間，發出低低的一聲。

嵐顏的失態與失神，卻因為這一聲而瞬間回歸，她不敢再拖延，快手快腳地將棉布裹好。

「好了。」當傷口裹好後，她甚至不敢看他，轉身跳上石塊，拿屁股對著他，決定閉上眼睛睡覺。

耳邊，腳步聲沙沙傳來。

嵐顏聽得清楚，這腳步聲不是離去，而是靠近她。

嵐顏身上的汗毛瞬間起立，如臨大敵。

雖然她看不到，但是她的靈識可以將對方的每一個動作都清清楚楚地傳達給她。

他站在石頭旁，看她。

他距離她，一步之遙。

他伸出了手，貼上了她的肩頭，拍了拍。

每一個動作，嵐顏都有說不出來的感覺，她有點害怕他的靠近，卻又喜歡他這樣的親近。

見她沒反應，那手又拍了拍。

「嗯？」嵐顏從鼻子裡哼出一個音，有點愛理不理的。

那人見她不理，手滑下，指尖刮過她的胳膊。

不過是一個隨手的動作，幾乎可以說是不小心的觸碰，可嵐顏卻覺得，自己從胳膊到手腕，都酥麻了。

那手握上她的手，拽了拽。

嵐顏再度無奈，坐起。

那手拉起她，朝著屋內行去。一陣陣的幽香，就在他的腳步行進間，不斷傳來。

到了床榻邊，他指著床。

「不用了，你睡吧。」嵐顏看了一眼，很無所謂地開口：「你有傷，還是給你吧，早點傷癒我也早點解脫。」

他的手，直接一推，嵐顏嬌小的身體就被推進了床榻間。

她不是矯情的人，更不是客氣的人，既然他都這麼做了，那她就睡吧。

踢掉鞋子，嵐顏滾進了床裡，抓起被子蓋在身上。

被褥間，也是一股幽香，聞之欲醉。

身邊一暖，有一具身體貼著她，也睡了下來。

說貼，他保持著一定的距離，沒有讓她感覺到威脅和厭惡。

說遠，卻讓她如此清楚地感受到，他就在她身邊。

床，就只有一張，既然他有良心不讓她睡石頭，她又不忍心讓傷患出去，那唯一的解決辦法，就是分享唄！

兩個人，一張床，居然沒有陌生和不自在感。

嵐顏很快就睡了過去，而且這一覺，幾乎是這些日子以來最甜美的一覺。

而那股幽香，卻從現實侵入她的夢中，時刻伴隨著她。

第十二章

擂會之戰

此後，嵐顏再度展開一邊被打一邊偷學招式的生活。

這日一覺醒來，熟悉的湯鍋下，壓著一張紙條，嵐顏伸手拿起紙條，上面幾個清晰的字：六招已盡授，今日開始，不再手下留情。

嵐顏苦笑，看來她的如意算盤打錯了，他不會給自己慢慢成長挑戰的機會。

又累又餓的她，抱起湯，幾口便喝了乾淨。

倒在床上又睡了過去，她要儘快恢復體力，才能與他對戰。

就在她睡得迷迷糊糊間，耳邊忽然聽到一道風聲，她想也不想地抬手，入手處，是一枚冰冷的鐵牌。

牌子上，清晰地寫著一個數字：四十九。

什麼意思？

她翻身坐起，看到他坐在門邊，身上卻不是那熟悉的青色衣衫，而是一襲黑色勁裝。

他的手指著桌上，她看去，同樣的一襲黑色勁裝，還有一個醜陋的面具。

她不解地看向他。

他手指沾水，在桌子上慢慢寫著：想不想要解藥？

她中的毒有解藥？

如果有了解藥，她就不用整日喝他的血、被他控制，她就可以自由離去，她就可以完成昔日的誓言了。

「你會給我？」嵐顏警惕地看著他。

他的左手在桌面上落下一行字：等妳把手中的牌子換成一號的時候，我就給妳解藥。

看著手中的鐵牌，上面有一個小小的掛扣，明顯是個腰牌。

「怎麼換？」嵐顏急切開口。

他騰身，掠入空中。

她一愣，緊隨其後躍入空中，追蹤而去。

兩個人在風中快速地奔馳，大半個時辰後，前方出現一個大大院落。

已是三更時分，這裡卻是燈火通明。

他率先落下，她緊隨其後，門口立即傳來警惕的聲音：「誰？」

他慢慢顯出身形，門口的兩人渾身一個顫抖，恭敬中帶著畏懼，頭頓時低了下來，「是您老來了，裡面請。」

嵐顏好奇地看著，不知道這裡是哪裡，更不知道他帶自己來的目的是什麼？

他舉步前行，院落兩邊站滿了護院，當看到他的一瞬間，所有人都恭敬低頭。

不僅是低頭，嵐顏能從他們身上感受到強烈的恐懼，還有尊重。

他，到底是誰？

進入大廳，嵐顏更加驚訝了。

說是一個廳，那是小瞧了這裡，百丈寬廣的廳裡擠滿了人，正中央卻是一個擂臺，擂臺周圍燈火閃爍，毫髮可見。

擂臺的正中間，站著個笑彌陀似的人，滿面笑容，「今日比試激烈，又有兩人進入百位之中，號牌已授。從今天開始，只要他們在擂臺上站住，就可以得到百兩獎勵，若晉升到前五十，每場戰鬥勝利可得千兩；若入前二十，每場勝利五千兩，若入前十，一戰十萬兩，但是百強之中，不留弱者。若有人不敢戰，選擇放棄號牌身分，今後將再沒有資格入擂會比武奪獎金，能入前二十者，可一直受擂會供奉。」

他的話，讓嵐顏聽得膽戰心驚，低頭看著自己手中的號牌，忽然有種捧著熱炭的感覺。

這個混蛋，到底給她的是號牌，還是索命牌？

一名大漢踏上擂臺，嵐顏看到他的臉上戴著一個猙獰的面具，身形粗壯，手臂上肌肉糾結，飽含力量。腰間別著一個號牌：二十一。

他揚起聲音：「二十一號挑戰。」

她的右手邊坐著他，左手邊坐著的顯然是個來看熱鬧的人，每個人臉上都戴著面具，不會被知道身分，就可以盡情地嘶喊。

左邊的人顯然是個粗豪的大漢，一看到二十一號出現，立即興奮地大喊起來：「好，今夜有好戲可看了，無論誰贏，老子都給一千兩賞銀。」

沒多久，已有人到笑彌陀的耳邊稟報，他咧開慈善的笑容，「今日打賞之數已到五萬兩，依照規矩，擂會留下兩成，剩下四萬兩全部歸勝者。」

嵐顏張大了嘴，原本打一場五千兩的獎勵已經讓她大為驚訝了，不料這打賞遠遠超過了獎勵，四萬五千兩，即便是在封城做小少爺的時候，她花得最奢侈的一次，也不過是千兩。

笑彌陀看著二十一號，「確認挑戰？」

二十一號重重地點了點頭，「確認挑戰！」

「挑戰幾號？」

「二十號！」

笑彌陀的笑容更濃了，「依照慣例，我還是要將規則再說一遍。號牌挑戰，勝者有資格處置負者生死，以及由擂會保管的兩成打賞。若殺死對方，所有獎金歸勝者所有。二十一號，你的打賞累計為五十萬兩，若你殺了二十號，則可以取走二十號累計的打賞八十萬兩和他的號牌，從此接受擂會供奉，反之亦然，二十號守擂成功，依然保有二十號牌。」

嵐顏瞧著角落裡的那十個座位，心下好奇，不禁問道：「不是前二十名嗎，為什麼只有十個位置？」

她問的本是那個怪人，問出口之後才想起，他根本不會說話。

「你第一次來啊？」沒想到左邊那粗豪的漢子卻接了話，「前十名都是最為頂尖的人物，接受特殊供奉，平日神龍見首不見尾，若要挑戰前十名，要提前三日預約，擂會也會發出通告，那時候看熱鬧的人可就多嘍，遙想上次第五、六名之爭，那才叫驚心動魄，看得老子幾個月睡不著。」他指著那排位置，「不過能坐上那十個位置的人，已經是頂尖中的頂尖了。」

「那……」嵐顏看著擂臺上，「他們今日的爭奪，會是生死之爭嗎？」

「小傢伙，你真是太天真了。」那漢子哈哈笑著，「這裡是哪裡啊？是鬼城，是四大主城都管不著的地方，是所有被主城通緝的人，或者亡命之徒才會來的地方，來這裡的人，誰手上沒幾條人命？更別提擂臺上的，那都是從幾十、上百的人命中走出來的，他們最不怕的就是殺人，他們怕的是沒錢。」

嵐顏忽然明白了，站在擂臺上，不是自己想手下留情就可以的，一旦挑戰開打，就是賭命的生死搏殺，因為沒有人敢把性命放到對方手中去裁決。

鬼城！這裡的人就如同這城的名字，無情、嗜血、瘋狂。沒有人類應該有的同情、善良和包容等情感。

那怪人把她丟到這裡，究竟想要幹什麼？

嵐顏側著臉，她的目光幾乎想要穿透那面具、穿透他的心，看到他所有的想法，可她，只能看到一張似哭似笑的猴子臉。

擂臺之上，笑彌陀已經下了場，只剩下那兩個人，面對面站著。

殺氣，濃烈的殺氣，森寒而蝕骨。坐在第一排的嵐顏，被這樣的氣息逼迫得很難受。不是威壓，而是那氣息中的血腥氣。只有沾染了無數人的血，才會散發出這樣的氣息。

二十一號的手捏著，臂膀上的肌肉高高突起，蘊含著強大的力量，一拳擊出。

平淡無奇的一拳，沒有任何花招也沒有虛招，看上去再是簡單不過。但是那速度，快得幾乎讓人看不清楚，這樣的速度之下，已不需要任何虛招和花招了。

二十號那瘦瘦的身體，就像一片樹葉，在這樣的拳風之下，輕飄飄地飛了起來。

如果有人以為二十一號那一拳就此落空，那就錯了。他的拳還在空中，已然變招，他就像預料到了對方的落點一樣，拳頭已至。

全場開始叫喊，聲浪一陣接一陣，兩個人在擂臺上快速地閃動，招式越來越快。

嵐顏的眼睛一眨不眨，死死地盯著臺上的兩個人。

他們的招式很簡單，卻讓嵐顏忽然明白了什麼。

她學的是招式、是變化，一招一式裡都藏著很多幻化，繁複而繚亂。

如果說與他們之間的不同，那就是……她學的是武功，他們的是殺人的方法。

不是刻板的招式，直接而乾脆。

嵐顏從未想過，原來武功招式，也是可以用這樣的方法來展現。

二十一號一拳打出，忽然，二十號的身形如鬼魅一樣消失，二十一號的身子有了細微的停頓。這種停頓只是一瞬間，幾乎看不出來。

但也就是這樣一個停頓，二十號從他的身後閃了出來，一掌拍向二十一號後心。

就在嵐顏以為二十一號就要被這一掌打中的時候，那壯碩的身體忽然靈動地飄了起來，回身一拳。

巨大的力量掀起，二十號猝不及防，被狠狠地打在胸口。

骨骼碎裂的聲音響起，強大的力量帶著那瘦長的身體飛了起來，狠狠地落地，面具下滑出一絲血跡。

底下歡呼聲一片，沒有人可憐、沒有人嘆息，笑彌陀上臺，掀開二十號的面具，手指貼上頸項邊。

二十一號哼了聲，「我手下，不會有活口。」

笑彌陀呵呵笑著，「規矩而已。」

確認了之後，他解下二十號的腰牌，高高舉起，「二十一號挑戰成功，晉級為二十號，之前二十號所擁有的八十萬兩，也歸屬二十一號。」

臺下立即上來兩名大漢，把那二十號的屍體拖了下去。

一個托盤裡放滿了財物，送到了二十一，不，此刻應該叫二十號的面前。那人抓起盤子裡的錢揣入懷中，哈哈一笑，大咧咧地下臺，坐到了那排位置的最後一位。

歡呼中，嵐顏始終在思索著。

所有人都以為他身沉力猛，必然是一個身形笨拙的人，倚仗的不過是剛猛的力量，而那二十號身形瘦長，必定是輕功高、內功弱的人。

當二十號應戰的時候，想的必然是以自己高超的輕功引對方招式過度，再伺機殺他。可惜，所有人都被他那粗魯莽撞的表象騙了。

從一開始，他就故意不施展輕功，讓對方陷入了自己的局中，再賣出背心的破綻讓二十號出手，誰又料到他的輕功會是如此高明，二十號為取他性命，近了他身，一招有心算計，直擊的是胸口命門，根本不給存活機會。

這比的是招式，更比的是心機。

嵐顏再度受到了震撼，武功在她眼中，曾經只有高低強弱，卻未想過心機才是最重要的。殺人的招式，臨場應變的心，交手過程中的戰術，都在一場比試中淋漓盡致地展現。

嵐顏所有的認知都在這裡被顛覆。她想，今夜她只怕睡不著了，她需要好好地去思考武功的存在到底為了什麼？

不過，第二個震撼很快就找上了她。

那笑彌陀銜著臺下說：「今日挑戰已畢，依照規矩今日比賽已結束，如若列位沒有疑問，可以退場了，歡迎明日再來。」

話音剛落，人群中就傳出一個聲音：「我有疑問。」

隨著聲音，有人跳上了擂臺。他的手始終握著腰間的刀，肅殺而冰冷。腰間墜著一塊牌子：五十一號。

笑彌陀點頭，「請說。」

「我記得依照規矩，如若有人因挑戰而死，那麼空的位置，將由其他人挑戰替補，直到所有號牌都有人為止。」

笑彌陀點頭：「擂會規矩，的確如此。」

五十一號的聲音冰冷，「那麼昨日四十九號在挑戰中死亡，為什麼沒有開始挑戰，而那號牌上的顯示，卻是有人？」

他的手一指，嵐顏這才發現，擂臺之後的大牆壁上，掛著一百個號牌，幾乎全部都是正面朝上看到數字，唯有二十一號的位置，是反撲著的。

原來，他們是用這種方式來表達這個位置有人或者沒人的。

五十一號森冷的聲音響起：「莫不是號稱從不出錯的擂會也出錯了？」

那笑彌陀也不惱，笑咪咪地回答：「擂會從不出錯。」

「那是昨日的四十九號死而復生了？」

「當然也不是！」

「那還請你告訴我原因。」

笑彌陀呵呵地笑著，「擂會還有一個規矩，就是在某種特殊情況下，可以不經過爭奪而被委任，五十一號是否也因為太久沒人使用這個規矩，而忘記了呢？」

五十一號的身體晃了下，似乎是想起了什麼，喃喃自語：「原來是這樣。」

而嵐顏也同樣驚訝，手掌捏著那枚鐵牌，掌心已攥出了汗。

她無緣無故被丟了一塊牌子，又莫名其妙被帶來這裡，更是在百般驚訝中看到了一個守衛森嚴、規矩滴水不漏的地下擂臺。

而她，已經是這地下擂臺中的一位戰者。

那麼艱難的挑戰過程，她卻輕易就得到了一枚四十九號牌，依照笑彌陀的話，這枚號牌到她手中是因為一個特殊情況。

她又將目光投向了身邊的他，他究竟用了什麼本事才得到了這枚號牌，他又是什麼人？

就在這個時候，耳邊忽然又響起了五十一號冷冰冰的聲音：「我記得這條規矩是可以質疑的，對嗎？」

笑彌陀無論任何情況下，都是揚著慈善的笑容，笑咪咪的，「沒錯，特殊委任下達的第一天可以被質疑，你要質疑嗎？」

五十一號聲音依然冷酷，「你只需告訴我多少錢就好。」

笑彌陀呵呵笑著，「如果你質疑成功，在挑戰中殺死四十九號，那麼特殊委任的擔保金全部歸你，這次的擔保金是一千萬兩。」

「哇！」全場譁然。

嵐顏只聽到身邊那大漢說道：「我靠，這個四十九號孫子居然這麼值錢？早知道，老子也去做戰者，殺了他一個，就能吃一輩子了。」

笑彌陀看著五十一號，「你很聰明，過了今夜就不能質疑了，即便挑戰也不可能有那一千萬兩了，五十一號，你確定質疑，現在立即挑戰四十九號嗎？」

嵐顏身邊的大漢一拍大腿，大吼一聲：「廢話，傻子才不挑戰，四十九號數又不高，為了錢也要挑戰啊。」

場下開始有人叫嚷著：「挑戰！」

全場的歡呼聲起，「挑戰、挑戰、挑戰！」

興奮的熱浪席捲了全場，除了……一個人。

這個人就是嵐顏，倒楣的四十九號。

笑彌陀的目光搜尋著全場，「說實話，我對這特殊委任的四十九號也非常好奇，不知道四十九號可接受挑戰？若接受挑戰，直接上臺即可。」

嵐顏瑟縮著，死死捏著手中的鐵牌，生怕被人發現一樣，「如果不接受挑戰會怎麼樣？」

「不接受，那一千萬擔保金就屬於五十一號，然後四十九號自動除名，號碼歸屬五十一號。」旁邊的大漢抽空解釋了句，又開始投入地大喊。

嵐顏想了想，頓時當機立斷做出決策。

不上去，死也不上去！

她本就不想當什麼四十九號，如果自動除名對她來說是再好不過了，那一千萬又不是她的，損失也不關她的事。

笑彌陀再度開口：「四十九號可願上場接受挑戰？」

嵐顏身邊坐了一個晚上始終沒動過的人，終於慢慢地轉過臉，看向她。

那目光，分明在提醒她一個事實，就是唯有拿到一號的號牌，他才會給她解藥。

不行，還是不能上去。

不上去，頂多是失去一個機會，她還會有下一個機會想辦法。但是如果上去了，從此就只能贏不能輸，從剛才看到的二十號之爭，嵐顏已能判斷出，她連剛剛那兩個人都不是對手，又如何去競爭前十名？

忽然一隻手從旁邊伸過來，直接捏上了嵐顏的脈門，那動作之快，讓她連躲閃的機會也沒有，脈門就被他扣進了手中。

全身，頓時酸軟無力。

他手腕一抖，嬌小的人影飛在空中，還有拉長的慘叫聲：「啊——」

嵐顏，被他丟上了擂臺！

第十三章

接受挑戰的嵐顏

嵐顏在空中揮舞四肢，好歹是功底在，腰身一扭，總算把頭下腳上，換成了頭上腳下落地。

但終究最初是被他捏住了脈門，她反應再快，落地時氣息還是不穩，腳下微退了步。

「哈！」一大片笑聲頓時響起，整個場中都鬧騰了起來。

「這種武功，居然也來做戰者？」有人大聲叫嚷著：「找死不是？」

「看那小身板，還沒斷奶吧？」

聲音充斥著嵐顏的耳朵，滿滿都是譏笑。

嵐顏放眼看去，所有的人都戴著面具，分不清聲音是從哪裡發出來的，各種古怪的面具在眼前晃過，恍如地獄黃泉。

是啊，這裡叫鬼城呢。

她有些不知所措，呆呆地看著，像一個傻子。

笑彌陀手輕輕抬起，場中的哄笑頓時安靜了，他又看向嵐顏，「四十九號，你既然上臺，那就是接受了五十一號的挑戰，五十一號在擂會資產十萬五千兩，只要殺了他，這些就歸你。」

她才不在乎錢，她也不想殺人。

嵐顏沒有說話，也不知道說什麼。她的目光，遙遙看著臺下的那個人。

猴子臉後的目光，冷然。

「哎呀，你是四十九號啊？來來來，老子打賞五千，殺了那五十一號。」臺下一個人大聲叫嚷著，正是剛才坐在她身邊的人。

又掀起了一波打賞風，有人叫喊著殺了五十一號，也有人叫喊著殺了她，所有的聲音在她聽來，只有瘋狂，沒有人性。

「既然沒有異議，那麼開始吧。」笑彌陀下了場，把偌大的場地留給了她和那五十一號。

五十一號看著她，腳下慢慢挪動著，手緊緊地握著刀。

嵐顏在那濃烈的殺氣中感到呼吸困難，不自覺地後退，再後退。

不知不覺間，已是十餘步，嵐顏再退，身後已碰到了圍擋，退無可退。

五十一號腳下一點，人影如電掠過，握著刀柄的手一抽，「滄」地一聲，刀出鞘，薄如紙。

凌厲之風劃向嵐顏的頸項。

嵐顏一驚，無法再退之下，打橫飄出三尺，就在她以為躲過攻勢的一瞬間，她忽然發現那刀依然還貼著自己頸項邊。

該死的，判斷失誤，沒想到一招未盡，還有第二招。

嵐顏狼狽地打了個滾，這才勉勉強強躲了過去。

懶驢打滾般地爬了起來，嵐顏警惕地看著他。

一縷髮絲從頸邊飄下，泛起一絲淺淺的疼，她還是在刀鋒之下被劃傷了，若不是她躲得快，只怕已沒有命了。

不能再出錯，因為這裡沒有受傷，只有死亡。

「這麼弱啊。」底下的人發出一片嘆息聲。

他們嘆息的不是她受傷、不是她遭受死亡的威脅，而是她讓他們沒有好戲看了。這情形，忽然讓她想起了當年在封城的不堪。

那些背後看不起的目光，等著她摔落的嘲笑，沒有人在乎她，只是想看她如何出醜、如何死。那她，偏偏就不死！

當那刀再一次揮來的時候，嵐顏已提前動了，飄身閃開。

兩個人，一個進攻，一個躲閃，在場中開始了追逐戰。

「打不打啊，跑什麼？」有人開始不滿。

嵐顏也不知道她跑什麼，她只是不想死，除了跑，她現在想不出任何法子。

一刀又一刀。

「喂，小子。」她忽然聽到了熟悉的聲音，是坐自己左邊的那名大漢，「你躲下去必輸，就你那小身板，內力沒他強，等到時候你就死定了，還手吧。」

一句話提醒了她，這麼躲下去，要躲到什麼時候？

她身形小，所有人都會誤會她內力差，沒有人知道，她的體內有著詭異的氣息，她對自己的內力有著絕對的自信。

何不也詐他一次？

她的腳步忽然緩了，背心處的刀風突然靠近，殺氣暴漲。

嵐顏倉皇回頭，那人的眼中已有了驚喜，他顯然覺得這一刀之下，嵐顏再也無法閃避。

就在刀即將揮過頸項的剎那，嵐顏的手忽然伸出，指尖點上刀側，狠狠地一彈。

落地。

內力彈出，輕薄的刀身經不住這一個點的內力灌湧，突然崩斷。

原本應該劃破嵐顏頸項的刀斷了，嵐顏的手順著抹過他的手腕，一縷勁風刺上他的脈門，刀落地。

嵐顏的手順勢推出，捏上他的頸項。

一朝之間，情勢立變。

台下的人歡呼著：「殺了他！殺了他！」

殺了和她無冤無仇的人嗎？嵐顏做不到。

就在一分神的時間裡，那人的袖口滑下另外一柄短刃，直接射向嵐顏的胸口。

這麼近的距離，嵐顏已無法躲閃。

她縮了下身子，避開了要害的胸口，那短刃直入肩頭。

身體先是一麻，隨後就是劇痛，手腕的力量鬆了，那人一掌拍了過來。

嵐顏在地上打著滾，躲閃開。

還來不及站起來，又是一掌到。

她每一次躲閃，都是那麼狼狽，肩頭的血不斷流下，隨著她的動作飛濺，濺上她的面具。

她猛回頭，看到對方越來越近的掌，還有面具後滿是殺意的雙眸。

她趴在地上，就這麼呆呆地看著。

空中，一道寒芒飛過，騰在空中的五十一號落地，在地上滾了幾滾，停在了嵐顏的身邊。

面具後，是一雙不甘心的眼睛，慢慢消失了光芒。

嵐顏坐在地上，看著自己的手。

她還是殺人了，她原本並沒有這個想法的，她只想制住對方，結束這場比試。但是有時候人算，永遠比不上天算。

人命，在這個擂臺上如此輕賤。他要殺她，卻被她殺了，他沒能得到他要的，她也是。

嵐顏的舌尖舔過唇，唇瓣好乾，喉嚨也好乾。

心口抽搐著，說不出的難受，又有點噁心想吐。

笑彌陀不知道什麼時候已經到了她身邊，「五十一號空缺，五十一號在擂會的十萬五千兩歸屬四十九號。」

她才不在乎錢，她現在很煩躁，說不出的煩躁。

有心頭的火，也有對自己的憤恨。

更有……對那個人的憎恨。

就在她以為自己能夠下擂臺的時候，忽然身邊又多了一道人影，「五十二號提出質疑，挑戰四十九號。」

嵐顏傻眼了，他媽的這是什麼意思？

笑彌陀卻完全沒有任何驚訝的表情，點了點頭，「只要在十二個時辰內，任何人都可以提出質疑，四十九號，你應戰嗎？」

她應他個頭，才剛打了一個，又打一個，要是一會再蹦個上來說要質疑的，她豈不是要一直打？直到打滿十二個時辰？

她覺得自己就像一個金娃娃，每一個人都恨不能切一條、分一塊。

她能夠不應戰嗎？

這一次的交手，她幾乎沒有任何猶豫，打贏了就能走，那她就打。

當笑彌陀一下場，那五十二號幾乎是任何遲疑都沒有的抬手，一堆鋒芒衝著嵐顏的臉就奔了過來。

玩暗器的！

嵐顏發現，整個擂臺就這麼大，這個人身上的暗器每一次出手，就幾乎籠罩了整個擂臺，她進不得、退不得、閃不了。

那人一定是剛才在場下看了太多自己和五十一號的鬥爭，發現了自己的弱點，並且自己剛才在戰鬥中受了傷，奔著撿便宜的想法上了擂臺。

不忍在對方的步步緊逼中變得冷硬，身邊那大漢說得沒錯，這裡的人眼中，根本沒有把生命當做生命，他們只認錢。

一蓬針雨迎面而來，嵐顏一掌打出，想要將這些針震飛出去，可當一掌出去後，她就發現了不對。

那蓬針穿透了真氣，嵐顏的一掌根本起不了任何作用，不見半分減速。

是破真氣的針嗎？

嵐顏驚詫了，同時，她在對方的眼中看到了一抹嘲諷。

那嘲諷，就彷彿是一個成熟的大人在看一個完全不懂事的孩子般。

沒錯，就是孩子。她的江湖經驗、她的對戰經驗、她的臨場經驗，可不是孩子嗎？

她如果有經驗，剛才就不會在五十一號手上吃虧；她如果有經驗，就不會不知道這暗器是能夠穿破真氣的。

而她付出的代價，就是此刻身上大大小小的血洞。

她慶幸自己穿的是黑衣，若是白衣，只怕已是慘不忍睹了。

她更慶幸的是，她還活著。

又是一蓬針雨，嵐顏不僅沒有後退，她反而忽然朝著針雨迎了上去。

「這傢伙瘋了吧？」

「也難怪，前面才打過，又來一個。可憐嘍，才剛剛當上戰者就要死。」

太多人的議論，嵐顏是聽不到的。她能聽到的，是那一根根針進入血肉中的聲音，聽到的是自己肌膚被刺破的聲音，聽到的是血激射的聲音。

那人也被嵐顏這突然的近身嚇了一跳，他下意識地想拉開距離，奈何他的速度無法與嵐顏相比。一個以暗器見長的人，輕功內功必然都不太高明。

他與嵐顏比速度，結果只能是輸。

下一刻，嵐顏如鬼魅般出現在他面前，反手拔上肩頭之前那五十一號留下的匕首，血飛出，寒光過。

同樣的血雨噴上嵐顏的面具，嵐顏無法分辨，那是自己的還是對方的。

她轉身，面對著下面那一張張面具。

看不到面具後的面孔，卻能感覺到一雙雙貪婪的目光。

她的目光有些空洞，耳邊嗡嗡的，甚至聽不到任何聲音，只能看到臺下一個個激動揮舞著手臂的人。

視線，始終在一個人身上，而那個人，似乎和她一樣，是場中唯一沒有任何情緒的人。

她知道又有人上臺了，但是這一次，她什麼都聽不見，甚至連牌號都聽不清楚，她只是麻木地看著笑彌陀下臺，開始了又一輪的戰鬥。

人本有情，卻在環境與他人的逼迫下，變得冷血。

嵐顏已經不記得自己最初的猶豫了，她只記得出手，取命。到最後到底有多少人前來挑戰，她也不知道了。

但是，每一個上來挑戰的人、每一個想要撿便宜的人，最終都倒在她的腳邊，這個從最初就搖搖晃晃的人，一直到最後，還是搖搖晃晃地站著。

不同的，是沒有人再上臺質疑、再上來挑戰。

甚至，就連笑彌陀說沒有人挑戰，一切就此結束的時候，她也沒有聽到，她就這麼傻傻地站在臺上。

人群，離去。廳內不多時只剩下她和他兩個人。

冷清襲上，血腥未散。

燈火漸漸熄滅，她才恍惚著挪動一步。

這一步，讓她徹底從自己的夢中醒來。她不願意承認剛才發生的一切都是真實的，可是這一步，如此確切地告訴她，所有的一切，都是真的。

那個人把她推上擂臺的人，就在下面，即便所有的燈火都熄滅了，她仍知道他的那雙眸子，始終在她的身上。

一步，一步，僵硬地走到擂臺的邊緣，她想要下這擂臺，可她的腿、她的身體，都提不起半分力氣。

眼前一黑，她的身體栽倒，從擂臺之上摔了下來。

清香拂面，一雙溫暖的臂彎，接住了她。

第十四章 以唇療傷

嵐顏是麻木的，又是清醒的。

麻木在身體，清醒在腦子，之前的一幕幕在她眼前晃過，她的每一次揮手，她面前飛舞的每一道血花，都在閉上眼時，那麼清晰地展現。

她今日殺了多少人？

八個？九個？還是十個？

她曾經無比希望得到的高深武功，第一次的展示、第一次的證明，竟是以別人的性命鑄就。

她知道，今日她殺的人，沒有一個是不該殺的。那些人眼中的嗜血、貪婪，她都無比清楚，她不後悔，也沒有愧疚，她只是沉重。

人性，怎麼可以如此冷漠？

他，帶她去這個地方，究竟是故意欺凌她，還是讓她認清人性？

若說是欺凌，他根本不必大費周章，還要教她武功。

若說是讓她認清，他又如何知道她骨子裡的懦弱，知道她遇事逃避的性格？

她猜不透，也悟不通。

他用一種極端的方式，逼迫她去面對，逼迫她去爭奪，當生與死的抉擇在面前，她又如何再逃避？

身體是僵硬的，因為她完全不能控制，完全動彈不了，但是她的觸感又那麼敏銳。

她知道自己被放入了床榻間，她知道他扯開了她的衣衫，她知道自己此刻正是赤裸裸的，綻放在他的目光中。

那目光的檢視，比手的觸感還要清楚，不過她知道，這目光中沒有淫邪，是真正的檢視。

大概，是在看她的傷口吧？

嵐顏雖然麻木，卻沒有失憶，自己昨天到最後近乎拚命的打鬥中，身上數十處傷口，打到後來幾乎是以傷換命的打法，不躲不閃，只求最快的手法殺人。

現在她的身上，只怕沒幾個地方是完好的吧？

更別提那針雨，最少還有數十枝在她的體內。

現在的她，已經累得無法睜開眼睛，一切都是靠著感知。

他的手在她身上遊移，溫暖的掌心帶著柔柔的氣息，灌入她的筋脈之中，這些氣息一入她的筋脈，她舒適得幾乎歎息出聲，如果她還有力氣歎息的話。

一場戰鬥，她早就體力透支，身心虛弱了，他的氣息一進入，帶動了氣血運轉，嵐顏的肢體總算有了些許感覺。

但是她……寧可沒有感覺。

因為她的感覺，除了疼，還是疼。

沒有一處不疼，現在的她幾乎都可以感覺到，肩頭肌肉傷口的抽搐，胸腹間的隱隱作疼，還有大腿也疼得厲害。

她想起來，在某次的戰鬥中，有人攻擊她的小腹，想要一招將她斃命，她硬生生壓低了對方的武器，為了能夠近身殺人，她以大腿的傷換了一條命。

那一劍，很長，也很深。

他的手指點過穴道，血流緩了，可是疼痛並沒有緩解。

她感覺到，他的手插入她的雙膝間，將她的雙腿分開。

喂，這是要幹什麼？好歹她是名女子啊，這個姿勢幾乎將她最隱祕的地方瞬間暴露，嵐顏卻連掙扎的力氣都沒有。

別說掙扎了，連哼一下的力氣都沒有。

如果可以，她寧可昏過去算了，可偏偏就是沒昏。

真是……太他媽的屈辱了。

她自小被當男人養，沒有女子的矜持，也沒有那麼多所謂的羞澀，她的想法乾脆而簡單，那就是……

她不介意被人看，但是介意他居然沒先打聲招呼。屈辱的是她的精神，而不是肉體。

藥粉淋上她大腿的傷口，一陣清涼覆上，疼痛頓時緩解了不少，柔軟的棉布包裹上她的大腿，一層又一層。

原來，他是為了方便給她裹傷，好吧，她決定原諒他剛才不打招呼的行為。

那麼接下來應該是肩頭的傷了吧？她記得，就那裡的傷更重些。

可是，她錯了。

那人忽然從她身邊離開了，丟下了赤裸裸的她。

喂，他也太不敬業了吧？傷口只包了一處，就不能包完了再走？就算不包完，那好歹給她蓋條被子行不行啊？就這麼走了，她會感冒的好不好？

不管怎麼樣，她也算是個傷患啊，就這麼不客氣地把她丟下了，真是太沒道義了。

嵐顏心裡嘀嘀咕咕著，耳邊卻聽到了腳步歸來的聲音，心頭一喜。

還好，不算拋棄。

隨後就聽到了布巾擰水的聲音，她這才恍然，他是要給她清理傷口。

熱熱的布巾覆上她的身軀，燙得幾乎讓她叫出聲來，他是直接拿開水擰布巾吧，這麼熱，她的皮都熟了。

而且，通常清理傷口用的都是冷水，因為冷水能夠讓筋脈收縮，有助於止血，極少用熱水的，因為筋脈一旦膨脹，血流得更多。

他不僅用熱水，還是非常非常燙的熱水。

那熱巾仔細擦過她上半身的每一個部分，熱氣散去的同時，被傳入的冷風吹上肌膚，一層層的雞皮疙瘩都泛了起來。

被熱布巾和冷風刺激過的肌膚，越發敏感起來，一個一個細碎的疼痛也侵入了她的感知中。整個上半身，都是這種細細密密的疼，她知道是那些細如毫髮的針在搗鬼。

能突破真氣的針，要怎麼才能從體內出來呢？

就在她還迷迷糊糊想著的時候，肩頭一暖。

暖中，帶著柔軟的濕潤。

她的腦海中瞬間飄過一個字——唇。

唯有唇，才會有這般柔韌的質感，才會有這樣濕潤中溫熱的軟嫩。

他，要用這樣的方法為她取針？

果然，一股小小的力量從他唇上傳來，肌膚中傳來細細的疼痛感，有尖銳的東西刺破肌膚，隨著那力量浮出。

一根、兩根、三根……

嵐顏只感覺到唇的貼上，離開，再貼上，再離開。

幾十根針呢，全吸出來也是需要很長時間的，何況取針本就需要仔細和嚴謹，不只是吸出一根針，對於力道的拿捏也要十分精確。

她發現，她很喜歡那唇貼在自己肌膚上的感覺。

那唇很軟，又有著溫暖的力量，尤其是貼上來的那一瞬間，然後慢慢的吮吸，她能感覺到自己的肌膚被他吮起，淺淺的綻放在他的口腔中。

一根根的針被起出，似乎不剩什麼了吧？

嵐顏竟然有些惋惜，當然她惋惜的是自己為什麼無力到睜不開眼睛？能以唇為自己吸針，那代表著他必然卸下了那猴子臉的面具，可惜她卻看不到呢。

忽然，胸口一暖，那唇含上了她那聳起的小尖尖上。

雖然，她身材不算好；雖然，她那胸口才只有半個巴掌大；雖然，她一向乾癟得如同男孩，但是這個時候的她，那個位置是極度敏感啊！

那舌尖，有意無意地劃過小小的紅豆，濕潤地掃過，嵐顏的身體頓時感覺到一股酥麻，以那個舌尖觸碰的地方為中心，酥麻的感覺四散流淌，進入每一寸經脈中。

她的身體更加無力了，可是這種無力與她虛脫不能動彈的無力感，是有天壤之別的。

舌尖劃過三兩下之後，伴隨而來的就是吮吸的力道。

一股奇妙的感覺瞬間湧起，嵐顏狠狠地抽了下氣，若是可以出聲，只怕已抑制不住地呻吟出聲了吧？

這個感覺，讓她有點害怕，因為從未體會過。

卻又喜歡，好奇與未知讓她希望能夠再體會一次。

她不知道這是什麼感覺，只知道自己不討厭，可惜她的期待，並沒有再度實現，因為那唇已經徹底離開了她的胸前。

心中，竟然有些失落。

最後，他的唇忽然出現在她臍下三分的地方，慢慢地吮吸著。

這一次，她忽然覺得，他噴灑在自己肌膚上的呼吸，有些急促。

他也會呼吸急促？嵐顏幾乎要以為自己感知出錯了。在她的印象裡，這個人是冷血無情的，沒有情緒波動，又怎麼可能呼吸急促？

一定是她累暈了才感覺出錯，一定是的！

當布巾又一次覆上她的身體，她知道，所有的針都在他的吮吸中被取出，藥被覆上傷處，他為她將所有的傷裹好。

直到這個時候，嵐顏才覺得自己終於舒服了，但是脫力讓她依然無法動彈，全身上下虛軟得難受。

忽然，清香在她身邊躺下，一條有力的臂膀從身後環上了她的腰身，將她整個帶入他的懷抱中，暖暖地貼著她。

相貼的，是兩人完全赤裸的肌膚。

她的背後，貼著他的胸膛，清涼如玉、細膩如羊脂的肌膚。

那溫暖的氣息順著兩個人貼合的部位緩緩地渡了過來，流淌在嵐顏的筋脈中，舒緩著她身體裡的筋脈。

好舒服！

在這樣的觸感中，嵐顏慢慢地沉入了夢鄉。

第十五章

邪氣的男人

從這一日開始，嵐顏就開始了瘋狂的被操生涯。

每天晚上，她都帶著傷上擂臺，挑戰著前一個人。然後帶著累累的傷痕下臺，精疲力盡地倒在他的懷中，任他為自己裹傷，恢復。

有時候，她稍有活力不至於這麼慘的時候，他會重新把她丟上擂臺，讓她再戰。短短二十多天，她已經成為擂會最可怕的戰者。

有人說，沒見過一個這麼弱的人，卻每次都不死的。

也有人說，沒見過意志如此堅強的。

更有人說，他的弱都是裝出來的，其實他只是想受虐，被人打夠了才還手，所以每一次都傷痕累累再反擊。

如果這話讓嵐顏聽到，她一定會說：聰明，答對了。

當然，這不是嵐顏想討打，而是她在比武中發現，每當她的身體進入危難狀態下，她體內屬於白羽師傅的氣息，就會自然而然地為她所用。

白羽的內息，就如同一塊千載寒冰，她無論怎麼艱難地去捂，也只能勉強捂化一點點，想要將那塊冰山融化，卻是太難。

可是戰鬥中，身體裡求生的熊熊火焰燃燒起來，那冰塊的消融就迅速而猛烈，比任何方法都有用。

所以她不停地戰鬥，在戰鬥中成長；而他，依然是每日一碗白魚湯。

嵐顏恍惚地發現，這魚湯有著另類的作用，就是能極快恢復她的元氣和傷口，而他的內息，則始終修復著她受損的筋脈。

她感激他為自己所做的事，但她的目標從未改變，就是拿到解藥，離開他。

現在的嵐顏，早已與數月前不可同日而語了，若是再發生滅門那日的情況，只怕那陰徒難是她對手。

曾經的一招難以抵擋，只有被虐打的她，短短的日子裡，已經成為了合格的戰者。不僅是武功，還有對戰的經驗。

能站在擂會上的人，沒有一個不是陰險毒辣的人，手段無所不用其極，排名越靠前，越是殺伐果決不留一點生機。

也只有這樣對戰下的拚殺，嵐顏才明白對決時不能猶豫、不可以心慈手軟，才短短大半個月，讓她從無措到冷血地快速成長。

以往的每一天，他都在臺下冷冷地看著她比武，沒有欣喜也沒有激動，彷彿無論她如何成長與進步，都與他無關。

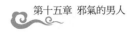

這日，兩個人在空中飛躍，奔向擂會。
忽然間，他停下腳步，抬頭天空。
嵐顏也隨著他的動作停下腳步，抬頭看向天空。
今日的天色特別好，漆黑的夜空看不到一絲雲彩，月光明亮地掛在頭頂，大得有點詭異。
今日不是才十四，明天才十五嗎？
嵐顏的心頭想著。
不知不覺，又是一個月了。而這一個月，她在鬼城，已經是最為神祕的戰者。今夜，她要挑戰的人，是二號。
低頭看著自己腰間的三號牌，嵐顏記得，早在三日前，她就已經對一號下了戰約，只要能贏下一號，她就可以得到解藥，從此擺脫他了。
今日，一定要贏。
月光打在身上，有種很奇妙的舒適感，那明亮又溫暖的色澤，像是要把她的魂魄都吸出去一樣。今天的月光，似乎很不一樣。
別說今天的月光不一樣，今天的擂會，也似乎很不一樣。
人格外擁擠，也格外激動。大約，是為了看她挑戰二號吧？太多人在猜測，比賽結果將是她延續著不敗神話創造奇跡，還是被終結掉？
就連笑彌陀這種百年表情不變的人，今日都似乎有些唯唯諾諾，不過這唯唯諾諾的對象，不是自己。

遠遠坐著的嵐顏，幾次發現笑彌陀的目光飄向擂臺之下，神態之間有著藏不住的恭敬和畏懼。她順著笑彌陀的目光看去，輕易找到笑彌陀畏懼的對象。

擂臺是面向著人群的，為了能夠看清楚，所有人幾乎是爭搶著最好的位置，當有激烈的挑戰進行時，更是滿滿當當毫無空隙。

今天是二號之爭，早已經是人山人海，可看臺上最中間的好位置卻慵懶地坐著一個人。

一身紫金色的長袍鬆懶地披在肩頭，貴氣而又神祕，還帶著幾分邪肆。不僅是衣服，這個人全身上下都散發著同樣的氣息，長髮被同色的冠束著，更形尊貴。雪白的裡衣此刻卻有些不整，露出半抹俊健的胸膛，眼睛半眯著。

同樣是半眯著眼的表情，鳳逍是勾魂，輕言是妖嬈，而他，則是滿滿的邪氣。嵐顏發現，他的眸子是紫色的，這神祕的顏色，也為他的邪氣畫下了濃墨重彩的一筆。

不僅如此，他的邪氣，還是帶有侵略性的。讓人不自覺地想要退讓，以免被那雙眸子吸引、被那個人吸引。

他很俊美，不是那種朗然陽光之美，卻帶著幾分陰柔之氣，可又不會讓人覺得娘，只因為那嘴角一縷壞。

挺直的鼻梁下，那薄唇輕扯，與那完美的面容映襯著，讓人挪不開眼睛。

他有著超高的感知力，在嵐顏兩眼打量間，那半眯著的眸光已經劃了過來，與嵐顏目光相觸，嘴角又是微微扯了下。

似笑非笑，最是動人。

以他為中心，周圍竟然沒人敢靠近，嵐顏咧了下嘴，心頭默默道出兩個字：騷貨。

這種騷，不是管輕言那種扭捏著姿態，目光卻正的騷情，而是骨子裡散發出來的不正經，這種男人，吸引的不止是女人，屬於無差別的魅力。

就在嵐顏打量間，忽然發現他半倚的姿態下，原本斜架著的腿下，有什麼在動。

一名女子從他雙腿間抬起頭，仰頭看著他，又俯下了臉。

嵐顏驚了！

不是吧？大庭廣眾之下，他該不是、該不是……

她收回剛才的評價，他不止是騷貨，分明就是個爛貨好不好？

不過這裡是哪裡？是鬼城，是一個能在四城中獨立存在的特別地方，這裡的人沒有一個是易與之輩，眼前這個人能讓他人畏懼不敢靠近，自然有著更加過人的地方。

危險，這是嵐顏的潛意識告訴她的，眼前這個男人是個極度危險的人。

不要靠近，也儘量不要和他打交道。

儘管，她好奇他的身分、好奇他的地位，能讓笑彌陀俯首恐懼的，絕非常人。但是她告訴自己，不該過問的人，不要過問。

很快，她就平靜地收回了目光，不再看他。

而此刻，場中早已是熱鬧非常，所有人都在激動地喊叫著，衝著她揮舞著手中的銀票。

當然，也有人希望她的獲勝之勢被遏止，他們寄希望於二號，所有的聲音都彙聚成三個字。

「殺了他！」

一群喪失心智的人，一群只知道在別人的性命中尋找刺激和快感的人，嵐顏的心裡閃過不屑，嘴角撇了下。

忽然，她發現中間那個紫金色的人影目光停在她的臉上，露出了玩味的神情，彷彿找了什麼好玩的東西一樣。

嵐顏愣了下，莫不是自己剛才那個表情被他看到了？

想法才浮起，嵐顏又失笑了。

她戴著面具呢，他怎麼可能看得到？

就在她嘴角揚起的一瞬間，她看到他的嘴角也勾了起來，那薄唇衝著她，輕輕抿了個吻。

實實在在，絕對不可能看錯。他就是衝著她的方向吻的。

嵐顏不動聲色地往旁邊挪了兩步，假裝他親的人和自己無關，而是旁邊那個二號。

她現在是個男人啊，是個男人啊！還是個戴著面具的男人啊，他就這麼肆無忌憚地飛個吻，當真是來者不拒照單全收的德行啊，他是靠下半身想事情的吧？

也對，不靠下半身想事情，又怎麼可能在這麼多人面前，直接讓女人給他……

他就像讀到了嵐顏的心思般，很配合的將手撫在那女人的髮頂輕輕按了按，那女人腦袋動得更激烈了。

嵐顏挪開了視線，她實在是為那個女人感到悲哀，有時候人的命運悲慘不是因為他人的欺凌，而在於自己的不反抗。

自己都輕賤了自己，就不要怪別人欺凌。

耳邊，忽然聽到了一聲輕笑，微微沙啞，低沉卻飽含情慾的笑聲。

那聲音彷彿就震在耳邊，她可以篤定，這是傳聲。也就是說，她之前的感覺都沒錯，所有的一切，都是針對她的。

瘋子！

嵐顏心裡嘀咕了一句，假裝沒看見，將視線轉開。

可視線一轉開，她就看到那個猴子臉怪人，也是一雙炯炯的視線，停在她的臉上。比起之前的冰冷無情，這已算是有濃烈的情緒了。

就在這個時候，笑彌陀已經把所有的話都說完了，飄然下了擂臺。

嵐顏收攝了心神，衝著二號抬起了手腕。

二號與嵐顏的視線，隔著面具冷冷地交鋒著，誰也不敢放鬆任何一點心思。

兩個人都是高手，可能只是一個呼吸間的錯失，就是性命生死之別。

嵐顏看著二號的眼睛，感覺到了前所未有的強大。雖然她的每一步，都走得無比慘烈，多少次以弱勝強換來的結果。

那是因為她的弱並非真弱，只是經驗不足。可是這一次，她發覺，她所有積攢下來的經驗，在這個二號身上，都沒有多少用處。

之前的人，若是對她有殺意，要麼武器會不自覺指向她的要害，她只要敏銳地察覺到這個指向，就可以輕易避過。

再之後，就是眼神，一個人要攻擊哪個部位，即便可以控制手腕，卻控制不了眼神，嵐顏只要時刻捕捉對方的眼神，就能提前預防。

可是眼前這個二號，眼睛除了看她的眼睛，就沒有瞄過別的地方，殺氣濃烈得讓她知道對方即將出手，可她判斷不出對方出手的方位。

心，有那麼一瞬間的亂。

但是很快，她又平靜了下來。

她很清楚，自己若心亂，則必輸，在這個擂臺上，輸就是死。

眼神閃了下，就這一閃之間，對方動了。

手中劍如電出鞘，直指她的心口，劍氣迸發，寒冽異常。

嵐顏發現，就是這樣的時候，他的目光，還是看著自己的眼睛。對於心口的那一劍，他似乎並不關心，並不在意。

「叮。」劍尖點在劍脊之上，嵐顏的劍橫在身前，勉強擋下這一擊，而她的眼睛，也沒有看向自己的胸口，彷彿這一擋，只是隨意地揮手而已。

與他的進攻相比，她的防守，更讓人心寒。

因為他的進攻即便不中，也沒關係，可她的防守若是不準，只怕命都沒了。

同樣的瀟灑一劍，給予對方的壓力是完全不同的。

只有絕對的自負與自信，才能有這樣的表現。

嵐顏執劍的手垂落，眼睛垂下，不再看他的目光，卻也沒有看自己的劍，而是盯著腳尖。

這個動作太托大，托大到有一種不認真對敵的感覺。

底下哄笑一片。

「你說，他是不是覺得二號不經打啊，都懶得看了。」

「不可能，昨天打三號都受傷了，二號比三號強多了，否則三號也不可能遲遲這麼久不敢挑戰二號，她怎麼可能隨隨便便打得過？」

「說不定是她覺得打不過，放棄了。」

所有的聲音，嵐顏都沒有聽到，她正沉浸在自己的世界裡，隔絕了外面一切的聲音。

剛才那一劍，她只是順從了自己的心意，因為在對方對手的一瞬間，雖然劍沒有指向，眼神沒有指向，可是殺氣有。

當她察覺到殺氣指向胸口的一瞬間，她的劍就擋了上去。

她恍然明白了什麼，一個人只要動了殺氣，就一定會有指引的方向，她根本不需要看任何對方，只要感知，就夠了。

耳邊忽然傳來了一聲沙啞魅惑的嗓音：「很強的感知力，難怪無往而不勝。」

嵐顏心頭一動，分神了。

就在她分神的一瞬間，二號的劍已經到了頸項邊。

臺下那抹青碧色的身影，竟突然起身，朝著大廳外走去，腳步還有些急。

嵐顏從未見過這樣的他，又微微分了神。

但這一次，當劍風襲來的時候，她已提前出手，比二號的出手晚，卻比二號先至。

嵐顏的殺意，沖天。

她不知道為什麼，她只知道，現在的她格外清明，也格外暴戾。

清明的是感知，暴戾的是性子。

心頭的世界從未如此刻般明晰，對方的每一個動作，每一個呼吸的節奏，嵐顏都忽然間清楚感覺到了。

一瞬間，就像是武功有了天翻地覆的飛躍，嵐顏的丹田中升起狂熱的氣息，湧向她的手。

手腕微抖，嵐顏的劍如毒蛇一樣，刺上了二號的手腕間。

血線飆出，劍落地。

嵐顏的手幾乎毫不考慮地又是一劍刺出，這一次，是對方的胸口。

劍到胸前，停住。

二號一連退了數步，捂著手上的傷口，驚詫地看著嵐顏，眼中盡是恐懼。

那劍，還停在空中，劍鋒上凝結著的真氣在流動，從無形到有形，最後幾能看到一道青色的光芒，縈繞在劍身上，流轉。

這是嵐顏將發未發的內力，一瞬間震驚了所有的人。

沒有人知道，嵐顏幾乎在拚盡全力控制這氣息，一如剛才捏住那刺出的劍，她不知道自己暴漲的殺氣是怎麼來的？也不知道這暴漲的武功是怎麼回事？她只知道，自己快要控制不住了，有什麼東西似乎要從身體裡飛出來一樣。

她已經不知道笑彌陀說了什麼，她只覺得筋脈在鼓脹，真氣在奔湧，丹田裡飛快地跳動著。

她再也顧不得許多，整個人跳下擂臺，朝著大廳之外狂奔而去，耳邊似乎聽到了眾人的喊叫聲，但是到底叫的是什麼、說的是什麼，她已經完全不清楚了。

幾乎是旋風般的颳出門，一出門，她抬起頭仰望夜空。

夜色中，一輪紅月凌空。

血氣沸騰……

第十六章

妖丹成型

嵐顏已經看不清方向了，她只能狂奔。

那一輪血月，在頭頂上方高懸，格外大，明明沒有光澤，卻散發著吸人魂魄的力量。

她無處可避、無處可躲。

也不知道奔了多久，那血液幾乎已燃燒，她再也控制不了身體，跪倒在地。

仰首天空，她張開唇，徒勞地想要把內腑中的火氣吐出來。

多麼愚蠢的行為。

丹田中的氣息湧動著，那龐大緩慢的速度看上去不驚人，唯有她知道，那可怕的力量。

原本屬於白羽的氣息，她根本無法調動的那些氣息，她用盡了一年的時間，才勉勉強強能夠吸收一點點的氣息，都開始隨著這力量的湧動而旋轉，與她身體裡的真氣融合。

融合的速度之快、侵入她丹田之快，都是她無法想像的。

短短時間內，她吸收的白羽真氣，比以往一年的都多。若是往常，嵐顏一定會很高興，但是現在，嵐顏只有恐懼。

她的丹田裡再也容納不下了。

就像一個吃撐了的人，還在被人不停地塞著東西，再塞下去必然是撐爆。

她沒有辦法停止丹田的運轉，她甚至不能控制自己的身體。

嵐顏跪倒在地，雙手勉強撐住身體，仰起頭望著那詭異的月色。

月無光，通紅。

她恍惚地望著，就像是被吸取了魂魄一般，明明沒有月光，她卻能感受到月華籠罩著自己，更多的是一股陰邪的力量，在勾引著她身體裡的氣息。

她知道，所有一切不正常的原因，都來自這輪血月。

是這輪月亮，勾起了自己體內的妖性，甚至，白羽師傅也是由妖最後化為人身，所以這月亮，能夠讓白羽師傅的真氣感應而活動。

她的身體，似乎還在吸收這輪血月的陰氣。吸收越多，體內的真氣運轉越快，白羽師傅的真氣就像融化的冰一樣。

怎麼樣、怎麼樣才能讓這冰消融得不要這麼快？怎麼樣才能遏制這瘋狂的態勢？她不要爆體而亡啊！

誰來救救她？

白羽師傅……

輕言哥哥……

她知道，叫誰都是沒有用的。

努力地讓心靈放空，以神智去引導著那真氣，可是她發現，那團氣息根本不受她的控制。

不行，必須要控制。

她努力壓制著，原本就是強大的力量被強行抑制的感覺，疼得如一把刀在丹田嫩肉裡刮攪。可她不能停，因為她的肌膚、她的身體，還在瘋狂吸收著血月的力量，還在飛快融化著體內白羽的真氣。

嵐顏只能忍耐著那奔騰的血液，把自己神智抽離，去遺忘那疼痛，拚盡所有的意識，只想控制那氣息。

在無法控制的吸收之下，她能做到的就是壓縮，將身體裡氣息壓縮，就像是給一個塞滿的房間騰出空間一樣。

她也不知道這麼做對不對，但沒有人告訴她應該怎麼辦，她只能順從著自己的直覺去做，無論對錯，先活下來就是對的。

在她的控制中，那真氣似乎真的在被壓縮，當有一點點成效，她欣喜地繼續努力著，而隨著月上中天，身體的吸收也越來越快，自身吸收的靈氣、白羽的靈氣，以及練就的真氣，都在不斷地提升。

無論她壓制多少，身體裡暴漲的真氣都在瘋狂滋生，她只能拚命地去壓縮，到最後，她發現丹田裡那混沌的氣息開始變得透明。

不僅是透明，更像是結成了一個實質的東西。

那東西慢慢地、慢慢地，開始往上滑動。炙熱的氣息又一次燃燒在她的身體裡，嵐顏忍不住張開口，那團東西包裹著火焰，從她口中飛了出來。

一粒小小的透明珠子，不過米粒大小，透明得就像一粒水珠，通體血紅，在空中滴溜溜地轉動著。

珠子四周包裹著火焰，火焰跳動，猶如有生命般。

嵐顏看到那珠子在空中滾動著，當她心念轉動，那珠子也隨著轉動，隨她控制。

這是什麼東西？

她知道，這個珠子裡飽含著她幾乎所有的真氣，當珠子離體的時候，她甚至覺得自己的魂魄被抽離了般。

珠子在空中滾動，她敏銳地感覺到，那珠子還在吸收著月之陰華，生長著，而陰柔的月華，在消解著珠子上炙熱的火焰，讓它變得柔和純淨。

好舒服的感覺，珠子的每一點改變，她都察覺得如此清晰，當珠子上的火焰漸漸消散，那珠子緩緩落下，她張開唇，含住。

又潤又涼的感覺順著喉嚨一路滑下，在她丹田中滾動著，她輕輕擺動下手臂，強大的氣息從指尖飛出，直入地面，一個深不見底的窟窿。

現在她的內力比上一次又有了巨大的進步，最主要是純了，不含一點雜氣，融合了她自己的氣息和白羽師傅的氣息，現在已經完完全全屬於她了。

她覺得此刻的自己，有一種說不出的剔透感，靈識瘋狂地暴漲，與這天地草木，都可以輕易融入一樣。

站起身，腳下輕靈得有點不習慣。

她甚至能感覺到，身上二十餘處的傷，都在這恍惚間癒合了。

不知道是不是錯覺，她還特地伸手撫向頸項邊，就在不久前，她被那二號劃傷過的地方。

就算沒有血，也應該有疼痛感吧？

沒有，別說疼痛感，就是指尖撫過，連一點傷口都摸不到。

這是什麼珠子，竟然如此強大？

「唉，真是運氣不錯，居然能見到妖族的人。」耳邊忽然傳來低啞性感的聲音：「還親眼見證妖丹成型，真是難得的美妙情景。」

嵐顏腳下一退，警惕地看向聲音的方向。

她不是靈識暴漲了嗎，怎麼沒察覺到身後有人？

紫金色的長袍隨意地攏在身上，紫金冠下髮色張揚飛舞，紫色的眸子依然半瞇著，上下打量著她。

嵐顏一皺眉。

這個人，就這麼不愛好好穿衣服嗎？還是他覺得半露著性感好看？

衣服穿是穿了，不過那穿法，就像是半夜起床的人抓了件衣服隨意地披在肩頭，連褻衣都沒穿好，露出一抹胸膛。

唯一整齊的，大概是他至少束了冠，否則嵐顏真的會以為自己誤打誤撞跑到了人家的茅房裡，碰到了個起夜的少爺。

「你說什麼？」嵐顏神色一動，她剛才從他口中聽到了一個久違的字眼。

他的薄唇勾起笑，「妳說妖丹嗎？」

他真是個能看穿他人心思的人，衝這點就是個可怕到無法估量的人。

嵐顏腳下後退著，心裡盤算著如何逃離他。

「妳不用跑，我只是因為好奇才來看看，結果得到了一個小驚喜而已。」他的眼睛停在她的臉上，口中嘖嘖，「妖而不俗，豔而不濃，靈氣與妖氣並重，雖然現在個子小了點、身材差了點，他日這張容顏還不知道會如何傾國傾城。」

臉？他能看到自己的臉嗎？

嵐顏的手撫上臉頰，這才恍惚想起，剛才奔跑中，面具早不知道什麼時候被她丟了，現在他看到的，是她真實的樣貌。

「其實，妳站在擂臺上的時候我就發現了，妳不是男子。」他朝著她輕輕走了過來，「我看女人無數，妳瞞得過別人，瞞不過我。最初我只是好奇居然有女子可以在擂會如此瘋狂，再之後我發覺妳的靈識比普通人都強，武功未必高過他們，但你的靈識會讓妳感知到危險，提前做出預判，所以就算受些傷，終究還是能贏的。」

他靠前一步，嵐顏就後退一步。

這個人的危險與邪氣，壓制得她好難受。

就在她尋思著如何逃跑的時候，他的身影忽然一晃出現在她的面前，不等嵐顏做出反應，他的手已經捏上了嵐顏的下巴。

「別指望逃跑，妳的妖丹才剛剛成型，別說掌控起來還需要點功夫，就算全部掌控，這麼小的妖丹，我段非煙還不放在眼中！」

這個男人的武功，好可怕。

她忽然覺得，如果這天下間還能找到一個能與他抗衡的人，只怕唯有封千寒了。

「我知道妖族能化身人形的，最少也是五脈絕陰。」他的臉慢慢低下，強大的侵略感襲上嵐顏的身體，只覺得那唇上的氣息，幾乎就在自己臉頰上不斷地摩挲著，「我不是辣手摧花的人，也不想弄爐鼎這麼煞風景的事，所以……妳跟我雙修怎麼樣？」

雙修？雙修！

嵐顏的眼睛刷地一下瞪大了，她其他不懂，雙修這個白羽師傅還是說過的。

嵐顏慢慢地低下頭，視線落在他某個部位上。

「怎麼，好奇？」他輕聲笑著，聲音充滿了引誘的味道，低聲道：「和我雙修，一定會讓妳滿意的。」

嵐顏抬起頭，眨巴著一雙無辜又可愛的眼睛，「我能問個問題嗎？」

他輕輕點頭，「問吧。」

嵐顏再度低下頭，視線又落回了那裡，顯然她的問題與某個部位有著深切的關聯。

這欲言又止的姿態，讓他一陣輕笑，胸膛震動著。

嵐顏的手顫顫地伸出，停在他褻褲之處，手指哆哆嗦嗦的，有點好奇又有點膽怯。

「純真的少女。」他欣賞著她的表情。

「那個……」嵐顏終於開口了：「你那個地方被口水舔過之後洗了沒？口水乾了之後很臭的你知道嗎？」

他表情一愣，完全沒想到嵐顏會說出這麼一句話，而就在下一刻，嵐顏的手狠狠地抓住，握上一團柔軟，重重一捏。

然後，轉身就跑！

空中，傳來女子清脆的聲音怒罵道：「雙修你大爺，我去你媽個頭，老子什麼時候是清純少女了，騷得難過就自己拿根黃瓜戳菊花，又細又小的玩意還好意思說雙修？風一吹他媽的都能飛出波浪形……」

罵罵咧咧的聲音漸遠，倒是那斷斷續續的語調，隱約能判斷出，沒有一句重複的。

第十七章
挑戰一號

嵐顏在水邊洗乾淨了手，才蹦蹦跳跳回到小屋。

她現在的心情很好，剛剛修理了一個色慾熏心的騷貨，也發揮了許久沒用到的街頭市井罵戰，最主要的是，她知道自己得到了什麼。

妖丹！

她修煉出了妖丹。

可是這個祕密，不能和別人分享呢，嵐顏又有些喪氣。

雖然她的妖丹很小，但是至少她在努力地進步，不讓所有對她寄予希望的人失望。

仰首天空，血月已經悄然變幻了色澤，不再那麼陰氣熾盛，變成了最尋常的月色。

想起那枚被她發現深藏在封城偏遠山中的妖后的妖丹，猶如鴿子蛋大小，再想想自己這個小米粒，嵐顏有點失落，不知道自己多少年才能擁有那般的能力呢？

她躺在大石頭上，任清晨的風吹拂著自己的髮絲，滿心都是興奮，一點也不覺得睏。

她甚至開始肖想，明日就要挑戰一號了，只要贏了一號，她就能拿到解藥，從此擺脫那個猴子臉怪人。

然後，她就能去找管輕言，繼續流浪江湖。

不，去找管輕言之前，她要去一趟封城，必須去！

因為那裡有一個她想見的人。

再之後呢？嵐顏沒想那麼遠，她想的只有一個。

「我要吃肘子，我要吃燒雞，我要吃扣肉，我要大肉包，我要冰糖糕，我要梅花糕……」一個人嘟嘟囔囔，在幻想中得到滿足。

住在這裡這麼久了，她除了那白魚還是白魚，就算那東西鮮美至極，她也吃膩了好不好？

她要吃肉，要一口下去，油能順著嘴角往下滑的那種好不好？

她要能咬住用力扯下一塊肉，塞到無法咀嚼的滿足感好不好？

「肉啊，肉啊。」嵐顏嗷嗷叫著，嘆氣。

靈識一動，她依稀感覺到一道身影瞬間靠近，她想也不想地翻身，落地，劍出鞘。

一氣呵成，一切都只在電光石火間。

青碧色的衣衫飄飄蕩蕩，面具裡咧著詭異的笑容，他的手還在空中，雙指併攏，停留。

似乎，他也沒想到她能在一瞬間躲過他的攻擊，才有了這短暫的錯愕，而這一切，都被嵐顏看得清清楚楚。

「你偷襲我？」嵐顏挑著眉頭，看著他的手指，心頭閃過一個念頭，「你要點我的穴？」

一個月前，她就是被她猝不及防之下點中的。

一個月後，他又想故技重施？

「你要帶我離開這裡？」嵐顏猜測著。

那猴子臉的面具輕微地點了下頭，倒是很坦誠他偷襲的目的。

嵐顏呵呵一笑，有著不屑，有著氣憤，「理由？」

他背著手，沒有了動作，就算不能說話，可他連拿起竹枝劃幾個字的想法都沒有，顯然是懶得多說。

「你如果不肯說，那就我來說。」嵐顏冷哼著，「明日，是我挑戰一號的日子，你曾經與我有過約定，只要我打敗一號，就將解藥給我，放我離開。你在這個時候要偷襲我帶我離開，因為你害怕我贏了，你就不得不履行約定。」

衣袂飄飄，在風中擺動，而那人卻是一點動作也沒有，似是默認了她的猜測。

嵐顏坐在石上，雙腿勾著一晃一晃，看上去很是愜意的動作下，眼裡是滿滿的憤怒。

「我感激你用這樣的方法鍛煉我，也謝謝你教授了我武功，更感恩你為我釣白魚補氣血，為我敷藥療傷，這一個月來每日是你用真氣助我行功，我才能這麼快有所成就，但若你現在要反悔，我不答應。」嵐顏盯著他的臉，可惜什麼也看不到，「你成就了我，現在的我不是一個月前任你捏圓搓扁的人，若你想硬帶我走，那就試試。」

她或許依然不是他的對手，但是他想要點了她扛了就走，只怕也沒那麼容易。

這一次，他終於動了，指尖的氣息呲呲地彈射著，轉眼間地面上多了一行龍飛鳳舞的字：妳就這麼想離開我身邊？

嵐顏重重地點了點頭，「是，我必須走，因為我有自己必須要做的事。」

找妳那兩個夥伴？

字跡在地上浮現。

嵐顏點頭，卻又搖頭。

「我是要找他們，但我所說必須要做的事，與他們無關。我要去一個地方。」

她發現，他的衣衫忽然獵獵飄動了起來，是真氣的鼓脹！

他想也不想地一指點來，嵐顏腳尖點上石頭，整個人如靈巧的狸貓，躍起在空中。

招呼都不打的直接偷襲，真是讓人討厭。

他的招式連綿不絕，越來越快，打得嵐顏一時間竟然無法還手，只能仗著靈巧的身體，在空中輾轉騰挪。

嵐顏討厭不守信諾的人，也討厭被桎梏。而這個人，蠻橫霸道地將她留下，不惜反悔對她的承諾，也要將她鎖在身邊。

饒是好脾氣如她，也在這招式之下，打出了火氣。

她猛地一抽劍，猛烈地劈向對方手中的竹枝，兩個人你來我往不斷打著，只是嵐顏始終處於下風。

他姿態縹緲，出手不帶半點殺氣，猶如仙人之舞。

再反觀嵐顏，上躥下跳，毫無章法。

她能抵抗一陣子，卻沒有辦法破解他的招式。

這樣下去，只怕終究還是輸。

嵐顏的身體在空中跳動著，「就算今天你贏了我，點了我的穴，帶我走了，下個月呢？你還有機會嗎？」

為什麼，每一個人都要控制她？

從封千寒開始，再到今天那個浪蕩的段非煙，還有眼前的他。

她嵐顏只想過自己的生活，不要被人控制操縱。

她不是傀儡娃娃！

「我要去封城，沒人能攔著我！」嵐顏怒吼著，不顧一切地揮著手中的劍。

她感受到濃烈的殺氣，屬於他身上的，但是她不在乎。

嵐顏已被怒火沖昏了頭腦，招式連綿不絕，殺氣只高不低，但最終還是被他的劍穿破光影，直點胸口。

劍，停住。

嵐顏怒吼著：「我要去找鳳逍，沒人能擋得住我！」

頓在了她胸前，尖銳的鋒芒點在她的胸前，刺得皮膚有點疼。

他手腕一抖，劍又突然收了回去。

那清冷的身體轉身離開，丟下嵐顏一個人傻呆呆地站在那裡，莫名其妙。

她的世界裡，就不能出現兩個正常點的人？

嵐顏心大，雖然有抱怨也有不爽，但是這些在吃的和睡覺面前，都不是事。

現在沒有好吃的，那就睡覺吧。

她雙手枕在腦袋後面，仰望著天空，天邊已有了淺淺的藍白色，又是一日黎明到來。

不知道那個一號到底是什麼樣的人？她只知道，這個人是傳說中的人物，據說一日之間挑戰了所有的高手，氣定神閒地走上了一號，從此再無人敢挑戰，也再沒有出現在擂臺上，他留下的震撼讓人只敢仰望，不敢靠近，更遑論提挑戰。

她，能做到嗎？

只是一瞬間的擔憂，馬上就被她拋到了腦後，行與不行，明天再說唄。她嵐顏不相信傳說，只相信能力。

不過……如果那個一號，擁有和封千寒或者那個段非煙一樣的實力，那她……

「那就只有死的份了。」嵐顏自言自語著。

迷迷糊糊的思緒中，她就這麼暈沉沉地睡了過去。

睡夢中，還能感覺到丹田裡的妖丹在遊走，那醇厚又溫暖的感覺，好舒服。

這一覺，又是整整一日，直到日暮西山。

其實以她的武功，身體的疲憊早就恢復了，可她是誰啊，是從小就好吃懶做，除了睡覺吃飯沒有其他愛好的人，反正閒著也是閒著，睡覺唄。

半夢半醒間，她眉頭皺了下，小鼻子抽抽，再抽抽，最後一雙明亮的眼睛忽地睜開，身體整個從大石頭上彈了起來。

她聞到了醬肘子的味道，這種濃香的醬汁味，她絕對不會聞錯，還有燒雞，那種脆皮飄香的味道，她閉著眼睛都能聞出來這酥皮是碳烤的還是掛爐的，還有梅干扣肉，那梅干菜絕對是最上品的，這梅干菜蒸出的肉，肯定是酥爛入味。

她的眼睛四下溜著，口中猶如中了魔咒一樣：「大肉包、冰糖糕、梅花糕……」

每一樣味道，都和她昨天念叨的一模一樣。

她一定是想吃的想瘋了，以至於出現幻覺，這山野荒蕪之地，有魚湯喝就不錯了，還肘子、燒雞呢。

可是……

她的眼睛忽然定格在面前的一個食盒上，紅色的漆木，精巧細緻，那些引誘她到難以自拔的味道，就是從這食盒裡飄出來的。

食盒的提籃上，一隻冰雪岫玉般的手指勾著，在她面前不斷晃晃悠悠，帶動著某人的視線跟著左右、左右、左右。

嵐顏忽地撲了上去，雙手抱住食盒，猶如撲向主人手中鹹魚的貓，如果此刻他把手拎起來，只怕也能順勢拎起一個掛件。

這一刻，她才管不了什麼恩怨情仇，也顧不得嫌棄這個怪人，她的腦海中只有兩個字：吃的、吃的、吃的！

他的手一鬆，食盒落入她的懷中，嵐顏猴子似的跳上大石，連坐下都來不及，直接蹲在那裡，一個個掏著。

眼中，是快樂的星星閃爍，清亮柔嫩的嗓音在空中飄蕩：「哈哈，醬肘子！哇哦，燒雞！呵呵，我的梅干扣肉！嗷嗷嗷，我最愛的肉包子……」

下面的話，被一大口醬肘子肉堵住了。

嵐顏雙手抱著醬肘子，狠狠地一口咬下，油沾滿整張唇，晶光閃亮。紅唇嘟嘟地嘬著像個雞屁股，緩緩地挪動著，數十下之後，終於狠狠地嚥了下去。

她發出一聲滿足的歎息，又是一口咬下，滿滿的油光沾得下巴都是。想想，又拿起一隻燒雞，撕下酥脆的雞皮丟進口中，嘖嘖讚歎著：「燒雞最好吃的就是雞皮了，滿滿的都是油分啊，香死了。」

做慣了乞丐的她，吃東西是不需要高雅姿態的，轉眼十指齊飛，湯汁淋漓間，東西已經大半入腹。

不過某人的速度根本沒有停下，她連抓帶拿，吃得不亦樂乎，小腦袋不斷地點著。

這種滿足感，豈是別人能體會的？

「有武功的人可以抵擋飢餓感就不好好吃東西，真是不懂得生活。」嵐顏咕噥著：「這叫享受！享受！」

耳邊，依稀聽到了一聲從鼻子裡擠出來的嗤笑。

思考能力回歸，嵐顏才恍惚地想起，剛才……剛才她是從誰手裡接過的食盒？好像是那個猴子臉怪人。

她茫然地抬起頭，眨巴著眼睛。

果不其然，眼前的可不正是那青碧色的人影，他站在那裡，面具後的目光停在她的臉上，不知道為什麼，嵐顏竟然覺得那目光很是溫柔。

他昨天一定是聽到了她的念叨吧，不然怎麼可能這麼準確一樣不落地給她帶來？

嵐顏咧開嘴，露出一個不好意思的笑容，舉了舉手中的燒雞，「謝了。」

他沒有任何表情地看著她，習慣了這個傢伙的她則繼續埋首在食物裡啃著，她才不在乎什麼姿態什麼端莊，她是乞丐，不是封城九少爺。

喀嚓喀嚓啃得如同個小老鼠，嵐顏吃著吃著，忽然猛地抬起頭，一雙眼睛霍霍看著他，「喂，你突然給我買這個，是不是有什麼目的？」

那欣賞她吃相的人原本看得很投入，突然間被這麼一問，眼中露出怔愣的神色。

「我知道了。」嵐顏嘆了口氣，「那個一號很厲害是不是？所以你給我買好吃的以滿足我，就像犯人行刑前，給一頓特別豐盛的斷頭飯一樣，是不是？」

她看到，面具後的那雙眼睛無聲瞇了起來，他的肩頭在細細抖動。

這幾乎是她認識他以來，他最大的情感表現了。

「別抖了，再抖我以為你抽筋了。」嵐顏忽然有個想法，也許眼前這個人，不如她想像中那麼冰冷。

冰冷無情的人，是不會笑成這樣的。

他雙手抱著肩，偏著腦袋，那目光從面具後射出，也是滿滿的揶揄。

不正經的姿勢、不正經的眼神，她可以篤定，那傢伙現在在面具後的表情，也是百分之百的不正經。

她怎麼從來沒發現，眼前的傢伙是這麼個貨色啊？

嵐顏呆呆地看著他，「果然你是覺得我要死在那個一號手上，所以連本性都暴露了嗎？」

「噗。」很輕的一聲，從面具後傳出。

那青碧色的人影轉身，躍入空中，衣袂獵獵之聲中，轉眼不見了蹤跡。

「跑那麼快幹什麼，有鬼追啊？」嵐顏嗤了聲，抓起一個大包子，重重地咬下一口。

瘦小的身軀，卻有著驚人的食量，嵐顏把面前的食物掃得乾乾淨淨，才直起腰，打了個響亮的飽嗝。

再看天色，她應該啟程了，前方還有一場戰鬥在等著她呢。

那個怪人已經先行跑了，不知道會不會在擂臺下等著給自己收屍呢？

帶著各種古怪的想法，嵐顏趕到了擂會。

第一眼，她看向看臺的中央，沒有見到那個騷浪的段非煙，她長吁了一口氣。

第二眼，她看向以往最熟悉的位置，可那個位置……空的。

那怪人，還沒來嗎？

一眼，不在。

兩眼，不在。

當笑彌陀已經站上擂臺的時候，那個位置，依然空空如也。

不知道為什麼，她居然有點點失落。媽的，明明是他與自己立下的約定，他不來看是什麼意思，是輸不起還是不忍心看她死得難看？

場下的聲音在瘋狂地叫喊著，震耳欲聾。

眾人的那種期待，那種崇敬，都讓嵐顏感到了無形的壓力。

那是一號昔日留下的印記，讓他人臣服的印記，一個沒有失敗的人，一個如傳奇般的人。

他，會來嗎？

笑彌陀已經走上了擂臺，「擂會很久不曾如此熱鬧了，二號挑戰一號，今日之戰已是整座城中最熱鬧的事，據說各大盤口下注已到數千萬兩之多，一號也早已是我們擂會最為神祕和神聖的人，無論結局如何，今日都必然有一代奇才殞落，真是令人扼腕歎息。」

說是歎息，他的眼中不但沒有半點不忍，反而是滿滿的興奮，「尤其……」

他將目光轉向嵐顏的時候，嵐顏在他眼中看到了詭異的神采。

嵐顏愣了下。

笑彌陀的聲音拉得長長的，把嵐顏的好奇心也吊得長長，「大家一定還記得當初二號進入擂會的時候，是以特殊的規則指定加入的。如果還有人記得特殊規則的話，那就是只有前十中人，願意以自身的能力和在擂會的身價做擔保，擂會可以尊重其決策特給予指定號數。而二號當初的擔保人……」

嵐顏的心咯噔一下，喃喃自語著：「不會吧？」

她可沒忘記當初那一場血戰，沒忘記那個什麼討厭的質疑挑戰，更沒忘記自己這輩子最值錢的一個晚上，一千萬兩。可直到現在，她才知道所謂的規矩竟然是這樣。

昨日她贏了二號，拿走了他全部的身價，也不過數百萬兩，能以一千萬兩做擔保的……

嵐顏露出一絲苦笑。

果不其然，她在笑彌陀的口中，聽到了兩個字：「一號！」

全場，歡呼。

這歡呼，不是為了英雄惜英雄，而是為了看到兩雄相爭場景的興奮。

一群變態！

嵐顏心中閃過冷笑，而她的目光，卻四處看著，尋找著……

一號，誰是一號？

她的目光，忽然看到熟悉的座位上，那道青碧色的身影。

他來了嗎？什麼時候來的，她竟然沒有發現。

她拋去一個自信的眼神，她要告訴他，自己能成功，一定能！

他接收到了她的眼神，然後……慢慢地站了起來，朝著擂臺的方向，一步、一步行來。

嵐顏驚呆了，她不自覺地退著、退著。

是他？

難道是他？

怎麼會是他？

可是，如果不是他，又會是誰呢？

是他帶著自己來這裡的，那號牌、那衣衫、那面具，都是他丟給自己的，最大的解釋，因為他就是那個指定自己的人。

拿到一號牌，就給妳解藥。

幾個字，沉重如山。

昨天，他要帶自己走，可是她不願，因為她不想放棄那個即將到手的勝利機會，那個可以拿到解藥遠走高飛的機會。

今日，擂臺之上，不死不休。

她為什麼之前沒想到，他臉上那個始終掛著的猴子面具，和這裡每一個不願意透露身分的人一樣？

——不是他，不要是他！

——別上來，千萬別上來！

嵐顏的心裡，莫名地翻滾著這幾句話。

可惜，她內心的呼喚終究還是落空了，那青碧色的人影走到擂臺之下，朝著她優雅地伸出了手。

冰雪肌膚，柔若無骨，如蔥段玉雕，等待著她的回應。

嵐顏慢慢地、慢慢地，將手送了過去，貼上他的掌心，握了握。

一握之力，他的人已飄落臺上。

嵐顏的心一沉到底。

果然是他……

第十八章
與君對決

沒有人知道此刻嵐顏的複雜心情，這種複雜裡除了震驚以外，還有無奈、好笑，甚至被愚弄的憤怒。

但是這一切歸咎起來，都只是一聲長長的……

「呃！」一個大大的飽嗝脫口而出，代替了原本她想要的嘆氣，那些所謂的悲愴氣氛、蕭瑟心情，都瞬間飛到天邊去了。

因為她看到，對方那雙瞇起的笑眼，還有不斷抖動的肩膀。

「好歹是生死場，認真點行不行？」嵐顏忍不住開口。

一句話，卻在臺下引起了軒然大波。

「她是女的！」

「也不一定吧，說不定是個毛沒長齊的男娃娃，女子哪有這樣的身材，這分明是個沒長大的男娃娃。」

一瞬間，場中的肅殺氣氛頓時被沖淡了，那些人的關注力竟然從她和怪人的決鬥變成了她身分的討論。

「如果是個女的，就這麼死了真可惜。」

「是啊，如果是個女的，幹什麼跑來當戰者，嫁人不行嗎？再不濟上青樓唄，反正都是體力活，至少那個不用拿命拚啊。」

「大概太醜了嫁不出去吧，所以青樓也不要，當戰者不用看臉。而且你看那身材，就算是個女的，只怕也引不起男人興趣啊。」

說她醜？媽的居然說她醜！

她嵐顏少時就被人說醜，被人嘲笑她癩蛤蟆想吃天鵝肉，這話簡直戳了她心底最痛處。

嵐顏想也不想，一指彈射出去，直奔那人。

「啊！」一聲慘叫，那人一手捂著嘴巴，雙腿夾著弓下腰，蜷縮成一團。

嵐顏看看自己的手，她記得自己打的是嘴巴啊，怎麼那人連雙腿都夾住了？

眼角，依稀看到青碧色衣袖抬在空中。

哇靠，這個傢伙比她還狠，她也不過是打斷了兩顆牙而已，那簡直是要人家斷子絕孫。

而且，他比自己囂張多了，她不過是暗中一指，他是直接大咧咧地抬起手腕，生怕別人不知道是他打的一樣。

不僅如此，那手還停在空中，遙遙指著那個傢伙，無聲的舉動彷彿在說著：有膽子就上來挑戰我，有本事就來打我。

那人看到了他的動作，默默地捂著流血的嘴，夾著腿，硬生生一個音都不敢發出來了。

場中，一片寂靜。

而笑彌陀，已經不知道什麼時候下了場。

一場決鬥，已經不容再拖延。

如果說他讓自己來做戰者是為了培養她對戰時的應變和機敏，甚至決絕和冷血，那麼這最後一場，就是徹底檢驗她能不能做到極致了。

她可以對別人從容舉劍，對他能嗎？

她可以對別人招式極盡，對他可以嗎？

她可以對別人冷血無情取性命，那他呢？

昨天，已經是她脾氣的頂點，拔劍之後的對戰，也只是發洩，而非下殺手。

嵐顏不敢再想，她默默地閉上了眼睛，努力讓自己的心平靜。

就在這個時候，他的劍忽然出手，快如閃電。

嵐顏看著他舉手，看著劍靠近，竟然無法躲閃，因為太快了，快到她知道他出手了，身體還來不及反應，劍已至。

懶驢打滾，嵐顏聽到了劍破衣衫，劃過血肉的聲音。

嵐顏翻身站了起來，低頭看了眼，一道劍痕從胸口直到肩頭，很長。

這傷口是她逃竄的時候，劍在她身上拉拽出來的，可想而知，她只要慢上一分，那劍已經捅進心臟了。

一招，僅僅是一招。

他沒有留任何的情面，比昨晚的攻擊更加猛烈，也更加迅捷。

嵐顏後退著，輕輕拔出了劍。

她的靈識全然張開，開始感知著他，希望能從他身上的殺氣裡察覺他的動態。

又是一劍，還是剛才那個地方。

還是懶驢打滾，還是勉強躲過，身上又多了一道傷口。
嵐顏捏著劍的手有點顫抖，不是傷痛，而是恐懼。
因為她發現，眼前這個怪人身上根本沒有殺氣！
沒有殺氣就沒有指向，沒有指向讓她如何預判，在這樣的速度之下，根本不可能有事先感知到招式並躲閃開的可能。
一個沒有殺氣，卻處處是殺招的對手。一個前一刻可以為她出手打人，下一刻可以殺了她的人，一個為她買了所有最愛吃的食物，卻可以取她性命的人。
或許她今天的玩笑話，真的可以一語成讖了，上刑場前的斷頭飯，指的就是那頓美食。
第三劍，還是老地方。
她明明知道了他的方向，明明知道了他的出手，可她依然在打滾後，留下了第三道傷痕。
因為快。
如果說之前的戰鬥場下都是各種叫喊聲，這人只用了三劍，就讓全場鴉雀無聲。
強大的壓制力，可怕的速度，只怕所有人都在想著一個問題：如果此刻場上的人是我，會有什麼下場？
沒有人出聲，因為他們可以不把其他戰者當人，卻不能不把一號當神。
對於景仰崇拜乃至於敬畏恐懼的人，沒有人敢隨便呼喊叫嚷。
她要怎麼做，才能解此刻之困？一直拖下去，就算他沒有真正殺死自己，她的結局還是死。
她不能怕，不能再想著防守了，慢性死亡也是死亡。
嵐顏一抖手腕，劍花數朵。她慢慢地沉下心，拋開所有一切，彷彿整個世界都不存在了，唯有她自己。

丹田中的那粒珠子開始飛快地轉動，所有的氣息源源不斷湧入她的手掌中，她單手捏劍，輕鬆而又隨意，輕輕揮出。

同樣的招式、同樣的抬手，幾乎就是他第一劍的翻版。

而她的速度，同樣是快如電閃，與他方才出手的速度幾無二至。

一劍，他退。

劍鋒過處，青碧色的袖口上多了一道裂口。

嵐顏毫不遲疑，第二劍追隨而至，他又一次退開，結果是他的袖口上多了第二道裂痕。

第三劍，緊隨。

「叮。」空中第一次傳來了兩劍交擊的聲音，隨後就如同竹筒倒豆子般，兩把劍不斷敲擊、不斷炸響。

嵐顏彷彿進入了自我的世界裡，她的腦海中有兩道圖象不斷變換，一個是劍招，一個是妖丹的流轉。

氣息與劍招的融合，讓她盡情釋放著，而這個對手的存在，也讓她徹底可以放開自己，每一招都發揮到極致。

沒有對手，不是擂臺，她只是在自己世界裡盡情揮灑的人，而他的存在，激發了她所有的潛能，連綿不絕地朝他攻擊著。

不僅如此，她甚至覺得那妖丹在丹田裡的流動也越來越快，真氣的運轉也隨著這樣的流動而強大了起來。

彷彿有一股無形的力量籠罩了她，全身的肌膚都張開了。

這種感覺，和昨天有些類似，卻又不完全是。兩劍相交，每一次都彷彿有一股氣息從他的劍身上傳來，然後融進她的身體裡。
隨之而來的，就是力量的增強。
耳邊，突然聽到了一聲沙啞而性感的聲音：「不愧是妖族的人，十五月圓之夜的爆發太讓人驚歎了，竟然還可以吸取對方的真氣，原本以為妳必輸，沒想到卻是這樣的結果。」
嵐顏一驚，那沉浸在自己世界的神思突然就被驚醒了。
此刻的她，面前是他的身影，而視線越過他的肩頭，遠遠的擂臺中央，站著一道紫金色的人影，薄唇帶笑，正看著她。
是他？
他怎麼來了！
嵐顏忽然一陣心慌，她有一種很奇特的感覺，他是為她而來，而且這個人對自己有著強烈的興趣和占有慾，他絕不如此刻表面上笑得慵懶和無害。
這一瞬間的遲疑，她手中的劍慢了半拍，而那怪人顯然也沒發現她會突然慢下來，那一劍已經出手，朝著她的胸口，直刺而來。
被震驚也只是一瞬，嵐顏就看到了那刺來的劍，情急之下她以劍豎在胸前，全部的真氣爆發而出，只希望能抵擋對方這一劍的威力。
可惜，還是慢了半拍。
那怪人的劍，已經刺入了她的胸口，刺破了肌膚。
也就僅僅刺破了肌膚而已。
嵐顏很清楚，怪人在最後一刻，收住了力量。
但是，她的力量已經收不住了。

劍氣暴漲，撲向怪人，而他因為硬生生收住劍氣，而有了身形的凝滯。

眼前的他，忽然消失，猶如移形換影。再出現時，已在她面前三丈遠的地方。

這是輕功嗎？嵐顏完全不敢相信自己的眼睛，如果他最初就以這般的輕功對付她，只怕她已經死了無數次了。

他剛才，還能硬生生控制住自己的劍勢，證明他依然遊刃有餘，可她卻控制不了，勝負其實已在彼此的心中。

兩人突然停滯的身影，讓所有人開始焦躁了起來，有小小的聲音傳來。

「誰贏了？」

「不知道，看剛才應該是一號先刺到了二號。」

就在這個時候，她看到怪人臉上的面具「喀喇」一聲，碎成兩半，跌落在他的腳邊，又滾到她的面前。

嵐顏一直好奇的廬山真面目，就這樣徹徹底底地暴露在她的視線中。

手一軟，嵐顏手中的劍，跌落。

她張著唇，卻一點聲音也發不出來。

腦海中，一片空白。

第十九章 是他……

嵐顏覺得自己的腿有點軟，是因為脫力，還是因為他？

她不敢相信自己的眼睛，他，不是應該在封城的嗎？為什麼會在這裡？為什麼會出現在自己身邊那麼久？

而她，居然一直沒有發現，一直沒有。

臺下的人顯然已經按捺不住好奇心，大聲叫嚷著：「到底誰贏了？快給一個答案！」

「一號的面具掉了，那是二號贏了吧？」

「二號還被刺到胸口了呢，說不定是一號贏了。」

「可是他們誰都沒死，這到底是誰贏了啊？」

七嘴八舌的聲音裡，她看到他忽然眉頭一皺，表情有些痛苦。

難道，她剛才的劍氣傷到了他？

嵐顏剛想上前查看，他忽然腳尖點地，整個人飛掠出去，還是剛才那招移形換影，頓時在空中消失了身影，再出現時，已遠遠在大門外，只留下一抹青碧色。

「啊！」嵐顏提起腳步，想要追他，卻被眼明手快的笑彌陀抓住袖子。

「到底是誰贏了，給我一個答案啊。」笑彌陀第一次有了除假笑以外的表情，他很是為難地抓著嵐顏，「我也判斷不出，唯有讓妳說了。」

嵐顏一甩袖子，同樣是飛掠空中，真氣快速流動中，眨眼已在十丈開外，「隨便你。」

笑彌陀看著兩道瞬間不見的身影，頗有些愁苦，「這個、這個結果……他們雖然都打中了對方，但是依照剛才的情況而言，他們都還有再戰之力，所以、所以……」

「平手吧。」那懶懶的聲音忽然響起，明明是那麼輕飄飄的三個字，又是那麼隨便的口吻，可當這三個字出口的時候，場中竟無一人反駁。

笑彌陀不住點著頭，「城主目光高深，城主說是平手，就一定是平手！」

場中發生的這一切，嵐顏都不可能知道了。

此時她飛快地奔馳著，想要尋找到那道青碧色的人影。

可就是那一句話的功夫，她已經看不到他了。

他在哪裡？為什麼要走得如此匆忙？

此刻的天空，明月已升起，那滿滿的黃暈，散發著溫柔的力量，這月華中的靈氣，就像是天底下最美的食物，在引誘著嵐顏。

今天，是十五！

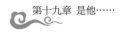

才經歷過昨天血月的嵐顏，又遇到了十五的滿月。但此刻的月光不似昨天的霸道，反而充滿著柔和的力量，滿滿融進她的身體裡，這一刻身體輕鬆無比，感知清晰無比。

難怪那段非煙說妖族的力量在這個時候會變得強大，因為她能吸收這月中的靈氣。

靈識張開，她沉下心思，努力地想要在這天地之間，尋找到那個人的蹤跡。

可是結果卻讓她失望了，她什麼也感知不到。

他，就這麼失蹤了嗎？從她的面前、她的眼皮底下，消失了嗎？

風中，吹過清新的夜色花香，這花香中，又融合了一縷淡淡的奇特香氣。

嵐顏腳下一提，衝著一旁的草叢就撲了過去。

這裡的草堆很高，幾乎有半個身體那麼高，一眼看過去，根本看不到草叢裡。

嵐顏的手在草叢裡扒拉著，小鼻子抽了抽，除了青草的味道，她又聞到了那股淡淡的香氣。

就在眼前草叢被扒開的一剎那，嵐顏看到了那熟悉的青碧色身影。

現在的他，正躺在草叢間，眉頭緊蹙，臉上一片慘白，不見半點血色，那額頭上，一顆顆汗珠沁出。

此刻的他，似乎正在抵擋什麼，全身緊繃著，雙目緊閉。

嵐顏撲上去，一把抱起他的身體，口中急切低呼著：「鳳逍！」

他輕輕地睜開眼睛，那唇囁嚅了下，擠出一個字，「走！」

她不知道他到底怎麼了，難道是被她的劍氣傷了？還是因為收劍反噬震傷了自己？

嵐顏抓著他的手，快速地摸上他的脈門。

手心下他的脈息，好快，急促又猛烈，一下下撞擊著她的指尖。

如此猛烈的脈息，此刻的他只怕連呼吸都艱難，心臟疼痛得都要爆了吧？

嵐顏緊緊抱著他，「鳳逍，快告訴我你怎麼了？我要怎麼做？快說啊！」

她從未見過這樣的情形，所有的武功祕笈上也沒有記載過這樣的症狀，她該怎麼辦？是病？還是走火入魔？

她開始茫然、開始無助。

她沒有想到剛才還好端端的人，為什麼一瞬間會變成這個樣子？

她一直想要找的人，封城中最後一個讓她記掛的人，也是唯一一個讓她回到封城的動力來源，在她還來不及問出一句話的時候，就面對了如此的境況。

她只知道鳳逍有病，可過去的她從未關心過鳳逍，她根本不知道他到底是什麼病啊！

她死死地抓著鳳逍的手，「你是不是發病了？」

那張俊美的容顏，此刻已完全慘白，那原本紅潤的唇，也已然沒有了血色。

她忽然發現，自己手中鳳逍的身影，開始慢慢地變淡。就像一個水泡的幻影，越來越薄、越來越淡。

不是她的幻覺，是真的，因為她的視線，已經能穿過他的身體，看到自己托在他身下的手掌中，只有一件青碧色的衣衫。

鳳逍，在消失。

當這個認知出現在嵐顏意識中的時候，嵐顏徹底傻了。

她呆呆地看著，看著他的身影慢慢不見，而那青衫之下，卻忽然出現了一道白影。

毛茸茸的，通體雪白的身影。

牠趴伏在地，慢慢地抬起頭，身體挺起的一刻，身後的尾巴忽然全部張開，猶如靈動的生命，在空中搖擺著。

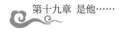

一、二、三……

嵐顏數著，數了一遍，再數一遍，最後她肯定，那尾巴是八條。

其實不必數，嵐顏也已經認出了眼前這雪白的傢伙是誰，那絨絨的身體，那斜挑而起的漂亮眼眸，還有身後那斷尾處的傷痕，都在告訴她，昔日那個陪伴她的戰友就在眼前。

鳳逍是八尾巴狗？

鳳逍不是人……是狗？

眼前的一幕讓嵐顏無法消化，若不是親眼所見，她根本無法相信自己的眼睛。

結合前塵種種，她只怪自己太蠢、太蠢。

沙伯曾經說過，妖族最有靈氣的繼承者，要送到封城作為質子，而封城為了防止妖族再壯大，就索性斷了繼承者的靈根，讓其永遠不能達到修煉的巔峰。

那時候的她，曾經為八尾巴狗而感慨激憤。可她為什麼不曾想到，那狗兒與自己的第一次見面，是她想要鑽狗洞回家，而牠鑽出來時的巧遇。

若非身在「嵐顏閣」，又怎麼可能從裡面鑽出來？

再想起那枚被白羽師傅震碎的火碎珠，那是克制妖氣的東西，封千寒只給過自己一顆，就將自己壓制得死死的，而她當初居然妒忌鳳逍，可以得到千寒哥哥給的一串手鏈。

殊不知那根本就是禁錮他的東西，讓他不能發揮自己的妖力。他那樣的身子，在封城中又豈能不病？

還記得，他曾經的那幅畫，畫中妖豔的花瓣，他告訴她，是他家鄉的花。

狐尾花，妖族的花。

白羽道破她妖族身分的時候，她只知道她的妖族心法是鳳逍給的，所以她想要找到鳳逍問一個明白，可是如今還有什麼要問的？

他本就是妖族的人，才會知道她的身分，才會那般千叮嚀萬囑咐不要讓他人看見。

鳳逍……才是那個一直努力想要幫她的人。

千寒，卻是那個一心對自己算計的人。

而愚蠢的她，從未分辨過好壞，由始至終她都在排斥鳳逍、討厭鳳逍，可那個危難中救她，教她武功，乃至最後一刻為她收手的人，都是鳳逍。

「對不起。」嵐顏抱上他的頸項，埋首在他的絨毛中，「我一直誤會了你，是我對不起你，吊斜眼。」

糟糕，說習慣的話，不小心就溜出了口。

果不其然，「啪」的一聲響，肉呼呼的爪子直接按在她的臉上，將她按在了草叢裡。

嵐顏嗚嗚，鼻子好酸、好疼。

她的臉，一定被拍平了。

她捂著鼻子，嗡嗡地說著：「鳳逍，我承認我錯了，這些年來我都誤會你了，我真的不知道、不知道你是妖，更不知道你就是我最記掛的好夥伴八尾巴狗。」

「啪」肉肉呼呼的爪子直接踩下，踩在她的臉上。

嵐顏只看到黑影從頭頂壓下，隨後就覺得金星亂冒，小鳥唱歌。

她，好像又被搧巴掌了。

該死的，剛見面就不能有點重逢的喜悅嗎？為什麼非要這麼凶殘地對她？

好不容易從金星四射中平靜了下來，嵐顏正待表達自己久別重逢的喜悅，卻發現鳳逍現在仰首明月，身體呈現漂亮的弧度，閉目中，全身毛髮皆起，絨絨的尾巴在身後張揚飛舞。

他在吸收月之靈氣！

對於這個動作，嵐顏很清楚，因為她也是這般吸收月華靈氣的，他們唯一的不同之處是一個人身、一個獸身。

不敢打擾他，嵐顏索性在他身邊坐下，靜靜地迎接月光的洗禮，吸收著靈氣。

安靜的夜色下，她的靈識漸漸張開，慢慢延伸。

忽然，嵐顏神色一動，她聽到了腳步聲，很輕的腳步聲。

有人靠近！

第二十章 段非煙的占有慾

不能讓別人驚擾到鳳逍，而且鳳逍此刻的樣子，更不能讓旁人看到。

嵐顏躍起身形，竄出草叢之外。

人影才落地，她就皺起了眉頭。

怎麼又是他？

這個傢伙怎麼陰魂不散，而且就跟條狗似的，順著味道都能找到她。

果然，他氣定神閒地站在那裡，雙手輕輕環抱，那雙紫眸望著嵐顏，似笑非笑。

可是嵐顏，卻嗅到了一股危險的氣息。

如果說昨天他出現的時候，還帶有一點試探和商量的餘地，今天他的追蹤而至，則顯然在透露一個訊息：他要她！

這種要和喜歡沒關係，就像要一件珍寶、要一本武功祕笈的占有慾。

她在他的眼中，不是一個人，而是一件物品。

她的意見根本不重要，她的想法也不重要，因為他根本不在乎她的意見和想法。

現在的嵐顏，開始有點後悔，後悔昨天明明察覺到他的危險，卻沒放在心上，她把一個人想得太簡單了，以為他在被自己拒絕後就會打消念頭，可實際上，她激起了他更大的決心。

她不該繼續這最後一場戰鬥的，為了自己的執念，卻造成了這樣的結果。

因為她對鳳逍的懷疑，導致她沒能看出他太多的破綻和祕密。因為她對離開的執著，導致她對戰鬥的堅持。

也正是因為這堅持，才讓她忽略了眼前這個人的危險存在，才讓她沒有聽鳳逍的話，若是昨天和鳳逍離開了，今日就不會面對這樣的情況。

以段非煙對妖族的占有慾，若是讓他發現了鳳逍的存在……

不行，她不能讓段非煙知道鳳逍的存在。嵐顏還能讓段非煙有雙修的想法，那鳳逍呢？她沒有忘記白羽師傅說過的故事，人類對強大靈氣的追求，不惜去損害保佑自己的神獸，更瘋狂地追殺妖族，只為了奪取內丹以增長自己的能力。

現在的鳳逍在十五月圓之夜的幻化，正是靈氣轉化的時候，她就更不能讓段非煙有趁虛而入的機會。

替鳳逍攔下段非煙，是她欠鳳逍的。

她在鳳逍跟前學習那麼久，鳳逍身上獨有的味道也聞了許多次，而這些日子的親密接觸，她早就聞到了那獨有的香味，卻根本沒有深思。

如果不是她堅持，鳳逍不會留下與她打那最後一場，因為他非常清楚十五的月圓之夜會發生什麼事。

他一直在讓著她、幫著她，今天就讓她為他做點什麼吧。

嵐顏的臉上掛起了輕鬆懶散的笑容，雙手環抱，站在段非煙的面前，「怎麼又是你啊？」

段非煙的薄唇，微微地勾起，那雙紫眸散發著邪氣，看著嵐顏。她發現，他這個表情有著說不出的吸引力，尤其那雙眼睛，邪氣得讓人不敢看，又捨不得不看，不小心就發現自己失了神，被它吸引了進去。

一個俊美而強大的男人，一個時刻笑著就能讓人失了魂魄的男子，自然是有著無數的女人趨之若鶩、飛蛾撲火。

當他聽到嵐顏的話後，悠然地問著：「不跑了？」

嵐顏呵呵笑著，「我若要跑，今天就不會在擂會出現。我既然出現了，就沒把你當做我需要躲的人。躲，代表害怕、代表認輸。可我不認為你值得我害怕，能讓我認輸。」

她不是不想跑，而是沒法跑。

既然不能，那就堅持到底，就當做……他是擂會的最後一個對手。

「妳不是我對手。」簡單幾個字，把嵐顏的心思揭穿，「所以妳若準備用拳頭或者劍來讓我打消念頭，只怕妳要失望了。」

「是與不是，總要試過才知道。」嵐顏倒是坦然，「我在擂會，沒有一場是輕鬆打贏的，甚至可以說每一場挑戰的對象，都比我強。」

她害怕，但是害怕不足以讓她逃避。這一個月來，擂會給予她的最大收穫，就是面對。

而這面對，是鳳逍帶給她的。

「對了，我有事希望得到妳的答案。」段非煙的話說得有些漫不經心，似乎是臨時起意，忽然想到了什麼。

嵐顏全身都張開著防備，眼睛也是死死地盯著段非煙，不敢有半點懈怠，「什麼事情？」

「陰徒，是妳殺的嗎？」段非煙的笑容，明明令人迷亂，卻有著森冷寒氣。

讓她涼到骨頭裡的森冷。

陰徒，她猛然想到了一個人，表情色變。

那個讓她第一次感受到屈辱的人，那個讓她第一次覺得身為女子無法保護自己的痛苦。

段非煙又笑了，「妳的表情，似乎告訴我答案了。」

他問的不是認識不認識，而是說是否她殺的，其實他壓根就已經有了答案吧？

嵐顏一仰脖子，「是啊，我殺的。」

那個人，是鳳逍殺的，但此刻的她，不能說出鳳逍。

段非煙嘖嘖出聲，搖搖手指，「不是妳。」

「你都問是不是我了，難道不是已篤定是我了嗎，怎麼自打嘴巴了？」嵐顏咧開嘴，很是無賴，「我都不怕承認殺人了，你倒替我開脫起來了。」

「我如果問你認識不認識陰徒，妳就會告訴我不認識，但若我直接問是不是妳殺的……」

嵐顏心裡跳了下。

她千防萬防，只因為一句話，她還是落入了他的圈套裡。

「他是我『暗影血宮』的堂主，人死了，我自然是要追查死於誰的手下。不過我在他的屍體上發現了很奇特的東西，他身上雖然有著無數傷口，但是真正的死因，是被震斷筋脈，而對方盛怒之下的出手，殘留了氣息在他身體內。那氣息雖然很弱，可我知道那不屬於人類的內力，而是來自於妖族的靈力。」

妖族的靈力，鳳逍的靈力。

「妳在擂臺上的表現很惹眼，也很厲害。妳知道我昨日為什麼跟著妳嗎？」段非煙緩緩說著：「因為妳太年輕，還不懂得收斂靈力，昨日妳在擂臺之上的比試，透出了妖族的靈力，他人發現不了，卻逃不過我的眼睛，所以我跟著妳，想要試試妳。」

昨天他所做的一切，不過是試探她，那些表現出來的興趣、那些調戲或者是勾引，都只是為了試探她。

「他的傷口深淺如一，每一劍都保證了不傷到內腑，卻折磨到了極致。妳妖丹才成，絕不可能有那麼好的控制力，妳在我調戲之下也不過是孩童把戲般的報復，是不會對陰徒做下那無數傷痕的虐殺。」段非煙慢慢走向嵐顏，「妳的心理，終究不夠強大。」

「喔？」嵐顏震驚於他強大的觀察力和判斷力，卻還在努力掩飾，「沒錯，我的確心軟，但是我並非小白兔，擂臺之上我也沾滿了別人的血，當他人觸及到了我的底線，威脅到我的生命時，沒有什麼不能做。陰徒對我的覬覦，我會千刀萬剮再正常不過。如果你也有這想法，那就請你做好同樣被千刀萬剮的準備。」

「呵呵。」段非煙很輕鬆地笑著，「我喜歡這樣的妳。」

果然是變態，聽說被自己千刀萬剮，居然表示喜歡。

「不過……」他低啞的聲音更加輕柔，更加具有誘惑力，也更加讓嵐顏覺得危險，「我相信妳說的話，但也更加讓我確定，陰徒不是妳殺的。」

嵐顏的臉冷了，對著他，已是言多必失，不如不說。

段非煙分析道：「昨天不過調戲妳兩句，妳就憤而出手，證明妳是個衝動而熱血的人。妳會殺人，但是會直取性命而非虐殺，千刀萬剮，妳忍不到那個時候。如果陰徒被一劍斃命，我會信妳今天的話，可惜……」

他太厲害了，厲害到試探她的性格，再從性格上推斷她的行為，從而猜到結果。

「你所說的話，都是你覺得。」嵐顏搖頭，強辯道：「有時候，太過自我反而會遠離真相，我給了你答案，你卻選擇你自以為是的答案。如果你是為了追查殺陰徒的凶手，那麼你現在可以替他報仇了。」

「好啊。」段非煙這一次卻非常乾脆俐落，「我也想試試妳的武功……」

話音一轉，下面的話一字一句傳入嵐顏的耳內，「配不配與我雙修。」

「配你個頭！」嵐顏劍出鞘，直接撲向段非煙。

段非煙就站在那裡一動不動，任嵐顏的劍靠近，當劍鋒即將觸碰上他身體的一瞬，他伸出手指，彈上劍脊。

「叮！」劍鋒上傳來一股凜冽的寒氣，直刺嵐顏的筋脈，嵐顏忍不住退了一步，發覺那股寒意，久久在手中刺疼。

他的武功和他的人一樣，乾脆簡單，卻直擊中心，冰冷又無情。

嵐顏看了眼自己的手，靈氣在丹田中爆起，瞬間抵擋了那寒意。

段非煙的眼中，揚起了一絲欣賞，輕輕點了點頭。

嵐顏一招被挫，不但沒有洩氣，反而更加燃燒了鬥志，手中劍一抬，再度飛身而上。

一劍、兩劍、三劍……

段非煙的身體閃動，每一次都在最後一刻從她的劍招邊閃開，指尖一彈。

嵐顏的靈氣越轉越快，那寒氣雖然霸道，卻還能勉強支撐。

真正給她壓力的，是段非煙氣定神閒的態度，和隨手那麼一敲的姿態。

不管什麼攻擊，對方那麼輕鬆敲一下，不僅化解還順道攻擊，任何人遇到這樣的對手，都會開始慢慢喪失信心。

而段非煙顯然知道什麼是攻心之術，他在某次躲閃嵐顏的時候，從她身邊擦過，性感的聲音傳入嵐顏的耳內：「妳在保護誰？」

嵐顏手腕一偏，瞳孔收縮。

真正讓她難以招架的是段非煙的話。

嵐顏的回答，只有更加凌厲的劍勢。

內丹在丹田內飛快滾動，劍尖上的真氣跳動著青色的氣息，流淌在劍鋒四周，劃破空氣發出呲呲的聲音。

拚命的打法，在源源不斷的真氣引導下越打越快，真氣吞吐也越來越強。

段非煙就像是逗弄老鼠的貓一樣，任由她攻擊著，每次都是在劍鋒即將刺上身體的一瞬間，輕飄飄地躲開。

就在嵐顏一劍刺出的時候，他的手指忽然詭異地伸出，嵐顏甚至還沒來得及判斷，就感覺到脈門上一涼，就像被鬼爪摸上了一樣。

那涼氣，順著脈門就灌入了筋脈中，嵐顏身體一僵，體內的真氣下意識地迎上去反抗著。

他不斷地灌著那陰冷的寒氣，她也不斷地抵抗，嵐顏在做著最後苟延殘喘的掙扎。

段非煙的眼睛裡，忽然閃過詫異的光芒，「八脈絕陰？」

該死的，他剛剛灌輸進來的真氣，竟然是為了探查她的筋脈。

白羽師傅要她一直隱藏起來的身分，不僅被他輕易看穿，而且還探查出了她最大的祕密，這讓她有些慌亂了起來。

嵐顏猛地抽手，卻被他捏得死死的。

兩股真氣的對撞間，嵐顏異常痛苦，口中不自覺地哼了聲。

運起全身的真氣，她想將他的真氣逼出體外。

「妖族的人是天下間最好的爐鼎。」段非煙的眼神裡，有著濃烈的慾望。

嵐顏忽然有些害怕，害怕他此刻的眼神，害怕他那森冷的表情，更害怕他那口中的兩個字。爐鼎。

又一個想要拿她的命來換取武功至高境界的人！

「上次不過逗逗妳，這一次我不會讓妳有任何機會從我手中逃脫。」他冷然的聲音比他的手指更加陰冷。

他忽然捏上她的手腕，那詭異的氣息在她的身體裡忽然猛地彈開。

她那纖細的筋脈怎麼經受得起這樣突然的撞擊，全身劇痛無比，眼前一黑，差點昏了過去。幾個深深的呼吸中，她才勉強撐住了這疼痛。

她不能昏，她要是昏了，鳳逍可怎麼辦？

她也不能輸，她如果輸了，看段非煙的表情，勢必是今日就要擄她走！

她怎麼辦？她該怎麼辦？

她還能躲閃嗎？她還能逃跑嗎？

她跑了，為鳳逍堅持這麼久還有意義嗎？

每次出了問題她都是選擇逃跑，鳳逍逼她上擂臺去當戰者，不就是因為她這個討厭的性格嗎，她要是再跑，豈不是辜負了他對自己的栽培了？

她不想再讓鳳逍看不起自己，她是嵐顏，不是封城裡沒有用的九少爺！

身體裡妖丹忽然暴漲，原本被段非煙遏制住的勁氣開始瘋狂地流轉，就像一個巨大的漩渦，吞噬著所有，段非煙逼入她身體內的勁氣，轉眼間被吸得乾乾淨淨，而那漩渦就像是貪婪的饕餮，追隨著那股陰寒之氣，迅速地侵入段非煙的手腕，吸取著那寒氣。

寒氣入嵐顏身體裡，在妖丹濃烈的熱氣之下，瞬間被吮吸得乾乾淨淨，再也不覺冰冷。

段非煙的眼中露出駭然的光，手指連點，戳上嵐顏的穴道，趁著嵐顏筋脈一軟的功夫，寒氣收回。

他飄身而退，「八脈絕陰？」

嵐顏心頭一冷。

她那妖丹的旋轉更盛，嵐顏手如爪，衝著段非煙撲了過去，周身上下猶如張揚著烈火，只是那火不是炙熱，而是冰冷的火焰。

幽冥之火。

段非煙一笑，露出絕美的神情，嘴角的笑意如綻放開的鮮血之花，「看來，妳是天賜予我的禮物了，唯有趁妳還未至圓滿狀態時得到妳了。」

嵐顏的指尖跳動著青色的火焰，冷冷地看著段非煙。

他紫金色的衣袍飛舞，髮絲無風自動，微笑道：「我從不強迫女人，但是這一次只怕要為妳破例了。」

嵐顏冷笑著，「那你就試試！」

段非煙的臉色微微泛白，全身勁氣張開，嵐顏眼尖的看到，他腳下綠草上的露珠開始凝結，最後變成了霜華。

好強大的寒氣！

強大到讓嵐顏不自覺的畏懼、不自覺的退後。

她的內心告訴她，眼前這個男人絕不是現在的她可以抗衡的！

嵐顏躍起身體，轉身就跑。

段非煙卻再也不給她這個機會，一股凜冽的氣勢撲來，將嵐顏團團困住。

妖丹在瘋狂地吸收，但是再快也快不過他，那寒氣越來越濃，嵐顏就像被蜘蛛網困住的小飛蟲，無論怎麼掙扎都是徒勞。

一時間，兩人僵持住，但是嵐顏知道，自己撐不住多久的。

就在嵐顏覺得自己的妖丹吸收不了這排山倒海的寒氣的時候，忽然身後草叢裡傳出窸窸窣窣的聲音，一道巨大的風聲從嵐顏身後傳出，白色的身影越過嵐顏的肩頭，撲向段非煙。

第二十一章

鳳逍之怒

巨大的影子帶起狂浪的風，在段非煙與嵐顏的糾纏中，突然襲向段非煙。空中利爪伸出，閃耀出寒光。

突然出現的影子，讓段非煙措手不及，他全力施為想要拿下嵐顏，卻不料橫空出來這麼狂猛的對手，雙目微瞇之下，他想要抽身飄退。

可此刻的他正與嵐顏糾纏，拚盡全力的嵐顏妖丹發出巨大的吸引力，讓他第一時間退開的身形慢了半拍。

「嘶……」

段非煙落在不遠處的草叢間，嵐顏的身體一鬆，落倒在地。她單手撐著地面，面色蒼白，喘著粗氣，眼睛死死地盯著段非煙。

那紫金色的衣衫上，幾道破裂的痕跡露出，從肩頭直到胸口。

若不是剛才他閃得快，只怕這位置，就是從臉到頸項了。

嵐顏暗自嘆著可惜，慢慢地撐起身體。

她的身前，站著巨大的白色狗兒，八條尾巴在空中搖擺著，散發著巨大的氣勢，與牠相比，嵐顏的身體顯得那麼嬌小。

那張揚的尾巴，從身上張開的氣勢，將嵐顏緊緊包裹，線條優美的身體繃緊著，面對著段非煙的方向。

就在對峙繃緊，即將爆發的一刻，白色的身影忽然掉頭，身體撞上嵐顏，本就強自支撐的嵐顏再也站不住，朝著地上摔倒。

不過，她的臉還來不及挨著地面，就被那寬厚的脊背接住了，白色的身影四腿撒開，飛也似的竄了出去。

沒人想到有這突如其來的發展，段非煙眉頭一皺，舉步欲追。

腳步才邁出，又停下。

他的視線，輕輕轉到自己的胸口，紫金色的華貴衣衫，布料破裂的邊緣呈現深深的黑色，那黑色慢慢侵染上深紫色衣衫上的金線，變成了鮮豔的紅色。

他的手輕輕撫上胸口，掌心中是濕濡的紅。

「九尾妖狐？」他的眼神變得深沉，「妖族之王的繼承人，不是應該在封城麼，怎麼會在這裡出現？」

那嘴角的笑容忽然變得陰森而邪惡，在那張俊秀至極的臉上綻放開的是讓人迷幻而又沉醉的誘惑之美。

「城主……」有人追蹤而來，遠遠地停下，不敢靠近段非煙，低垂著腦袋，敬畏地開口。

段非煙轉身，「給我閉城，若有陌生的年輕少女出城，立即給我攔下。」

「是！」

當手下正要掉頭離去，段非煙忽然又開口：「派人，去一趟封城。」

「封城？」手下愣住。

段非煙沒有說話，而是眼皮輕抬了下。

就這麼一個小小的動作，那手下猛地身體一緊，「屬下這就去辦。」

那抬起的眼皮又緩緩垂下，手下緊繃的身體這才緩緩放鬆，掉頭飛奔而去，順勢擦去額頭上一顆顆巨大的汗珠。

飛奔中的白色身影馱著嵐顏，那背脊一顛一伏，橫趴在牠背上的嵐顏又一次領略到了頭下腳上的充血感，尤其被頂住的胃好想吐。

為什麼每次牠都是用這樣的姿勢扛著她走，能不能換個一個好點的、不那麼讓人想吐的啊？速度飛快，快到她只能看到眼前的草地在不斷後退，外加自己的頭髮掃起的漫天灰塵。

為什麼……每次都是這樣？

「你就……不能……換個……嘔……讓人……舒服……點……嘔……的姿勢？」她在顛簸中破碎地開口，聲音完全被顛散，凌亂不成語調。

她以為會像上次一樣又是連趕兩天的行程，徹底把她顛成碎豆腐，但是她發現，牠很快就停下腳步。

牠伏下身體，把嵐顏從背上抖了下去。

嵐顏捂著被摔著的屁股，哼哼著，「你就不能溫柔點，為什麼每次都這樣？」

環顧四周，卻還是他們一直住的地方。

「噗。」那巨大的身體跳了起來，前爪按著她的肩頭，狠狠地瞪著她，一雙漂亮的眼眸裡，滿滿的都是火光。

牠在生氣！

嵐顏瑟縮了下，「呃……你生什麼氣？」

這一下，牠似乎更生氣了，喉嚨間發出一聲低低的哼聲，一隻爪子慢慢地抬了起來。

「啊！不要打臉！」某人很沒尊嚴地大喊著，飛快地閉上眼睛。

等了半晌，卻沒有等到那落下的爪子。

嵐顏偷偷地、偷偷地睜開一條眼縫。

眼前，不是雪白的毛，不是鋒利的爪子，而是……

雪白的肌膚，冰雪如玉的容顏，淡粉色的唇，弧度挑起完美的眼眸，在低低看著她的時候，更顯魅惑勾魂。

此刻，那雙眼就在她的頭頂上方，將她偷看的姿勢捕捉殆盡。

嵐顏呵呵傻笑著，「你、你變回來啦？」

那眼睛的主人顯然並沒有因為這討好的表情而消氣，視線劃過她的臉，怒聲道：「哼，妳不想我變回來？」

「我怎麼敢。」嵐顏繼續討好著，「我又不知道你是大白狗。」

「妳再說一句狗試試看！」他低下頭，口中的威脅十足。

她敢才怪！

嵐顏咬著唇，拚命搖頭。心裡卻罵開了花，明明就是大白狗，還不准說，什麼意思？

「妳為什麼不告訴我？」他強大的壓制力不僅來自於他的姿勢，還來自於他質問的口吻。

「告訴你什麼？」嵐顏迷惑著。

他的眼中散發出危險的光，「妳和段非煙的關係。」

「我和他沒關係啊！」嵐顏迷茫著，「只見過一次，幹什麼要和你彙報？」

「妳知不知道他是誰？」鳳逍的口氣像是要咬死她一樣，「鬼城的城主，『暗影血宮』的宮主，鬼城能在四城之中成為三不管地帶，妳以為是靠運氣？段非煙不僅冷血無情，同樣也有著超越常人的心智和能力，武功更深不可測，如果今天不是他對妳下狠手的時候被我偷襲，妳只怕一條小命都要送在他的手上。」

「我知道。」嵐顏冷冷地回答：「不就是爐鼎唄。」

「不就是？」鳳逍的聲音突然高了。

「我知道，爐鼎就是利用我八脈絕陰為他練功所用。不過爐鼎要的是身為爐鼎者自我奉獻的犧牲，要的是獻祭。所以封千寒才一直隱瞞我的身分，才一直對我那麼溫柔喜愛。」嵐顏看到鳳逍的眼眸逐漸深沉，口氣越發滿不在乎，「我喜歡封千寒，但是我又不喜歡段非煙，他想讓我做爐鼎，我就會做嗎？」

末了，她嘴皮子一撇，發出一聲冷嗤。

「妳這個蠢貨！」鳳逍的回答就是這麼幾個字，「以段非煙的手段，若要妳做爐鼎，何須妳愛上他？這世間多的是攝魂術之類的手法，段非煙能成為世間最沒有律法制度地方的城主，其出身本就陰邪，他要妳獻祭，隨便都能弄出一百種方法，笨蛋！」

「我笨蛋？」嵐顏被激怒了，小獅子似地掙扎了起來，直接把自己身上的鳳逍掀下去，小流氓一樣翻身騎了上去，口中瘋狂地發洩著：「你要我什麼都對你說，你他媽的對我說了什麼？你就不能正大光明讓我知道你是鳳逍？生怕我認出你，不但擋住臉，連話也不敢說，難道不是怕我聽出你的聲音？你擋著這麼嚴嚴實實，好意思說我什麼都要告訴你？」

想到這些日子他的隱瞞，想起他對自己的操練，什麼打屁股、什麼風中點穴一個晚上、什麼逼她做戰者，一日比一日辛苦，一天比一天慘痛，外加什麼下毒的欺騙，讓她每天都在氣憤憎恨中硬逼著成長，他居然好意思惡人先告狀？

嵐顏的手戳著他的胸膛，「如果不是你的欺騙，我不會想著要逃離，不會想著堅持要成為一號，也不會惹來段非煙的覬覦，更不會被段非煙伸手奪人的情況出現，而這所有的一切，都是你——鳳逍造成的。」

越說越委屈，所有的不滿都溢滿了心頭，「你救了我、你殺了陰徒，可你為什麼不告訴我？甚至連我詢問絕塵和輕言在哪裡的時候，你都不肯說。你、你連自己是鳳逍都不肯說！」

這兩個月，他就拿個討厭的猴子臉對著她！

想起自己初醒時的惶恐，想起自己被逼喝血時的驚怕，想起自己站在擂臺上時的恐懼，嵐顏死死咬著唇，卻忍不住眼眶泛紅。

就在昨天，她還在堅持自己要離開的理由，其中一條就是要找鳳逍，而她要找的人，分明就在她的眼前還不肯告訴她，逗她好玩嗎？

嵐顏一怒之下，一拳擂上鳳逍的胸口，「你自己玩去吧，老子不陪了。」

她現在才懶得管什麼妖族身分、妖族心法、妖族武功，她現在只想遠遠離開這個吊斜眼。

「噗！」鮮紅在嵐顏眼前綻放，溫熱的血噴灑上嵐顏的胸口，嵐顏呆滯地看著眼前的人，不敢相信自己的眼睛。

她木然地低頭，看著自己的手。

莫非剛才她含著怒意的出手，打傷了他？

不可能，她記得自己剛剛雖然生氣，卻完全沒有真氣，因為她在剛才的一番搏殺之下，真氣甚至還沒有運轉過來，根本提不起氣。

「你……」嵐顏看著他口中的血不住流下，面色慘白。

容顏下的那雙秀美雙眸，了無生氣地慢慢闔上。

第二十二章

照料鳳逍

坐在床邊，嵐顏守著那個依然在沉睡的人，心頭五味雜陳。

當怒意散去，所有的過往浮現心頭，她腦海中閃過的一幕幕，都是他對自己的好，和自己對他的厭惡。

昔年，她討厭他是千寒哥哥的心頭所愛，從未親近過他，可他似乎一直都在她身邊，無論是逗弄還是諷刺，他始終都是那個出現在她左右的人。

當她與依泠月起衝突的時候，在她身邊為她出頭的，是鳳逍。

當她被趕出封城的時候，為她熬夜撰寫心法的人，是鳳逍。

當她生死命懸一線的時候，救她的人，還是鳳逍。

她輕輕歎了口氣，手慢慢撫上鳳逍的臉，「對不起，是我虧欠你的。我只是氣不過你為什麼對我隱瞞身分，但是我知道，你是真心為我好的。你怕我如果知道你是鳳逍，我不會努力練功，你怕我會依賴你、會偷懶，失去自我保護的能力。但是鳳逍，你錯了，這一年多以來，我已經改變很多了，我真的有努力練你教給我的武功，我沒有偷懶。」

她的手撫摸上他的唇瓣，那裡幾乎不見血色，蒼白近乎透明。記憶中，鳳逍的身體一向就不好，三兩日便病一次。她曾經嘲笑過的病秧子身體，卻不知那是因為封城的禁錮造成的。

「我知道。」輕輕的聲音，出自手指下那乾裂的唇發出。

嵐顏猛地收回手，剛才他講話的動作，差點含上她的手指。饒是如此，她還是覺得指尖一陣酥麻麻的。

從討厭到憤恨到冰釋前嫌，現在的嵐顏在面對清醒的鳳逍時有點不自在。忍不住嘴硬，不願意承認自己的愧疚，她的口氣依然是埋怨，但聲音早已是低低的沒有了往日的氣勢，「那你為什麼還要這麼操我？」

那眼皮睜開一絲，她能清楚地感受到他的目光輕輕劃向她，病弱擋不住的眼眸如水，嘴角勾起一抹笑，正是昔日她最熟悉的吊斜眼勾魂而不正經的笑容。

「我說的是操練。」她沒好氣地解釋，「做慣了乞丐，改不了說話習慣了。」

那眼眸又是輕巧一劃，清透的水意流淌在她眼前，嵐顏心頭一驚。

怎麼有人的眼睛可以這麼漂亮，無論是什麼表情，都能變成訴不盡的風情，加之此刻的病弱姿態，真是引誘人衝動地想要凌虐他。

「妳一人流浪練功，總不及我在身邊保護。」那聲音低沉中，他的手腕輕輕抬起，撫摸上她的髮頂，她甚至能看到那纖細手腕下的青筋，「我在妳身邊保護，總不及妳能保護自己。我知道妳練功勤快，卻還是差著遠。我不敢想若是我出現太晚，妳會如何遭到那陰徒的施暴。」

「可你，終究還是出現在了我最需要你的時候。」嵐顏囁嚅著，所有硬撐的嘴硬，都比不了這掌心貼上自己髮絲時那細細的撫摸。

她能感受到，他的在意、他的珍惜。

封城桎梏了他的靈氣，她無法想像一個被封城當做質子看守的人，是如何掙脫那層層枷鎖逃離封城的？

「你，是為了找我才逃離封城的嗎？」她的聲音越來越小，小到最後幾乎聽不清楚，「一直在江湖中找我嗎？」

這問話有點突兀，若他說是，她更加內疚；若他說不是，她則有些自作多情了。

「當然不是。」他微笑著。

嵐顏的心頭有些釋然，卻也有些小小的悶，她果然是自作多情了。

「我當然不是逃離的。」鳳逍淡淡地說了聲，「不過是真的一直在找妳。」

「啊……」嵐顏的腦袋一時消化不了這麼多的消息，有點暈。

「封城與妖族的期限已到，所以放我走了。」他回答得很平靜，「我在封城聽說了封家旁支被滅門的消息，也知道妳下落不明，就漂泊江湖四處找妳。」

一句話，簡簡單單，但期間到底有多少艱難，她也能想得到。

「那你……」嵐顏猛地想起一件事，一件讓她鬱悶在心，至今想不通的事，「你為什麼當年不告訴我真相，甚至故意讓我討厭你？」

他忽然笑了，那笑聲從喉嚨間飄出，說不出的好聽，伴隨著那雙秋水雙眸，忒是動人。騷情的吊斜眼。

嵐顏心頭暗暗閃過一句，這傢伙無論身分怎麼改變，這種不正經卻是怎麼也改不了的。

小栗子敲上她的腦袋，「我的身分千寒知道，妳的身分他也知道，我又是妳的教習師傅，若妳喜歡我，妳覺得他還會讓妳在我眼皮底下？當真是笨得可以。」

嵐顏撇撇嘴，「那你逼我強喝你的血，又是為什麼？既然不可能是慢性毒藥了，又為什麼我會那麼渴望飲你的血？」

這是她一直沒能理解的事情，剛才鳳逍昏迷的時候，她就抱著腦袋在床邊想啊想啊，想了許久以後，卻還是想不到一個合理的解釋。

「妖族的女子一旦成年就會嗜血，這一點不是我逼妳喝，而是妳的需求，難道妳在江湖中行走，都沒發現自己身體的改變嗎？」

他說的成年，難道是指葵水來了以後嗎？

「這我怎麼知道，你救我的時候才第一次來啊！」厚臉皮如她，和一個男子討論自己的初潮，還是覺得很丟臉啊！

但是嵐顏忽然想起，那日絕塵不小心劃傷了臉頰後，她情不自禁地舔了絕塵的那滴血。

其實那時候她的妖性就已經覺醒了吧？只是她反應遲鈍，一直沒有發現。

「那以後怎麼辦？」嵐顏哭喪著臉，「豈不是我以後日夜都離不開血了？若是你不在身邊，我找誰喝血啊？若是你故意整我，不給我喝，我豈不是要跪著求你，成你一生呼來喝去的奴婢了？這年頭還讓不讓人好好吃飯了？你不給我肉吃我已經很慘了，你要再不給我喝血……」

她的人生真是慘澹，為什麼處處都受制於人啊？

嵐顏悲催地想著。

她的抱怨，惹來鳳逍更大的笑聲，那軟被下的身體，一陣陣抖動著。

「不准笑！」嵐顏怒了，惱羞成怒，「不要叫我飯桶！」

他的回答是輕聲慢語的幾個字：「醬肘子、燒雞、梅干扣肉……」

這、這不是她那天餓壞了之後，一個人喃喃自語後被他送來的食物嗎？他想嘲笑她就嘲笑，何必說得那麼隱藏。

嵐顏跳起來，又一次騎了上去，身體隔著被褥壓著他，「能笑得這麼開心，看來元氣恢復得不錯啊，不如把剛剛的帳重新算算？」

她壓著他，偏偏他還一副孱弱病氣裡透著勾人魂魄的風情，就彷彿在說：來吃了我啊，來吃了我啊……

嵐顏想起身，想要逃開他那彷彿勾引的姿態，屁股才抬起來，轉念一想自己為什麼要怕啊？連個男人都不敢看，算什麼英雄好漢！好吧，她也不是英雄好漢。

不過那抬起的屁股，又坐了回去。

鳳逍眉頭一皺，口中發出一聲猶如歎息般的淺淺呻吟，嵐顏身體一僵，下意識的反應讓她又抬起了屁股。

不行！

屁股又坐下。

鳳逍不自在地扭了下腰身，「妳沒給我穿衣衫？」

「我怎麼給你穿？你自己蹦出來的時候就沒衣服！」嵐顏戳著他的胸膛，罵罵咧咧，屁股又抬了起來，手指戳上他的額頭，「我能把你弄到床上已經很不容易了，你睡覺要什麼衣服，也不想想老子給一個沒知覺的人換衣服有多難？」

幾句話之間，那屁股抬起、坐下、抬起、坐下……

忽然間，鳳逍的手按上她的肩膀，「別動。」

此刻她忽然發現，他眉眼間一貫的慵懶與風情不見了，取而代之的是奇妙的火焰之光，霍霍地閃亮。

罵完，她忽然發現了什麼不對勁，屁股底下有點硌，似乎有什麼正頂著她的屁股。

她不舒服地扭了扭屁股，冷不防鳳逍的雙手從被子下伸出，死死地掐著她的腰身，「叫妳別亂動，還動？」

「那我下去。」嵐顏實在是覺得不舒服，想要從被子間滑下去，冷不防某人實在動作太粗魯，順著他身體的弧度滑下，卻帶落了那床覆在他身上的薄被。

嵐顏看著自己腳邊的被子，又看看床上的人影，那赤裸的身軀，寬肩、窄腰、緊腹，還有一雙大長腿，甚至腿中的某處，都被嵐顏盡數收入眼底。

她飛快地撿起被子，蓋上鳳逍的身體，不敢有半點遲疑，但是鳳逍的身姿，卻成了她揮之不去的心魔。

她剛才……居然想蹂躪他。

這真是太不正常了。

「妳是故意的嗎？」某人居然還老神在在，根本不在乎被她看。

「我去給你做飯。」自知衝動之下又幹了壞事的某嵐顏，想也不想地就準備拔腿開溜，可那小腿才邁出去，她又輕輕收了回來，「鳳逍，你能回答我一個問題嗎？」

某人將身體撐起，舒服地靠著枕頭而坐，看著嵐顏撩起衣袖，又放了下去，想也不想地就回答，「不能。」

「啊……」嵐顏先是一聲歎息，不過很快就恢復了過來，她神祕兮兮地湊上鳳逍的耳邊：「喂，我只是想知道，你妖態之下，是不是什麼都會改變？」

「嗯。」鳳逍不明白她想要問什麼，卻從她眼中讀到了少女獨有的好奇心。

「我就是想知道，如果你變成大白狗，那裡是不是會變得很大啊？」嵐顏忽閃著可愛的表情，「再變成人，會不會因為那東西太小而有點不想當人啊？」

話音未落，嵐顏立刻竄了出去，想也不想地逃跑。

果然，身後傳來鳳逍中氣不足的怒吼：「嵐顏，妳給我回來！」

回去才有鬼，回去挨罵啊？

第二十三章 圍困

嵐顏跳入林中，又開始憂傷給鳳逍找什麼食物才好？總不能隨便弄一條魚吧？可是白魚實在太難釣了，就算等一天，也未必能釣上來一條。

嵐顏思前想後，決定再回鬼城。

以往來回都是夜半時分的擂會比試，雖然都是無人時分，但嵐顏知道，那肯定有集市，集市上有什麼補藥食物是弄不來的？

當初鳳逍那一大堆好吃的東西，還不是集市上買的。

想到這裡嵐顏決定去一趟市集，不過想起段非煙，嵐顏又有些猶豫。

回頭看著小屋，床榻上鳳逍病弱的姿態又在她的腦海中浮現，嵐顏一咬牙，飛奔而去。

白日裡的鬼城，與普通的城鎮並無不同，甚至繁鬧的程度亦不亞於封城。街頭人來人往，熱鬧喧嘩，與這陰森詭異的名字完全不符。

嵐顏在街頭蹓躂著，心裡盤算著要買些什麼，先是一隻大大的老母雞，接著又從藥店買了根老山參。

拎著還在掙扎的雞，嵐顏慢悠悠地走著，忽然身後傳來一個聲音：「喂，站住！」

嵐顏忽然發現前方路邊有人在賣山果，紅豔豔的很是討人喜歡，她三兩步走上前，正要開口問價，冷不防感覺背後傳來風聲。

她下意識地錯開腳步，轉身看去。

一名勁裝打扮的男子正看著她，手懸在空中，看樣子是想拍她的肩，卻不料落了空，還有些發呆。

「幹什麼？」嵐顏莫名其妙地看著他。

「妳是城裡的人？」那人上下打量著嵐顏。

「是啊。」嵐顏心頭一驚，表情卻十分淡定。

對方被她的淡定欺騙了，表情遲疑了起來，「我是巡城，這條街上所有的人我幾乎都認識，怎麼沒見過妳？」

嵐顏猛醒了下，想起了當年在封城的時候，封城身為四大主城之一，也是規矩森嚴，封家外家的人，都不能隨便進入主城。在大街小巷中，都有各自的巡城負責巡街，以他們對各自地盤的熟悉來觀察不認識的人，以防備有其他城的奸細或者對城主不利的人進入，更防備著盜匪侵入。

這種看上去簡單，但實則猶如鐵桶一般的做法，讓別人沒有空子可鑽。

她的眼角飄向一旁的城門口，果不其然看到入城的人手中都有一個入城文牒。這文牒上有姓名戶籍所在，還有准許印，如果沒有這個，是無法進入城中的。

就在她沉吟的短暫時間裡，那人已經皺起了眉頭，口氣也有些警惕起來：「在問妳話呢，妳是住在哪裡的？」

旁邊的一位小弟湊上巡城的耳朵，「老大，她該不會是城主口中下令要找的姑娘吧？」

城主，段非煙？

她果然是低估了段非煙的能力，居然用這種方式來搜索隱藏在城中的自己，她唯一該慶幸的是不是他還沒來得及把自己的畫像給展示出來？

那巡城眼中的警惕，更濃了。

嵐顏心頭一驚，忽然咧了個笑容，「是啊，我住在那邊。」手在空中遠遠地揚了下，虛幻地劃了下，一時間讓人也不知道她到底指的是哪裡，「我那街負責巡街的是王大哥。」

她剛才已經觀察過了，那個方向的房屋最為密集，證明小街小巷也多，她說的是巡街而不是巡城，那個方向這麼多條街，負責巡街的人必然多，王這麼普通的姓，不怕撞不到一個。

那人眼中的疑慮果然消失，「老王街上的人啊，怎麼來這邊了？」

嵐顏舉起手中的老母雞，「家裡有人病了，想弄隻老母雞燉山參，您知道這母雞要好的，山參更要大的，所以就多走了幾條街，比比哪家藥鋪有好的老山參。」

「喔——」巡城的聲音拉得長長的。

嵐顏笑出兩排大牙，「大哥，沒事小妹先走了啊。」

那巡城揮揮手，嵐顏不敢再停留，轉身就走。

她的腳步不疾不徐、不緊不慢，目光似乎還在周邊的小攤子上劃過，慢慢地走向街角，耳朵卻時刻留神著他們的話。

「老大，會不會是她啊？」那小弟還在問著巡城。

巡城的目光停留在嵐顏的背影上，搖了搖頭，「城主喜歡的女人都是美豔型，胸大屁股翹，這個女人笑起來跟個傻大姐一樣，半點風情也沒有，剛乍眼看還覺得驚豔，一笑卻跟男孩似的，這麼大大咧咧的女人不是城主喜歡的風格。你再看那身材，小屁孩根本沒長開，若不是穿著女裝，我會以為是個漂亮的男孩，城主又不戀童，不會是這個。」

嵐顏的心慢慢放下，長長地吁了口氣。

就在這個時候，她耳邊忽然聽到一個聲音。

氣喘吁吁的小弟遠遠奔來，「老大，城主派人剛送來的畫像。」

「嗯。」巡城慢悠悠地打開畫像，嘖嘖地說著：「城主果然好眼光，一看這姑娘就讓人垂涎，真他媽的漂亮。」

「城主可從來沒這麼全城搜尋找過姑娘，都是姑娘死纏著城主，看來城主也是動了真心呢。」小弟在一旁一唱一和。

「不過……」巡城上上下下看著畫像，「為什麼這姑娘看上去有點眼熟？」

三個人面面相覷，忽然那個巡城一聲大吼：「是剛才那個傻妞！」

「追啊！」

三個人追到街角，他們所謂的那個傻妞，只剩下遠遠的一個淡淡背影。

「別讓她跑了！」

「攔住她！」

大呼小叫的聲音從嵐顏身後傳來，嵐顏心頭一驚，腳下更快了。

該死的集市，滿滿的都是人，幾乎是腳尖貼著腳跟，她根本動彈不得，而此刻的情況，她不能用輕功，否則太扎眼了。她努力放低身體，讓自己的嬌小隱藏在人群之中。

忽然前方的人群發出巨大的喧嘩聲，外加著喝罵聲不斷，似乎是因為市集的擁擠引起了爭執進而變成了打鬥。

頓時集市上雞飛狗跳，整個集市上的人群擁堵得水泄不通，還有無數人圍著看熱鬧，根本走不過去了。

身後的聲音越來越近，巡城找人，百姓自然而然地讓路，可嵐顏眼前，卻是一條無法走通的路。嵐顏看著身邊裝著青菜的巨大筐子，一彎腰鑽了過去，藏在筐後。

而此刻，那巡城也追到了她剛才所在的位置，大聲地叫喊著：「幹什麼？」

所有的聲音一瞬間安靜了，就連那原本在打鬥中的人，都老老實實地住了手，站到了一旁。

「擾亂城中秩序，知道是什麼結果嗎？」那巡城一聲大喝，兩人臉上露出惶恐的表情，訥訥不敢言。

「你們是想接受城主的懲罰，還是想被押還至你們原先的城？」那巡城冷笑一聲：「來鬼城的人，都是被四城通緝的人，你們的出身來歷都在名簿上，尤其是你們的通緝身價都在百金以上，如果我向城主彙報……」

兩人的臉上頓時一片死灰，那巡城再度開口：「還是說你們想要被斬去四肢，丟到『死人谷』中掙扎百日以上哀嚎而死？」

嵐顏躲在竹筐之後，看到兩個人不自覺地身體顫抖，心裡對段非煙的評價又有了新的定位。

如此森嚴的規矩、如此嚴酷的手腕，在四城之外開闢新的城鎮，收容著天下間最惡之人，卻管理得如此井井有條，絕非一般人能做到的。

鬼城遠比四大城更難掌控，但是段非煙卻做得比四大主城更好，嵐顏雖然未曾去過另外三個城鎮，但以她對封城的瞭解，遠不及這裡規整。

他的能力，絕不在封千寒之下，甚至……可能在其之上。

嵐顏開始心慌，她明白了鳳逍的怒意，甚至有些慶幸，段非煙對她，根本沒有下過任何殺手，甚至有些放水。

如果他真的要收攏他的蜘蛛網，自己只怕一丁點抵抗的能力都沒有。背心處，開始滲出點點寒意。

「看你們是第一次，我暫且不往上報，再有第二次……」巡城的話音一頓，「就等著去死人谷吧。」

兩人惶恐點頭，轉身間長長地吁出一口氣。

那巡城再度厲聲開口：「等等。」

兩人身體一僵，本來舉步的動作，瞬間收了回來，站在當場不敢動彈。

巡城展露手中的畫像，「見過這名女子嗎？」

所有人互相看著，場中一片寂靜。

竹筐後的嵐顏，心頭怦怦作響，只求剛才的打鬥吸引了眾人的注意力，沒有人看到自己的存在。人群搖頭，嵐顏的心慢慢地放下。

那巡城嘆氣，舉步準備朝前繼續追趕。

就在這個時候，嵐顏手中的雞忽然掙扎起來，拍打著翅膀，咯咯叫著。

嵐顏這才發現，原本紮在雞翅膀上的草繩不知道什麼時候鬆脫了，她趕緊一把抓起雞，死死地按住。

但是一切，已經晚了。

那巡城的腳步一頓，回轉，朝著她藏身的地方走了過來。

嵐顏知道再也藏不下去了，她躍起身體，縱身上了房檐，抓著她的雞，一路飛奔而去。

巡城在身後追蹤，讓嵐顏很是驚詫，又一次對段非煙心生敬佩。此人展露出來的輕功，已是江湖中的一流行列，嵐顏的輕功竟然無法甩掉他。

雞在手中撲騰，咯咯的哀鳴著。

嵐顏朝著他與鳳逍生活的地方飛奔，不是她傻到要將人帶去他們的居所，而是她知道，他們祕密生活的地方前面有一片樹林。

人影落在樹林邊緣，嵐顏機敏地把雞腦袋往翅膀下一塞，那吵鬧的咯咯聲終於沒有了。她一頭鑽入了樹林中，輕輕躍上了樹梢。

那追蹤者也一頭紮了進來，可是就當他走入樹林的一瞬間，嵐顏發現一件奇怪的事。巡城一進入樹林，就開始了原地轉圈的動作，明明是偌大密集的林子，他只在一個小小的範圍裡不停地來回走動，就像被一堵無形的牆擋住了似的。

嵐顏心思一動，悄然無聲地躍起，回到了小屋旁。

而此刻的鳳逍卻已經起身，坐在那大石上，半攏著的衣衫被風微微吹起，髮絲隨意散落在身旁，仍帶病氣的臉上浮現著超然，他雙目輕闔，微抬面龐迎上陽光，當風吹起他的髮，陽光順著髮絲間的縫隙穿過，落在褐色的石頭上，是不斷閃動的光點，既讓她不忍打斷他的靜，又沉迷在那閃爍的動中。

她看著那背影，在光華中，她第一次感受到了鳳逍身上不屬於人間的靈秀之氣。妖氣與靈氣，在如雕像般的姿態中完美結合。

衣帶當風，飄搖中傳來幽幽的香氣，魅香勾魂。

這一幕很普通，嵐顏卻停住了腳步，不知道為什麼，這一刻彷彿時間都靜止了似的，又彷彿時空的穿越重疊，引領了她思緒的飛揚。

手一鬆，那雞落了地，咯咯叫著滿地亂跑。

嵐顏猛回神，嗷叫著追著雞到處跑，可那雞似乎是被束縛久了，撲騰亂跳，雞毛亂飛。

不僅如此，牠似乎知道嵐顏的凶殘，一落地就往鳳逍的方向飛，雞爪子蹦上他的腿，又往他的肩頭上躥。

嵐顏猛地一撲，撲進了鳳逍的懷中，強大的力量把他推倒在大石上。

香氣入鼻，那微微敞開的胸膛，肌膚如玉，她的臉蛋緊緊貼著，那清涼中的溫暖，讓嵐顏的臉瞬間紅了。

她聽到了有力的心跳，感受到了那胸膛的微微起伏，竟有些捨不得起來了。

「咯咯……咯咯……」

手中的雞又撲騰了起來，羽毛亂飛，嵐顏的手從他的肩頭收了回來，傻呵呵地對著鳳逍笑，「不好意思，沒抓住。」

鳳逍的眼挑開一條縫，在這樣的表情之下，那雙眼睛的弧度展現到極致，如柳葉上的那弧斜挑的邊，風情至極。

該死的吊斜眼，什麼時候這麼順眼了？

她雖然力量大了點，他雖然傷病未好，也不至於一撲就倒啊，真是的。

某人腹誹著，想要爬起來，冷不防後腰一隻手按著，又把她按回了胸膛上，另外一隻手撫上她的鬢邊，拈下一片絨毛。

淡淡的一抹笑，驚豔了陽光，也驚豔了她的眼睛。

「我買了雞，燉給你吃。」她舉起手中的雞，有點逃避似的匆匆開口。

「我們離開這裡吧。」鳳逍忽然開口。

「離開這裡？」嵐顏有點疑惑，在她心中，這裡是一個隔絕外世的地方，雖然小，卻分外得她的心，她甚至覺得自己還沒有睡夠這方大石頭，沒有玩夠那潺潺的溪水。

就像上一次的竹林她也喜歡極了，雖然在那天天挨著抽屁股，一想到要離開，居然有點捨不得。她低聲地開口：「為什麼？」

耳邊聽到了鳳逍清朗的一聲笑，明明她都有點傷感，他卻一點都不在乎，還笑得出來，真是沒心沒肺。

「段非煙。」鳳逍只給了三個字，嵐顏心頭驚跳。

「雖然這裡被我下了妖族的封印和陣法，但是屬於鬼城的範圍，這裡並非安全之所，以段非煙的心智，只怕要不了多久，就能發現端倪。」鳳逍眼中露出隱隱擔憂。

「這樹林也被你下了封印？」嵐顏想起剛才看到的一幕。

「妖族之印，唯有妖族的人才能通過，他人自然無法穿過，但段非煙這人身上有著奇特的陰氣與妖氣，讓我不敢賭。」鳳逍緩緩地開口。

嵐顏深表贊同，對於段非煙，她的點評就是陰魅的男人，而且邪冷。

「從你帶我來的路走嗎？」嵐顏問著，她又想起了那個巨大的石陣，讓她驚歎的陣法。

這一次鳳逍卻搖頭了，「那石陣一旦啟動封印，就再也無法打開，我們只能從鬼城出去。」

「不行！」嵐顏的聲音忽然大了，在鳳逍目光的逼視中，她才驚覺了自己的失態，窩囊本質出現，她慢慢地後退，「我還是去燉湯給你喝，不要浪費了我往返一趟的苦心。」

「嵐顏！」冷厲的聲音從鳳逍口中迸出，那冰玉似的手指已經攀上了一旁的竹枝。

嵐顏只覺得屁股開始隱隱地抽跳，前陣子被鳳逍打得太狠，一看到竹枝，就有了這不自覺的反應。

「我……」她脖子一直，死就死吧，豁出去地大聲說道：「我剛才去街上買雞，被巡城發現了，跑到小樹林才甩掉他，現在段非煙滿城尋找我，從鬼城出去，一定不行。」

「滿城？」鳳逍的口氣凝重了起來。

「是，他開始是讓巡城留意城中面生的女子，後來直接是公開了我的畫像，別說出城，我只怕一在鬼城出現，就會被無數人發現。」

鳳逍的眉頭皺了起來，忽然抓上她的手，「走。」

嵐顏被他帶著走，手中還拎著一隻肥大的母雞，「喂喂，我的雞，我還沒燉湯呢。」

「不要了。」

嵐顏不爽了，她在大街上找了好久才找到這麼一隻肥母雞，還差點因為牠而被抓，就這麼不要了，她捨不得。

鳳逍忽然轉身，手指捏上她小小的尖下巴，盯著她的眼睛，猶如哄勸般地開口：「乖。」

嵐顏被那雙眼中的水波吸引，情不自禁地點點頭，手鬆開，那隻肥大的母雞撲騰著翅膀，咯咯叫著逃跑。

悲催的母雞，在掙扎了這麼久之後，終於逃過一劫。

第二十四章
逃離鬼城

鳳逍的腳步很快，也很平靜，但是嵐顏卻能從些微的變化中，感受到他的病弱根本沒有恢復。他的氣息淺淺的，不夠綿長有力，腳步也有些虛浮。

嵐顏的手不自覺地伸了過去，牽上他的掌。

那手的溫度，有些寒涼。

當她的手握上的那一刻，那大掌卻反手攏上了她，腳下快速地挪動著，沒多久，兩個人已到了鬼城城鎮的邊緣。

城中熱鬧依舊，但明顯能感受到一股緊肅的氣氛，街頭的巡街和巡城也明顯走動頻繁。他們對於男子倒是沒有太多關注，反而目光對女子留意得多，顯然是在找尋她。

「你出城沒問題。」她看向鳳逍笑著，「他們不盯男人，不過以你的美貌，說不定人家會以為你是女扮男裝。」

鳳逍斜眼看她，眼中火光閃過的同時，嘴角勾起一抹壞笑，手輕輕做了個抽打的姿勢。

嵐顏的手頓時捂上屁股，咬著唇。

那些巡街在街頭蹓躂，偶爾喝罵幾聲路邊的乞丐。

鳳逍的聲音輕飄飄而至，笑道：「其實妳要出城也不難，畢竟把妳看成男人的人，遠超過把妳看成女人的。」

嵐顏無語凝噎，她以男孩的身分長大，言行舉止大大咧咧，完全的豪放，再加上做了這麼久的乞丐，她穿著男裝時誰敢說她是女的？

不過……

她的目光遙遙眺望著，發現城門口有兩個身影不斷巡視，正是她之前遇到的那個巡街和他的手下。

顯然，他們見過她的臉，把守在城門口，即便她身著男裝，只怕也逃不過他們的眼睛。

面對這樣的情形，鳳逍卻朝著嵐顏笑得慵懶，「妳可有辦法？」

嵐顏的手指著一旁的滷味店，「豬蹄兩隻。」

鳳逍點頭。

嵐顏又指指遠處的燒雞店，「燒雞一隻。」

鳳逍再點頭。

嵐顏吸溜了下口水，「還有……」

「醬肘子、梅菜扣肉、大肉包、冰糖糕、梅花糕。」不等她開口，鳳逍已經全報了一遍，「還想敲詐啥？」

嵐顏搖頭。

鳳逍朝著店走去，嵐顏在他身後追了句：「城門口見。」

看著鳳逍走進店裡，她也蹓躂走向旁邊的院落，沒多久，一個蓬頭垢面，渾身髒兮兮，穿著不合身、綴滿補丁衣服的瘦弱小乞丐出現在街角。他趴在地上，雙腿軟垂在身後，露出一雙赤腳，漆黑細瘦的小腿無力地耷拉著，雙肘撐在地上，一點一點艱難地挪動著，他緩緩爬到一個屋簷下，大口喘著氣。

俊美的男人遠遠走來，公子如玉緩緩而行，手中卻拎著幾個油紙包，散發著濃烈的香氣。那殘疾小乞丐的視線盯著那幾個紙包不放，眼神忽然亮了，他用力撐起身體，朝著男子奮力爬了過去。

男子一手背在身後，一手拎著食物，步履間逍遙隨興，傲岸身姿瀟灑中透著幾分冷然，輕易吸引了旁人的目光，驚豔了視線。

巡城的視線也剎那被吸引，但那男子身上無形的冷漠與疏離，只讓他少少看了兩眼，便不自覺地後退了兩步。

有些人，天生就是高貴得讓人難以逼視，這男子身上的氣質，不是他們可以盤查靠近的。巡城很快地挪開了眼睛，這氣質出眾的男子無論如何也不可能是他們城主要找的女子，何苦湊上去自找麻煩？

男子就快走到了城門邊，守衛遠遠看到，也沒有任何盤問攔查的意思。

鬼城易出難進，要進鬼城有各種關卡和文牒，也就導致了出城反而沒有任何盤查，許是段非煙太過於自信的緣故。

就在他即將走到城門邊的時候，一隻髒兮兮的小手拉上了他的褲子，「大爺、大爺……」

男子低下頭，立即皺起了眉頭，眉宇間盡是厭惡之色。

「放手。」男子清朗的聲音低喝。

小乞丐抬起髒兮兮的臉，滿是灰塵和髒汙，幾乎看不出肌膚的顏色，他哀哀地乞求著：「大爺，我、我幾日沒吃過東西了，求爺賞口飯吃。」

「沒有。」男子用力一掙，總算從小乞丐的拉扯中把褲子扯了回來。

那雪白的褲子上，一片皺巴巴中的黑色髒汙，格外惹眼。

男子的目光從褲子上劃過，眼中的厭棄之色更濃，小乞丐卻有些不依不饒，雙手爬著，又一次抓上了男子的衣衫下襬，「就、就賞口飯吃，小的不敢、不敢不敬大爺。」

「快放開。」男子的聲音大了，很是不耐。

小乞丐卻執著地拉著，「就、就一口吃的，爺。」

他們爭執的聲音很大，頓時引起了巡城的注意，他臉色一黑，邁腿就要走過來，就在他剛動的一瞬間，那位被惹急的公子再也忍耐不住，抬腿踢了出去。

瘦小的身體在地上翻滾著，從城門裡直接被踢到了城門外，他掙扎著從地上抬起臉，捂著被踢的肚子，嗚嗚地哭了起來，「爺，小的三日沒吃東西，只是、只是想討口吃食……」

男子走到城門外，看著哭得傷心的小乞丐，深深嘆了口氣，手中一個紙包丟在地上，紙包裡的醬肘子滾了出來，落在小乞丐的面前。

「謝謝爺！謝謝爺！」小乞丐不斷地磕著頭，直到俊美的公子轉身離去，他才欣喜地撲上去，抓起那醬肘子，狠狠地咬了口。

「滾一邊吃去，別趴在這裡擋路。」門口的守衛厭煩地呼喝他。

小乞丐唯唯諾諾地點頭，「是、是！」

他小心地將醬肘子包了起來，朝著一旁的小路爬了過去，身體在地上慢慢拖行，漸漸遠離。

「真他媽的不長眼，那樣的公子也敢招惹，一看就是富貴人家的公子，沒打死他算他命大。」巡城看了眼那遠去的爬行小乞丐，狠狠地往地上啐了口。

城外小河旁，某個髒兮兮的人坐在河灘邊的石頭上，亮著光溜溜的小黑腿，伸著漆黑的小爪子，抓著醬肘子啃得正歡，面前是拉長臉的俊美男子。

「嵐顏，先去洗洗。」他皺著眉頭，口氣不太好。

那個吃得正歡的人頭也不抬，嗷嗚地咬著，口中含含糊糊地應著：「好……等……偶次……完。」

「不要吃了。」鳳逍眉頭擰得更深了，「這裡還有，那個都掉在地上髒了。」

「掉地上有什麼關係。」嵐顏狠狠地嚥下口中的醬肘子，髒兮兮的衣袖擦過油汪汪的小嘴，滿不在乎的開口：「你要討過飯，還在乎掉在地上？只要不是掉進糞坑裡，我都能撈起來吃。」

鳳逍原本已伸出手，想要拍掉她手中的醬肘子，聽到這話，表情忽然僵了，手也愣愣地停在空中。

手腕變了方向，摟上那嬌小的身子，順手將她帶入了懷中。

嵐顏正沉浸在自己的好食物當中，根本沒料到鳳逍會有這個動作，冷不防被抱了個滿懷，手中的醬肘子蹭上鳳逍的衣衫，在胸前留下一團醬汁。

他在她的耳邊低聲喃喃：「對不起，我應該早點找到妳的。」

那有些沙啞的呢喃，不期然撞入了她的心頭。她傻傻地抬起頭，鼓著的腮幫子裡還含著一大塊肉，滿嘴醬汁，呆呆地看著鳳逍。

那眼中的秋水清波，真動人。還有這胸膛，有一種說不出的強大感。那呢喃的聲音裡，更有著隱忍的傷。

她眨巴巴眼睛，「我沒被餓著，只是捨不得好吃的東西而已，娘娘腔比我還貪吃，我只是搶成習慣了而已。」

忽然間她發現鳳逍的表情變了，有點點陰沉、有點點算計，還有點點壞。

糟糕！

兩個字剛剛入腦海，她便覺得一股大力傳來，整個人被騰空拋了起來。這力量來得突然，又快又猛，待她想反應的時候，人已被河水淹沒。

涼涼的河水沒過頭頂，嵐顏掙扎著冒出水面，手中的醬肘子已經不知道拋飛到了何處，某人卻已經老神在在坐上了她剛才的位置，慢條斯理解開紙包，一陣陣的香氣傳入嵐顏的鼻息中。

他拈起一枚梅花糕，啟唇，輕咬，微笑。

每一個動作在嵐顏看來，都被無限放大了。她的梅花糕，少了一個！嗚嗚嗚！

嵐顏怒瞪中，鳳逍的賊手又伸向了燒雞，撕下一隻雞腿，輕輕嗅了下，一副垂涎的表情。

「我的！」嵐顏叫著。

「那妳快點洗乾淨上來。」他咬著雞腿，垂下目光看著水中濕淋淋的人，「如果洗不乾淨，我就把妳踢下去再洗一遍。」

淫威之下，嵐顏不得不順從地扯著身上偷來的衣衫，三兩下就只剩了件兜衣。

她嘀嘀咕咕地搓洗著身上的灰塵和泥巴，哀悼著她即將失去和已經失去的食物，她不忍心抬頭去看，不然她覺得自己承受不了心愛的食物被鳳逍一口一口吃掉的痛苦。

可她不知道的是，那坐在石上的人，早已經停下了手中的動作，完美的狐狸眼，瞇著欣賞的眸光，停留在她半裸的身上。

手指搓著身上的泥，嵐顏開始鬱悶自己剛才為了逼真，為什麼把自己糊得跟叫花雞一樣，現在泥巴乾透了，想洗掉不是那麼容易。

對於嵐顏來說，洗得越慢就代表著她的食物越要少一樣，她彷彿看到了滿桌的食物一樣樣地減少，最後什麼都不剩下的悲催場景。

不要！

不行！

不可以！

她要快一點，她要趕緊洗完，她要搶回屬於她的食物。

想到傷心處，嵐顏徹底忘我了，腦子裡除了吃的，什麼都不記得。

於是石上的某人，看到了這樣的一幕——某姑娘在水裡洗得水花四濺，激起的水花甚至打到他的臉上、身上、腳邊，在石頭上暈開一片片的浮水印，他不禁失笑出聲。

這個女人，一定在害怕他搶她的食物，有些人很容易就暴露心思，實在是藏不住想法的人。

不過笑到一半，他的笑容就凝結了。

再看水中的女人，已經熟練地將手伸到頸後，去解兜衣的繫帶，快手快腳地一扯，鮮紅色的兜衣落入水中，半抹酥胸在水中若隱若現。抓起兜衣，她隨手一拋，朝著石頭的方向。

以往在河邊沐浴，她都是這樣隨手一拋，洗完再撿回來就是了。

髮絲滴落著水珠，散落在身前。

嵐顏狠狠地甩了甩腦袋，終於覺得自己一身的污泥洗乾淨了。

她長長地吁一口氣，這才忽然想起來，面前的石頭上還坐著一個人。

抬起臉，她發覺鳳逍一隻手撐在腮邊，漂亮的手指在臉側點著，津津有味地欣賞著她的出浴。洗得太投入，她居然把他忘記了。

嵐顏哭笑不得，想要穿衣服上岸，卻發現他左手的手中還拿著濕淋淋的一團，正是她鮮紅的兜衣。

完了。

她朝著鳳逍露出討好的笑容，「那個……」

她尷尬地指指他的左手，鳳逍壞笑著攤開巴掌朝她擺了擺，嵐顏用力地點點頭，眨巴著閃亮的眼睛，露出可憐的表情。

「濕了。」他壞心地逗著她。

她堅定地搖頭，「我不在乎。」

只要有吃的，她什麼都不在乎，濕衣服怕什麼，大不了用內力烘一下，總能乾的嘛！但是眼前這個混蛋，不給她啊！

「那個……」嵐顏努力地想著對策，「要不，你把吃的丟過來？」

鳳逍一愣，繼而哈哈大笑起來，一邊笑一邊無奈搖頭。

「丟過來嘛。」嵐顏在水中撒著嬌，垂涎的大眼睛盯著他身邊的一個個油紙包。

鳳逍脫下身上的外衫，朝她拋飛過去。

小小的身軀從水中躍起，落定的同時被那衣衫團團包裹，光裸的腳丫踩在石頭上，留下兩個帶著水漬的小腳印。

石頭並不大，兩個人就有些擠了。嵐顏尋找著能坐下的位置，最後她索性一屁股坐上鳳逍的大腿，「擠一擠。」

鳳逍的手從身後環上她的腰身，瘦小的人在他懷裡，背心貼著他的胸膛，完全沒注意自己幾乎是整個人都嵌進了他的胸膛中。

她只盯著自己的食物，那一個個散發著濃烈香氣的油紙包，亮閃閃的眼睛裡寫著四個碩大的字——垂涎欲滴。

深深地吸了口氣，滿滿都是肉香，嵐顏吃得無比歡快。身後的人雙手慢慢解著油紙包，托到她的面前。

嵐顏也不管，就著他的手掌抓起食物，吃得開心，吃到興起索性一把抱過來放在腿上。

而鳳逍，則在身後掬起她的髮，溫柔地擦拭著。

風兒輕輕吹過耳邊，靜謐中只有他為她擦拭髮絲時的聲音，還有她吃得歡快的聲音，偶爾夾雜著骨頭丟到地上的清脆聲。

「吃飽了嗎？」他的氣息在她耳邊，吹在耳孔裡癢癢的，讓她縮了下。

「嗯。」她應了聲，靠在他的胸口。

吃飽了的人，總是慵懶得不想動彈。

「妳想去哪裡？」

去哪裡？嵐顏忽然發現，自己不知道該去哪裡。

之前她還有一個目的地封城，可是去封城是為了找鳳逍，如今人已經找到了，她已經沒有目的地了。

尋找輕言或者絕塵嗎？兩個月過去了，以她對輕言的瞭解，他在一個地方不會待超過半個月，她回去只怕他也不在了。

「沒有。」她低聲回答。

「那我帶妳去遊山玩水，看遍如畫風景，可好？」鳳逍低聲的語調裡，有著獨特的溫柔與性感，讓她的心忽然狂跳了一下。

「好啊。」她本就隨興，自然是滿口答應，可是轉念一想，「可以順道打聽下輕言哥哥和絕塵的下落。」

「哼。」那原本半瞇著的眼眸突然挑了下，露出一絲危險的光芒。

嵐顏發現，每次當自己提及管輕言或者絕塵的時候，鳳逍都會露出這樣的眼神，自己第一次挨抽屁股，似乎也是這樣的原因。

再傻，也知道不能在這個話題上糾纏下去。

她露出傻笑，從他的懷裡跳下石頭，往前幾步竄出，催促道：「不是要走了嗎？再不走可就天黑啦！」

鳳逍看著她身上披著自己的外衫，髮絲散亂，還光著一雙腳。

「回來，穿鞋。」

那小小的人影竄了回來，拎起鞋子又一溜煙地跑了，留給他一個靈動的背影。

鳳逍看著她，唇角不自覺地露出笑容，展開身形追了上去。

第二十五章 攜手流浪

天色才剛剛近黃昏，嵐顏就停下腳步，手指不自覺地撫上胸口。

不過很快，她就放下了手，深深地吸了口氣。

只這一個動作，一隻手已經伸到了她的面前，手腕上滲出豔紅，順著手腕慢慢滑下，凝結成一滴，落在嵐顏的腳邊。

嵐顏遲疑了下，就湊上了唇。舌尖舔過那抹血珠，血的香甜與他身上的魅香同時傳入她的唇舌間，勾起了丹田中的飢渴。

她甚至能感覺到，當血入腹中，妖丹之外包裹著一層層紅色的薄膜似的東西，妖丹緩緩地吸收，當那層膜完全融入進妖丹，一切恢復如常，只是那顏色卻變得更鮮豔了。

只是兩口，她就挪開了唇，看著鳳逍搖頭。

她不忍多吸，鳳逍還傷著呢，看著他手腕間錯落斑駁的傷痕，她的心就一陣陣隱隱發疼。

「再吸點。」他的聲音滿是溺寵。

嵐顏抬起臉，默默地搖頭。

「我割都割了，妳只吸一口，是不是有點不划算啊？」某人半真半假的嘆息，讓嵐顏忍不住笑出聲，心頭的糾結轉瞬間散了不少。

哪有人像他這樣的，恨不能別人多吸點他的血。

「妳多吸點，我就不用每天劃一道，不然這胳膊劃得跟棋盤似的，多不美。」鳳逍還是那隨意到讓人哭笑不得的話。

嵐顏唯有湊上唇，又吸了兩口，可憐巴巴地看了他一眼，鳳逍還是沒有抽手的意思，於是嵐顏又吸了兩口，實在是不忍心了，堅決地搖搖頭。

現在的她已經對自己的需求很清楚，這幾口血，已經足以撐幾日了。

鳳逍笑著收回手，當衣袖垂落，嵐顏的視線卻未曾因衣袖的阻隔而收回，她還是盯著他的袖子，彷彿要看穿那袖子，看著他的手似的。

不知道為什麼，她很在意他的傷。

手，忽然被他牽起，「走了。」

一步一蹭，她有些無精打采的。

良久之後，嵐顏的聲音小小地響起：「鳳逍，我什麼時候才能擺脫這樣的日子？」

「妳想離開我？」他忽然問著。

「不是。」嵐顏想也不想地否認。

「那是什麼？」

嵐顏有些心不在焉，沒能聽出那語氣中的促狹。

現在的她，想的不是為了擺脫他而擺脫這樣的日子，她只是捨不得，捨不得常常吸他的血，捨不得看到他為了自己自傷。

可是她，說不出口呢！

心頭那種古怪的擰巴，她也不知道是為什麼。

「快告訴我，到底什麼時候才能結束這樣的日子？」她巴巴地望著鳳逍。

「重要嗎？」鳳逍很是無所謂，「我又不介意。」

「我介意不行嗎？」嵐顏沒好氣地開口。

這該死的吊斜眼，真是不識好人心，她嵐顏難得會內疚、會捨不得，他居然不在乎。

她朝著鳳逍翻了個白眼，視線忽然捕捉到鳳逍正噙著笑，瞇著那雙勾魂眼，看著她。

這眼神、這姿態、這表情，都看得嵐顏心裡發毛，就像有什麼被他看穿了一樣。

某人有些惱羞成怒了，恨恨地捏上他的腰側，「你到底說不說？」

鳳逍嘴角的弧度更大了，那眼角的飛揚也更大了，「我說還不成嘛——」

那聲音，溫柔中帶著點慵懶，尾音拖的長長的，聽在嵐顏的耳內很是誘惑。

「說吧。」她收回手，等著他的答案。

「其實……」鳳逍笑容更大，「時機到了，自然就不用了。」

這答案，算答案嗎？

嵐顏有種無力的感覺。

不過兩個人邊說邊走，鬱結在心中的感覺慢慢地淡了，嵐顏心中各種疑問也隨之浮現了上來。之前各種突發的狀況讓她的腦袋瓜子消化不了，現在有足夠的時間讓她來尋求答案。

「鳳逍。」她呵呵地笑著，乾巴巴的帶著幾分討好。

鳳逍一語戳穿她：「想問什麼問不出口的事情？」

「你怎麼知道？」那傻兮兮的笑容更討好了。

「就憑妳？」那眼睛瞟著她，輕笑道：「要問趁現在，我數三下，妳若不問就不給妳機會了，一……」

「我要問的問題就是妖族是不是都有靈體的？就像你能變成大白狗一樣，那我又是什麼呢？」嵐顏想也不想地飆出一句話，連喘氣都不帶，「為什麼我十五月圓不會變身？」

鳳逍的手伸在她的面前，食指和中指彎曲著，在嵐顏不解的目光裡，慢慢貼上她的臉，細細地蹭了蹭，然後……

「嗷！」嵐顏一蹦三尺高，手捂著臉頰，衝著鳳逍怒目而視，「你這是什麼意思？」

「妳要再喊大白狗，我下次下手就沒這麼輕了。」鳳逍冰清如玉的手指在空中搖了搖，威脅感十足。

嵐顏搓著臉，臉蛋上一陣陣地疼，火辣辣的，「是還不讓人……」

下面的話，在鳳逍充滿危險的視線中，窩囊地嚥了回去，「那你覺得我該稱呼什麼？」

鳳逍慢慢走近她，嵐顏看著高大的身影漸漸靠近，身體不自覺地後退、後退，直到背心處靠上樹幹，退無可退。

鳳逍的手猛地伸出，嵐顏嚇得一縮脖子，那手擦著她的臉頰，撐上了她身後的樹幹。

鳳逍俊美的容顏俯下，數寸的距離下，他恍如謫仙的面孔在她的眼前放大，嵐顏竟然悄悄躲閃了目光。

她不知道自己為什麼會躲，只是覺得不敢看，心跳得厲害。

他的唇貼上她的耳畔，「妖族的妖王，必然是九尾靈狐之身，是最高貴的狐王，妳若再說大白狗，我就咬死妳。」

言罷，他咬上她的耳垂，不輕不重地齧了下。

嵐顏的臉忽地燒燙了起來，目光盯著自己的腳尖，心跳如雷。

一聲輕笑中，她才猛然回過神，該死的她又被鳳逍欺負了，而那欺負她的始作俑者，早已經飄身遠離，悠然自得地行走在山林之中。

她還呆在原地，那人卻已走出老遠，在數十步外停下腳步，回首看著傻愣愣的她，笑意揚起間，衝她勾勾手指。

公子端方，如玉翩躚，綠野清泉，仙姿芳渺。

嵐顏不覺有些癡了。

她提起腳步，衝著他的身影追了過去。鳳逍站在前方，對她遙遙抬起了手腕。

她自然而然地將手放入他的掌心中，被他牽拉著前行，風兒輕柔，樹枝沙沙，遠處不知何處能聽到清脆的泉湧奔流聲，卻看不到溪水在何方。

行走在這樣的地方，真是連心都醉了。

「你又沒說你是狐，我看著像狗嘛。」嵐顏很有點委屈，她雖然是妖族的人，可她自小在外面長大，她哪知道妖族的什麼規矩啊，所以這不能怪她，要怪也只能怪鳳逍長得太像狗兒了。

手心，又被不輕不重地捏了下，嵐顏聰明地閉上嘴巴。

行了許久，她才找回自己的思緒，「好吧，就算你是九尾靈狐，那我是什麼呢？」

就連鳳逍在十五月圓都會變身，為什麼她不會？

明明她也會對十五的月亮有反應，明明就連段非煙都說她有妖丹，是擁有八脈絕陰的妖物，可她的的確確不曾變身，就連她自己都在好奇，她的妖體會是什麼樣的？

「我是九尾靈狐，那妳只能是……」鳳逍看著前方，回頭給她一個古怪的笑容，「狗嘍！」

「你罵人！」嵐顏非常不爽，伸手就抓他，不料鳳逍早已有準備，已經竄出去好遠。

嵐顏想也不想就追了上去，兩人一前一後，飛快地在山林中縱躍，追逐打鬧著。

她一定要追上他，她也要欺負他。

某人懷揣著這樣的夢想，拚命地追著他，而他在前方恍若逗弄，讓嵐顏追得氣喘吁吁。

忽然間，鳳逍停下了腳步，嵐顏遠遠地看著，心頭大喜，腳下更快了。

就在她伸出雙手，狠狠地抓向鳳逍的時候，對方一個閃身，突然從眼前消失了。

嵐顏撲了個空，整個人停不住腳步衝了出去，就在衝出第二步的時候，她猛然發現，面前是個……懸崖！

腳下一空，她整個人墜了下去。

幸好嵐顏反應快，空中扭腰，一掌拍向崖壁，立即將下墜之勢止住，再一掌拍出，人已上升，幾下之後，她騰身在空中，朝著剛才落腳的地方跳去。

可是她發現，剛才那消失的鳳逍不知道什麼時候又出現在剛剛的位置，小小的山崖頭，已經沒有她的落腳點了，若再向前越過鳳逍，她此刻內息已竭，只怕一步也不行了。

無奈之下，空中的某人大聲地喊著：「鳳逍，接住我！」

聞聲，鳳逍仰首看著從空中落下的她，伸出雙臂。

某人不偏不倚，以最標準投懷送抱的姿勢跌進了他張開的臂彎裡，鳳逍雙手打橫，將她抱在懷內。

她的手箍著鳳逍的頸項，有些驚魂未定。

「都怪你。」她咕噥著，換來對方一聲輕笑。

好吧，確實沒理由怪他，誰讓她好勝心起，一心想要追上他，追到路都不看了，搞得主動投懷送抱這麼慘。

「放我下來。」驚魂稍定，她在他懷中掙扎起來。

鳳逍卻低喝了聲：「別動。」

一喝之下，嵐顏當真不敢動彈。

他帶著嵐顏轉了方向，嵐顏忽然發現，遠方數十丈的峭壁間，掛著一道白練般的瀑布，從山頂直垂而下，落入深不見底的山谷中，巨大的轟鳴聲從崖底傳來，空中飄散著白色的水霧，崖壁兩旁的縫隙裡，點綴著花朵無數，一株老樹斜伸而出，成為萬紅中唯一的綠色。

「哇！」嵐顏在鳳逍懷中張大了嘴，「好美。」

美景讓她忘記了勞累，忘記了跋涉，甚至忘記了她此刻正在鳳逍的懷中。

「抱緊了！」鳳逍一句話，還不等嵐顏消化，突然朝著那瀑布投射而去。

「啊……」空中傳出某人淒厲的叫聲。

第二十六章 妖族之地

嵐顏覺得鳳逍瘋了，真的瘋了。

就算是他，就算是她，也不可能單人一躍幾十丈，更何況他此刻還是抱著她，這不是找死是什麼？

這個念頭只是一瞬間，轉而她就放鬆了，雙手緊緊攬著鳳逍的頸項，任由風聲呼嘯過耳畔。其實這樣和鳳逍在一起也挺好的，死又有什麼可怕？

明明只是一瞬間，卻有那麼多個念頭閃過腦海，最終嵐顏發現，沒有人能給她這種安定，安定到可以拿性命交予、安定到無條件的信任。

第一次跳崖，第二次還跳崖，她的悲慘人生，就是被鳳逍抓著不斷地跳崖。

耳邊的轟鳴聲越來越大，與瀑布越來越接近，巨大的水浪帶起風，颳上臉頰，幾乎讓人睜不開眼睛。

可是嵐顏卻捨不得閉上眼，此刻鳳逍的容顏如此靠近，尤其在身後的藍天白雲映襯之下，乘風如仙。

「閉上眼睛。」鳳逍的聲音在巨大的瀑布轟鳴中，依然那麼清晰。

不想，她還沒看夠呢。

就不閉，嵐顏甚至有些故意的叛逆心理，不僅不閉眼，反而瞪得更大了。

「嘩啦……」巨大的水柱沖上身體，衝擊力讓嵐顏瞬間無法呼吸，身體剎那有種被擠扁的感覺，鐵棍般的擊打力打在臉上，嵐顏猶如被狠狠敲在腦門上，震得眼冒金星。

肺裡所有的空氣都被榨乾出來，丹田中的氣息都因為這巨大的壓力擠得無法運轉，嵐顏覺得自己要昏過去了。

就在她感到無法支撐的時候，那巨大的壓力終於消失，丹田中的氣息也終於運轉正常，嵐顏大口大口呼吸著，雙手攀著鳳逍的頸。

「還捨不得下來？」促狹的聲音在耳邊，調侃著她。

嵐顏慢慢睜開疼痛的眼睛，酸脹的眼角嘩啦啦地流著眼淚，「好痛、好痛，我要瞎了。」

他的手指輕輕按上她的眼角，「笨蛋，叫妳閉眼的，活該。」

嵐顏哭得眼淚汪汪，手不斷地擦著臉，奈何衣袖也是濕答答的，越擦越濕，眼睛更難受了，到最後連她自己都不知道，究竟是難受得一直流眼淚，還是被這句活該弄得流眼淚。

嵐顏轉動著淚流不止的眼睛，一邊擦，一邊模模糊糊地看著。

轟鳴聲還在耳邊，但腳下的土地卻只是略帶濕氣，她看著身後，白色的瀑布垂瀉而下。

剛才，鳳逍竟然是帶著她，穿過了瀑布？

嵐顏簡直不敢相信自己的眼睛，可這一切又的的確確是真的。

「這也是妖族的陣法嗎？」嵐顏瞇著眼睛，想要看清周圍。

鳳逍溫暖的手握上她的掌心，帶著她朝前走去，「剛才刺激嗎？」

何止刺激，鳳逍簡直為她打開了新世界的大門，從上一次懸崖底的石陣，到這瀑布後的別有洞天，嵐顏一直都覺得自己活得不像在人間。

「這裡是哪裡？」她很好奇。

「妳不是說跟著我嗎，那我帶著妳去哪裡，妳就跟我去哪裡，這裡是我帶妳來的第一個地方。」他聲音裡充滿了期待，也讓嵐顏的心開始雀躍了起來。

被鳳逍牽著，行進了一段路，嵐顏前方看到了隱隱的亮光，但是眼睛卻更疼了。

「閉上眼睛。」這一次，嵐顏在他的聲音裡幾乎是毫不猶豫地把眼睛閉上了。

身體一輕，她已被鳳逍打橫抱起，小小的身子窩在鳳逍的懷裡。

「別再睜開了。」

嵐顏索性把頭埋進他的胸膛，在有節奏的心跳中，嗅著他身上的淡香，格外的安寧。

當身上感受到暖暖的陽光，她的鼻息間也傳來了青草的香味，那清新沁入心脾，讓她全身都舒爽了起來。

耳邊忽然傳來隆隆的巨響，讓嵐顏忍不住睜開眼，強烈的陽光刺上她的眼睛，嵐顏只敢瞇著眼，透過模糊的視線散發著自己的好奇心。

她看到，她與鳳逍已經走出了瀑布後的長長巷道，此刻的腳下是碧綠的草坪，青嫩的顏色讓她的眼睛舒服了不少。而鳳逍所站的位置，正是草坪的中央，離開最初的巷道口遠遠的。

他的手按在一根石柱上，當那石柱緩緩沒入地下的時候，巷道口忽然落下一道巨大的石閘，沉重的落地聲，讓嵐顏覺得地面都在顫抖。

「這麼重，還能升起來嗎？」

嵐顏有些奇怪，這石閘的重量只怕遠不止千斤，最少也是萬斤了。

「妖族的機關一旦發動，就不再打開。」鳳逍的口氣，就像是在談論今天吃什麼一樣隨便，「所以是死機關。」

話音剛落，山頭上落下滾滾巨石，一層層地疊起，頓時在那洞口堆積起了一座小石山，再也看不到剛才他們兩人走出的洞口。

想起上次跳下懸崖之後的那個機關，鳳逍也說過再也打不開，嵐顏不禁有些惋惜。這些陣法一看就是耗時年久才能做成，其中精工巧匠自不必說，光陣法依山傍水而建，其中的艱難就可以想像，也不知道耗費了妖族多少財力物力，消耗了幾百年的時光，就這麼隨手一關，沒了。

「可以不用發動陣法的吧？」嵐顏小聲地說著：「又不需要防什麼。」

「這是妖族的規矩。」鳳逍回答著：「人與妖之間，本就為了內丹靈氣互相廝殺，能平靜相處的畢竟太少，我不能因為捨不得一些陣法，而讓妖族受到傷害。妖族的規矩，一旦進入妖族的地方，就必須開啟機關。而且我是妖王，這裡是我一人的地方，當然要更加小心謹慎些。」

嵐顏點了點頭，她能懂他的小心翼翼，畢竟身為妖王所需要負擔的責任太大了。

「你能告訴我妖族是什麼樣子的嗎？」嵐顏有些好奇，抬起臉望著他，可惜眼睛還是很疼，看東西依然模模糊糊的。

他刮了下她的鼻子，「妳想知道？」

嵐顏低低地應了聲，有些失落。

她是妖族的人，卻從小在人界長大，她好奇自己的家鄉究竟是什麼樣的？又會有什麼樣的同族、什麼樣的夥伴？

說妖不是妖，說人不算人，那她是什麼，人妖嗎？

「其實，和這裡一樣。」鳳逍彷彿看破了她的落寞，「這本就是妖族的地界，以陣法隔絕了外界，妳看到的風景及花樹，都是妖族才有的。」

「可是沒有夥伴。」話是這麼說，但嵐顏還是失落。

「那我是什麼？」鳳逍忽然湊上她的面前，「妖族之王都陪著妳了，還要什麼樣的妖才能讓妳感受到同伴的氣息？」

這麼一說，嵐顏的失落頓時一掃而空。想來也是，她一個小妖，罵了妖王這麼多年的吊斜眼，讓他親自教授自己琴棋書畫，真是太有面子了。

某人的胸脯立即挺了起來，很有幾分得意。

「你會帶我去妖界嗎？」她開心地問著。

「等帶妳將人界的風景看遍、美食吃遍，什麼時候想回去了，咱們就回去。」鳳逍的話，不啻給了她一顆定心丸。

他是妖王，自然是隨時可以去妖界，但是……

「當然是先遊山玩水吃遍美食。」嵐顏有吃的，腦子裡就根本放不下其他任何的東西，滿心歡喜地想著好吃的。

「今天想吃什麼？」鳳逍的詢問讓嵐顏亮了眼眸。

「我可以要求……」她迅速地想著。

「又是醬肘子、燒雞、梅菜扣肉嗎？」鳳逍已經替她把下面的話接了下去。

「如果有滷牛肉外加小酒，才是最美的。」嵐顏幻想著。

頭上不輕不重地挨了個栗子，「妳真貪心，重說。」

嵐顏捂著腦門癟著嘴，「隨便吧，你只會弄魚，我知道。」

誰叫他自己要問，她只是說出心中期待，他又說她貪心，根本就是故意找機會敲她。

「去洗洗，我給妳準備吃的。」

鳳逍將她送到了泉水邊，在池畔放下換洗的衣衫後轉身離去。

嵐顏快樂地跳進水裡，掬起一捧水淋上身體。

原先濕淋淋的衣服黏在身上早就讓她不舒服了，一路的奔波風塵，在這清涼的水波中很快就被滌蕩。

眼睛慢慢不再那麼疼痛，她也漸漸看清了眼前的世界。

這裡風景奇特，一方寬闊的草原，這一窪泉水就在草原正中央，泉眼就在她腳下的中心，咕嘟嘟地冒著，卻不漫過石壁，始終保持著這樣的水線。

嵐顏的身體懶懶地靠上石壁，順手摘下一朵池壁旁的小野花，看著花瓣在風中微顫，她隨手別上鬢邊。

這樣的生活真好，遠離世俗紛爭，在鳥兒的鳴叫中沉浸，整個人都彷彿與這空氣、與這安寧融為一體。

有鳳逍相伴，不寂寞。

有風景在眼前，不喧囂。

她忽然覺得，就這樣一直流浪著，偶爾安定一陣子，再繼續流浪著，是多麼開心的生活。

洗了個舒舒服服的澡，她撐起身體坐在池旁，接受著溫暖的陽光，隨手拿起身邊的衣衫。

衣衫入手，嵐顏就愣住了。

那是一件銀紅色的女裙，紅得奪目，卻不刺眼。布料閃爍著獨有的光澤，細膩如水般劃過她的掌心。

女裙？

她恍然想起，之前離開的那間草屋裡，她也看到過女裙，也是這般的色澤、這般的飄逸。這種裙子的樣式最能勾勒出曼妙的身形，適合身材窈窕秀美的女子穿著，卻不適合她這種如雞崽子般的瘦弱身形，顯然這裙子並不是為她準備的，而是臨時給她應急用的。

想起在上次那居所，她問鳳逍這是誰的，那時鳳逍的回答給了她兩個字：吾妻。

原本，她以為那是他為了隱瞞身份對她隨口扯的謊，可是現在看來……

當鳳逍帶著食物走到池水邊時，遠遠就看到一道赤裸的身影，坐在池畔，手中捧著銀紅色的衣裙，正愣愣地出神，甚至連他靠近都沒發現。

他走到她的身邊，發覺她那雙眼睛，一直望著手中的衣衫，表情很是古怪複雜。

「妳在發什麼呆？」他捧起她的髮，忍不住搖頭，「頭髮都已經被吹乾了。」

隨著他的動作，那朵小野花從鬢邊落下，墜落在那銀紅色的衣裙上。

嵐顏木然地轉頭，尋找到鳳逍的身影，勉強擠出一個笑容，「我記得上次也看過那小屋中有這顏色的裙子，你告訴我說是你妻子留下的。」

鳳逍笑笑，眼中飄起了溫柔，暖得幾乎讓人的心都化了，「是啊，我妻子的。」

「你們來過這裡嗎？」嵐顏小聲地問著。

「當然。」鳳逍的聲音也充滿了柔情，「她喜歡到人界遊玩，我便一直陪著她，所以留了些衣衫在這裡。」

風吹過，衣衫上的那朵野花不等她拈起，就被風吹落在地。野花，終究是不配這衣衫的。

嵐顏想說話，卻發現自己一個音也發不出來。

而鳳逍，已將菜碟放在她的面前，竟然有她最愛的醬肘子、燒雞、梅菜扣肉，還有一碟滷得香噴噴的牛肉，外加一壺散發著甜香的米酒。

「快吃吧，不然一會兒就涼了。」鳳逍將她最愛的醬肘子放到她的面前，又仔細地撕下雞腿，「一路上，我生怕妳這狗鼻子聞著味，藏得很辛苦呢。」

嵐顏，卻有些恍惚。

木然地將衣衫穿上，果不其然，衣衫穿在她的身上，半分也展示不出任何曼妙身姿，倒有些滑稽可笑。

嵐顏低頭吃著，可是她發現，明明是一樣的味道，為什麼今天的她卻完全沒有胃口呢？

一定是她餓過頭了，所以才不覺得餓吧？

才咬了兩口，她就放下了醬肘子，「我累了，我去睡覺。」

不給鳳逍回答的機會，嵐顏跳起身，朝著不遠處的屋子跑了過去，三兩個呼吸間，已到了小屋邊。

一貫的竹屋，乾淨而雅致，踩著毛竹搭成的主樓，腳下發出咯吱咯吱的聲音，嵐顏三步併作兩步，徑直跳上了床。

扯過被褥，將自己整個人都裹了進去，嵐顏就像包粽子一樣，把自己捲在被褥中間，紮得死死的。

為什麼，為什麼她會有一種心酸的感覺？

這種感覺很奇怪，以前從未有過，但那種堵在心頭的感覺，讓她很不舒服。

算了，想不通的事就不要想了。

嵐顏窩在被子裡，慢慢地睡了過去。朦朦朧朧間，依稀有一雙手摟上她的腰身，把她帶入他的懷中。

睡夢中的嵐顏，自而然而地翻身，把自己全部窩進了他的懷中，找到習慣的位置，睡得更加的香甜。

第二十七章 被鳳逍吻了

飽飽睡了一覺，嵐顏醒得很早，當她睜開眼睛的時候，身旁的鳳逍卻還發出悠長的呼吸聲，顯然他還在睡。

不敢亂動，嵐顏就這麼眨巴著眼睛，無聊又不捨地躺在他的懷中，偷偷抬起頭，看著他沉睡中的容顏。

指尖忍不住伸出，想要觸碰眼前那俊美的容顏，可手才伸出，她就忽然縮了回來。

這個男人，不能碰。

嵐顏恍然心悸，猛地跳起來，飛也似地竄逃。

一路飛奔到池水邊，嵐顏呆呆地望著池水中自己的倒影，那是一張美豔又張揚的面容，她輕輕撫摸著自己的容顏，發覺這些日子以來，她又似乎有了些改變。

如果以畫來形容，之前的自己，是一副水墨畫，漂亮中的韻味要有心人才能體會，如今卻像是渲染了色澤，濃豔了不少。

那一襲紅色的衣衫，在她穿來亦是妖豔無比，唯有眉宇間的青澀與單純，看來和這身衣衫完全不符。

不屬於她的衣衫，總是與自己格格不入，不屬於她的人，似乎不該……

嵐顏搖搖頭，用力地甩掉腦子裡的想法。

她應該是個無憂無慮，只知道吃喝拉撒的懶人，有些事還是不要去想的好。

她可以不逃避生死，但是有些事，還是習慣性地逃避了。

肚子裡咕嚕嚕叫著，嵐顏索性四處蹓躂了起來，光著腳丫子踩在柔軟的草地間，那軟軟的草尖從趾縫裡鑽出來，弄得她癢癢的，卻又舒服無比。

她懶懶地在草地上打了個滾，覺得自己就像是一隻狗兒，沒有矜持不管姿態，任性地想幹麼就幹麼。

頭頂上方，藍天白雲，近得彷彿就在眼前。

陽光不猛烈，但卻舒服，打在身上暖暖的，讓人不想動彈。

她又看到了那一瓣瓣飛揚在空中的狐尾花，就在她身邊盤旋飛舞著，遠方一株株的樹上結滿了山果，紅豔豔的煞是討人喜歡。

記得在封城的時候，鳳逍最愛的就是酸甜的果子棗子，她甚至記得，每當一枚酸果入口，鳳逍眼角微瞇的享受表情。

幾乎是下意識地站起身，朝著那果樹的方向飛奔而去，像頭靈動的猴子三兩下爬上了樹。

不需要輕功，當年在封城，她練得最熟的功夫就是爬樹掏鳥窩、摘果子。

一枚枚果子銅錢大小，紅彤彤沉甸甸地綴滿枝頭，嵐顏蹲在樹上，採得不亦樂乎，沒有籃子，就拎起裙角兜了，不多時功夫，已是滿滿的一兜。

正當她努力伸手搆著遠處一顆大大的山果的時候，冷不防從樹下傳來一道聲音：「妳這個調皮的傢伙，又上樹了。」

嵐顏的手剛剛抓住山果，聞聲低頭。

頎長的人影站在樹下，含笑望著她，她坐在樹杈間，低頭著那雙帶笑的眼眸。

時光，彷彿在這一刻重疊了什麼。

遙記在封城的時候，她每每逃避學習爬樹的時候，就會看到樹下來尋她的鳳逍，那時候的他，也是這般的望著她笑。

明明是滿眼的溫柔，帶著幾分調笑，可她卻厭惡至極，如今再見這般場景，那十餘年的前塵歷歷在目，從少時幼小的她，到少年時的她，多少日子都在這樣的對望中度過。

剎那一眼，已是十年。

他還是他，她也還是她，可卻又有什麼在悄然的改變。

「又不肯下來嗎？」

如果說這個世界上還有一個人徹底懂她的話，那個人就是鳳逍，她不過是小小的遲疑，他就已經知道她在想什麼了。

「你還要教我琴棋書畫嗎？」嵐顏揚起清脆的嗓音，眉眼飛揚。

「不教。」他很是乾脆地回答：「封城的鳥獸已經被虐得太慘，我可不要妖族的地界從此鳥獸絕跡。」

真是凶殘的鄙視，嵐顏翻了個白眼，雙手提著裙子，滿滿的一兜果子，恨不能全部砸到他臉上去。

她天生不懂音律，學習曲調荒腔走板，豈能怪她？

至於畫畫，那種意境的東西，她能懂？

棋……一個屁股沒肉的人，怎麼可能坐那麼久，會得痔瘡的。
詩那個東西，有用嗎？能好好說話嗎？如果沒用，學來幹麼？
反正她從小就是個不學無術的二世子，和封城的九宮主比起來，還不如小乞丐的生活來得逍遙自在。
她註定就是扶不上牆的爛泥。
「讓開。」嵐顏在樹上叫嚷著，雙手兜著果子，「你讓我怎麼下去啊？」
他把落腳點都占了，這讓她怎麼蹦下去？
對於這個問題的回答，鳳逍只是張開了臂彎，衝著她抬起。
這樣的動作，像極了在等她投懷送抱，嵐顏一時間猶豫了。
下去？不下去？
透過樹梢的紅果，他的清姿秀色也變得豔麗了起來，那懷抱張開著、等待著。
她縱身而下，如一隻燕兒，投入了他的懷抱，被他輕巧地接住。
人落地，嵐顏退開兩步，離開了那懷抱的溫暖，只是腰間他殘留的餘韻，依然久久未消。
有些時候，放縱自己貪心一瞬間，就足矣。
求得多了，老天都看不過去的。
鳳逍的目光滑下，盯著她裙子兜起的那一堆山果，「我記得妳不愛吃酸的東西，怎麼想到摘山果了？」
「你喜歡啊！」不經大腦的話脫口而出。
說完，嵐顏又後悔了。
她果然是不長腦子的人，這不是明擺著為他去摘的嗎？

果然，某人眼中閃過得意的笑，緩步靠近她，「這麼說妳是為我摘的？」

嵐顏一噎，嘴硬地不承認：「沒有，我只是看這果子紅豔豔的，說不定很甜，可是我又不知道有沒有毒，拿你試毒。」

「試毒？」他那話語，總覺得帶著些怪怪的調調。

「是啊。」嵐顏抓起一顆果子，踮起腳塞進鳳逍的嘴裡。

鳳逍咬著果子，抿著笑意，最讓她熟悉的那個表情又出現了，他果然是享受的。

「好吃嗎？」她有些期待地問他。

她從未為他做過什麼，上次好不容易弄了隻雞，結果還沒燉成。

「妳想知道？」他咬著果兒，聲音清軟，總有那麼一絲勾魂攝魄的勁。

她曾聽說，有些人天生帶媚色，不需要言語、不需要姿態，只是一個眼神、一個笑容，就能將誘惑展現得淋漓盡致，讓對方心搖神蕩。

不愧是妖族之王、不愧是九尾靈狐，她總算見識到了傳說中狐狸精的魅力，這個男人，只要她靠近，就會感覺到無形的呼吸凌亂。

他一定對她施展了勾魂媚術，一定是。

做了十幾年的男人，她怎麼能被男人吸引呢，這是不對的！

某人的思緒已亂，腦子一團漿糊，開始進入性別模糊狀態。

「快點回答我。」她拎著衣兜，很是不滿，辛辛苦苦摘了這麼久，居然連個回答都沒有。

鳳逍卻似乎更開心了，「好吃不好吃，全憑個人口味，妳讓我怎麼回答？」他慢悠悠地從嵐顏的衣兜裡拈起一枚放入口中，咬著。

紅色的汁水沁出，染得那唇更豔，也更水潤。

嵐顏微微沉吟了下，看著自己兜的一捧山果，想吃一個試試，奈何沒有第三隻手，急得只能瞪鳳逍，「別只顧著自己吃，給我一個行不行？」

看著眼前猶如貓兒般炸毛的人，鳳逍輕巧地點頭，「好啊。」

他的手伸向她的衣兜，拈起一枚山果，晃過嵐顏的眼前。

嵐顏嘴饞地張開嘴，等待著他的投餵。

當那手伸向她的唇的時候，嵐顏下意識地閉上眼睛，等待。

可她等來的，是兩瓣溫軟。

有些暖、有些韌，帶著馨香，帶著果兒的清新，含上她的唇瓣，輕輕吮了下。

嵐顏大驚失色，瞬間猶如被點穴，睜大了眼睛。

眼前，是鳳逍放大的面容，他的唇正貼著她，靈巧的舌尖，挑開了她的唇瓣。

鳳逍在、在親她嗎？

腦子又一次被凍住的人，第一反應是跑！

不料腳下才動了一步，就被鳳逍的手按住了腦後，不僅沒能逃離，反而貼得更近了。

鳳逍的另一隻手抓上她的手腕，強勢地將她的手帶向自己的腰間。

「撲啦」一陣聲響，手沒抓住衣兜，山果掉了一地。

嵐顏的手環著他的腰身，傻傻的，不敢動彈。

他的舌尖不知何時已鑽入了她的唇瓣中，勾挑著她的舌尖，她茫然地瑟縮著，又被他強勢地侵入更多，逃無可逃中，被他捲上。

全身酥軟，她覺得腿腳無力，她幾乎是軟倒半抱著他，才撐住了自己的身體。

嘴有點酸，可他卻那麼強勢，不容她闔上，那靈巧而溫暖的舌尖，不住地撩撥著她，她輕輕地觸碰了下，聽到了他喉間低低的呻吟。

酥麻入骨的聲音。

原來聲音也可以讓人銷魂的，嵐顏如是想著。

原來鳳逍也是這麼霸道的，嵐顏只覺得自己肺中的氣息都快被榨乾了，無法呼吸，可她又有點捨不得推開。

他的唇，好溫柔。

他的親吮，猶如占有般地不容她反抗。

一枚小小的山果，順著他的舌尖滾進她的口中，帶著他的氣息，在嵐顏依然迷茫時，他輕輕放開了她。

含著那粒山果，嵐顏只覺得唇瓣發麻，口中滿滿都是他的味道，她抿了抿唇，有些疼，還有些麻。

「給妳了，自己嘗。」鳳逍此刻的笑容，當真如他的真身一般，賊狐狸。得意而又驕傲，一雙眼瞇著風情萬種。

那唇，豔紅欲滴，水潤無比，讓她輕易地想起剛才的一切。

嵐顏依然虛軟著，靠著他的胸膛才能勉強穩住身體，鳳逍他、他、他居然吻了自己。

「你、你、你……」她滿是指責的眼神瞪著鳳逍，「你怎麼能……」

他怎麼能親她，她是男人啊！某人漿糊一樣的腦子不斷閃過這句話。

話說到一半，嘴巴裡那枚山果滾到喉嚨口，堵住了嗓子眼，她張著嘴巴，「嘔！」

好不容易才把那枚山果從嗓子眼裡擠了出來，鳳逍那眼睛已笑得只剩兩道柳葉弧度，「先吃了再說話。」

嵐顏瞪著他，憤憤的一口咬下那顆山果。

「嗷！」淒慘的叫聲回蕩在小小的樹林間，嵐顏雙眼飆淚，飛快地吐出口中的山果。

天哪，世界上怎麼會有這麼酸的東西？

這一下，她的嘴巴徹底麻了，口中全是酸酸的津液，已經酸到了苦澀。

剛才他是怎麼做到極度享受的表情的？

嵐顏酸得眼淚都流出來了，吐出口中的山果，不斷吸著氣。

「好吃嗎？」鳳逍的語氣中，帶著明顯的笑意。

嵐顏瘋狂地搖著頭，已經說不出話了。

他捧起她的臉，那張小臉已經皺成了一團，痛苦地擰著。

「真可憐。」他的話裡充滿了同情。

可憐他個屁股啊，明明是他塞進她的嘴裡的好不好？裝什麼好心人。

「可是我覺得味道不錯。」他慢慢地俯下臉，「我還想再嘗嘗。」

不等嵐顏回味過來，那溫暖的唇又一次貼了上來。

第二十八章 情定

嵐顏很鬱悶，嵐顏很憂傷，嵐顏很無奈，嵐顏很低落。

總之，現在的嵐顏已經完全不正常了，她完完全全躲著鳳逍，不敢出現在他的範圍十丈內。一個地方，只有兩個大活人，她還要躲著另外一個，這樣的生活實在太難受了，她整天這樣避著他，似乎也不是辦法。

嵐顏決定落跑，不管這個決定正確不正確，至少她不想看到他、不想靠近他。

她躡手躡腳地朝著出谷的路走去，依照前兩次的經驗，鳳逍封住了來時的路，必定還有另外一條路通往外面。

她找了幾次，大概只有眼前這條路是去往外面的，反正妖族的封印和陣法擋不住她，只要她偷偷摸摸溜掉了，他是不會知道的。

反正她也沒有包袱，不需要收拾打包，光桿一條隨時上路。

她鬼鬼祟祟探頭探腦，走幾步回回頭，生怕鳳逍發現她的行蹤，不過直到要走出這片草原，她依然沒看到鳳逍的身影。

站在草叢的邊緣，她看著身後空蕩蕩的綠色，沒有任何那個人存在的影子，她有些放心，提起了腳步。

就在腳步提起的一瞬間，嵐顏不知道為什麼又停下了步伐，再度回頭看了看。

她居然有些不捨。

但也只有這一瞬的突然不捨，嵐顏狠狠地扭回頭，一跺腳躍起身形，毫不猶豫地朝著外面飛掠而去。

「妳這種窩囊怕事的心態什麼時候能改變？」懶洋洋的聲音傳入耳內，原本已入空中的人影狼狽地落了地，目光四下搜索著。

一旁的樹下，某人慵懶地靠著，雙手環抱，那雙秋水雙眸看著她，無聲地搖頭。

她只顧著看身後，卻沒想到他早就在這裡等她了。嵐顏有些挫敗，更多的是不爽。

早知道這樣，她又何必偷偷摸摸，大搖大擺走就是了，反正都是……被他攔住。

「為什麼妳每次都選擇逃避？」他的表情有些恨鐵不成鋼的樣子。

「我沒有。」嵐顏爭辯著，帶著心中的怒火，口氣居然有些衝，彷彿當年封城中那個不講理的九宮主正和他討厭的師傅對著幹。

她以為這樣的一幕不會再上演，可惜她錯了，才不過幾天，她和鳳逍就又一次面對面地吵了起來。

「沒有？」鳳逍似笑非笑，「那妳要去哪兒？」

嵐顏嘴硬地回應著：「我想吃醬肘子，自己去街市上買。」

「我買了。」他輕描淡寫地擋回了她的話。

「我又不想吃醬肘子了。」嵐顏胡亂地說著，繼續邁腿往前走。

「是要燒雞、梅菜扣肉或者牛肉？」他回答的比她想的還快，「我都買了。」

「我……」嵐顏一時語塞：「你有冰糖葫蘆沒有？」

鳳逍笑笑，「沒有。」

嵐顏用力點頭，「我要吃冰糖葫蘆，我去買。」

她走出去兩步，身後忽然傳來笑聲，「夏天有冰糖葫蘆嗎？」

她倒忘記了這件事，現在是夏天，她上哪去找冰糖葫蘆？

「你管我！」嵐顏徹底煩躁了，「我愛去哪裡就去哪裡，我想出去走走。」

「妳是想出去走走，還是想逃避我？」鳳逍一語戳中她的心思。

嵐顏心思被揭穿，人也徹底急了，「我就是要離開你，又怎麼了？」

鳳逍只說了兩個字：「理由！」

今天的鳳逍在嵐顏看來，有些死纏爛打，這種廢話絕不是他會說出口的，更不會糾纏，可她看他一直笑意盈盈的，看上去心情似乎很不錯。

「理由？」嵐顏忽然反問：「那我能問你，你為什麼親我的理由嗎？」

「喜歡就親了。」鳳逍的回答很直接，直接得不需要去猜測。

可嵐顏的臉卻更黑了。

「喜歡就親了，不喜歡就丟了？」她陰沉著表情，「鳳逍，你是我師傅，我尊敬你，但你是有妻室的人，怎麼能背著你的妻子，隨便、隨便調戲其他女人？」

「那妳離開的原因，是因為我親妳，還是因為我有妻室？」鳳逍的話，幾乎是字字如針，不僅戳上嵐顏的心，還見血。

見嵐顏不吭聲，他又靠近一步，「怎麼，不敢說嗎？」

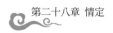

「有什麼不敢的？」嵐顏這種激不得的性格，在鳳逍一步步緊逼之下終於炸了。「你對我好，你教我武功、救我性命，為我受傷、給我好吃的，就算爺是個男人也會動心的。」嵐顏又開始了性別混亂的口不擇言：「但是君子不奪人所好，你是別人的男人，我就不能喜歡你。既然不是我的，我就滾遠點，免得想法太多徒惹折磨，你這個騷狐狸，是別人的就乖乖管好自己，不要什麼人都招惹。」

劈里啪啦的一堆話，把心裡的想法竹筒倒豆子般地砸了出來。

她以為鳳逍會怒、會生氣，說不準會揍她，但是鳳逍只是在笑，越笑越蕩漾，那眼睛飛揚起的形狀，又勾了下她的小心臟。

真是騷狐狸！

嵐顏別開臉，不願意看他。

她從來沒有過這樣的感覺，就是一個人的存在能對她造成這麼大的影響，只要他站在那裡，她就能感知到他的存在，不經意地就留意了他的一顰一笑、舉手投足，甚至她覺得，哪怕是一動不動地坐在那裡看他，也能看上整整一天都不覺厭倦。

嵐顏是個直性子，她雖然遲鈍，但是不蠢。她清楚，自己對鳳逍的心思是不同的，她喜歡鳳逍。她不介意表白，也不在乎倒追，如果鳳逍沒有妻室，她嵐顏可以大膽地追求，但是……

她有她的原則，不屬於她的，再好也不能動。

她是乾脆的人，與其看著難受不能靠近，不如索性遠離，就算沒心沒肺也好過傷肝傷肺。

面前的人久久不說話，嵐顏有些不耐煩，「沒話說了吧？沒話說了我走了。」

誰知道才走出一步，面前人影晃過，擋在她身前。

幽幽的香氣中，嵐顏無奈地嘆氣，「都說這麼清楚了，你再攔我有意思嗎？難道你還要強留不成？」

「妳打不過我。」鳳逍的回答很是無賴。

好吧，她確實打不過他，但是……

嵐顏冷笑，「怎麼，還要硬來？你有本事繼續點穴，把我每天點穴留在這裡，留住我的人，也不可能留住我要走的心。」

鳳逍的笑意更大了，笑得肩頭不住抖動，那陣陣的笑聲不斷傳入她的耳內。

與她的緊繃相比，他簡直一點都不認真。

「我留住妳的人就夠了，我留妳的心幹什麼？」鳳逍的話，簡直讓嵐顏想要一個大嘴巴抽死他。她怎麼不知道他可以無賴成這個樣子。

嵐顏不想再理他，身體一晃，穿過他身旁，瞬間的身法讓人眼花繚亂。

在掠過鳳逍身側的時候，她輕飄飄拋下一句話：「莫要讓我討厭你，你再阻攔我走，我真的會動手。」

果然，鳳逍真的沒追她。

嵐顏竄出去數丈遠，沒有聽到身後衣袂掠動的聲音，這才放下了心。

無論是否難受，她嵐顏做出的決定，就死也不會更改！

「傻瓜，我一直在封城，上哪裡娶妻？」某道聲音飄飄忽忽，順著風不甚清晰地傳入嵐顏的耳內。

她剛聽到什麼了？

太遠，好像沒聽清楚！

他說他一直在封城，上哪裡娶妻？

對啊，他一直在封城做質子，打她嵐顏有記憶起，鳳逍就一直在她身旁，就算時光倒回到她不在的時候，鳳逍也才幾歲而已，幾歲的人怎麼可能娶妻生子？

腳步，終於停了下來，她回轉身，鳳逍的人影只剩一個小小的點，腦子反應能力比她還慢的人只怕真的不多。

「你剛剛說什麼？」她扯著嗓子，不確定地問著，聲音以內力逼出，整個山谷的上空都飄蕩著她的聲音。

「妳聽到了什麼就是什麼！」那邊的聲音傳來，還是滿含著笑意的。

嵐顏有些懊惱，為什麼如此簡單的問題，她卻需要鳳逍的點撥才能想到？真是太丟臉了。

他如果沒有妻子，那她還走什麼？

她剛剛還信誓旦旦地告訴自己，只要她嵐顏做出了決定，就死也不會更改，現在怎麼辦？

大丈夫能屈能伸，回去就回去！

但是，就這麼回去，會不會沒面子？

就在這猶豫間，耳邊又隨風傳來一個聲音，「妳這麼粗魯，找個看得順眼又能供妳一輩子吃喝的男人也不容易，大不了我將就養妳好了。」

嵐顏癟了下嘴，什麼叫將就？這讓她回去還是不回去？

「妳的醬肘子快涼了。」他的聲音又一次飄來，「妳要是不回來吃，我就替妳吃了。」

醬肘子？

「啊！」嵐顏爆發出一聲嚎叫，「不准，放下！我來了，我來了！」

身影如電，竄得比兔子還快，她旋風般地颳向鳳逍，一把牽上鳳逍的手，著急地問道：「在哪裡？在哪裡？」

鳳逍反手，把她拉入懷中，雙手圈著她的身體，「先說好，還走不走了？」

嵐顏厚著臉皮堆滿笑，「有醬肘子，為什麼要走？」

鳳逍一副拿她沒辦法的表情，「在妳心裡，是醬肘子重要，還是我重要？」

「當然你重要。」嵐顏想也不想地回答。

鳳逍露出了滿意的表情。

「沒有你，哪來的醬肘子？」某人補上一句，成功地看到俊美魅惑的笑容，僵硬在臉上。

嵐顏忽然感覺到了一陣危險，在鳳逍的眼神中，背後的汗毛慢慢豎了起來。

眼角冷不防瞥到，鳳逍的手正伸向一旁的竹子，折下一條竹枝。

不好！

腦海晃過一個念頭，嵐顏飛快地跳起腳，從鳳逍懷中竄了出去，幾乎是同時，身後傳來樹枝破空之聲。

「喂，你再打我就走了啊！」

「妳敢！」

「鳳逍，不要欺人太甚，老子也會反抗的！」

「老子？妳再給我分不清男女試試！」

「啊——」

聲音漸漸遠去，人影也消失在天際，倒是四周豔麗的狐尾花，飛旋在空中，被兩人帶起的風颳動，追隨在他們身後，在空中猶如兩道紅練霞縷，空氣中飄蕩著的盡是滿滿的喜氣。

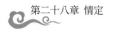

第二十九章 調情

嵐顏似乎終於找到了人生最為愜意的時光，睜眼的時候，都是在滿桌的香氣中被喚醒。

或者，是鳳逍連拖帶拽地拉起賴床的某條懶蟲。

又或者，是細細密密的親吻中，被不勝其擾地弄醒，然後是憤怒、不滿，甚至揮拳頭，最後變成了兩人在床榻間的翻滾打鬧。

當然，結局往往都是她壓著他，縮在他的懷裡繼續睡覺，而他則伴著她補眠。

嵐顏發現，鳳逍雖然有著魅絕天下的容顏，以及勾魂攝魄的妖異眼眸，老讓人有著不易親近的感覺。

可實際上的鳳逍卻是極度溫柔，對她更是縱容溺寵，以至於她老有種鳳逍在養豬的感覺。

但是這樣清靜悠閒的日子，卻不會讓她覺得無聊。

偶爾，他會帶她去爬山，採摘山果，在狐尾花叢中嬉戲，彼此引領著花瓣飛舞出各種美麗的風景。

偶爾，他也會與她走出封印，去不遠處的小鎮，享受著最平凡的人間生活，當然這個時候就是嵐顏享受各種美食的時候，往往從街頭吃到街尾，捧著圓滾滾的肚子，以及無數戰利品帶回他們兩個人的居處。

居處，每次想到這兩個字，嵐顏都會有一種無形的幸福感。

是啊，他們兩人的居處，獨屬於她和鳳逍的地方，藏著無數屬於他們祕密的地方。

偶爾，鳳逍陪著她練功，這個時候的練功，不再是催促、不再是蹂躪虐待，更像是一種調情的手段，也許這樣的方法對嵐顏來說也極為受用，武功不斷精進，妖丹也在不斷增長變大。

這種生活，有時候在嵐顏想來，彷彿一場夢境，最美麗的夢，讓人不忍醒來，卻又害怕是不真實的夢境。

「還不醒嗎？」輕柔的吻落在她的唇角，是她最愛的味道。

她發現自己愛極了鳳逍身上那股魅香氣，這味道讓她無比安心，又無比貪戀。

她抬起唇，迎接著他的吻，由著他的吻親過她的額頭，她的臉頰、她的鼻尖、她的唇……

不用睜眼，也不想睜眼，她感受著這種被珍重、被珍愛、被珍惜的溫柔之吻，發出懶懶的撒嬌哼聲，然後扭著腰，翻個身，拿屁股對著他。

「妳睡了五個時辰了。」那聲音滑過她的耳邊，柔嫩的耳垂被輕輕咬了下，「這天下怎麼會有妳這樣的人，吃得多睡得久，卻還是那麼瘦弱，平的跟門板似的。」

嵐顏發出不滿的哼聲，就是不睜眼。

門板怎麼了，門板也是一種別樣的美感。

她決定不起來，就不起來，以表達對門板這個詞的抗議。

嵐顏整個人縮成一團，也不管衣衫在她不老實的睡姿下，已經高高地撩起，露出了兩截雪白的小腿。

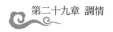

腳踝被握住，他的大掌一握，就把她纖細的足給握在了手中，他把玩著晶瑩細潤的足踝，以掌心丈量著她小巧的足，壞壞地刷過腳心。

「癢……」她發出懶懶的撒嬌聲，粉嫩嫩的腳趾在他掌心中撓了撓，很是可愛。

那掌心順著足攀上，撫過她的小腿，嵐顏不僅沒有躲閃，反而下意識地送了送。

她喜歡被他撫摸，滿滿珍愛的感覺，就像自己是他最心愛的寶貝，每日都要把玩上數次才甘心似的。

那掌停在她的臀上，輕輕地拍了拍，外加半真半假的歎息，「真是平。」

討厭，哪壺不開提哪壺，下一句他必然是嫌棄她胸更平。

「妳說，妳在我懷裡轉個身，我能分清哪裡是前面，哪裡是後面嗎？」

這口吻，調戲帶著感慨，讓人想不發作都不行。

嵐顏睜開眼睛，「你也喜歡胸大屁股翹的女人是吧？」

她不滿，她非常不滿，她極度不滿。

他無恥地把自己弄醒，居然還好意思嫌棄她身材不好？

「當然不是。」鳳逍那雙狐狸眼瞇著笑意，手指在她面前搖了搖，「我喜歡的是胸大腰細屁股翹的女人。」

那手掌掐上她的腰身，「腰倒是合格，不盈一握。」

握他個死人頭！

嵐顏一把抓上他的手腕，露出起床氣的猙獰表情，狠狠地把他的手舉了起來。

鳳逍倒是不急，看著她的動作。

嵐顏看看自己的衣衫，一夜的亂動，褻衣早已凌亂不堪，露出了下面紅色的兜衣。

她豪邁地一扯兜衣，在鳳逍驚訝的目光中，抓著他的手用力地按上自己的胸口，那股氣勢，彷彿街邊摳腳大漢用力一腳踩在凳子上般的粗魯。

嵐顏理直氣壯道：「我前兩日去花樓問過了，樓中的花娘告訴我，若是女子胸不夠大，必然是男子不夠努力，雖然我不懂其中的意思，但是看她胸大屁股翹，大約是不會錯的，所以你努力下吧，光說我是沒用的。」

鳳逍那秋水眸光先是一愣，隨後就彎出了笑意，一陣陣的笑聲從他的喉嚨間飄出，當真性感無比。

他的聲音很獨特，每當他溫柔地在她耳邊低語的時候，或者這般笑的時候，嵐顏甚至覺得自己的骨頭都酥麻了。

以前她怎麼沒發現？尤其在封城的時候，看到他就討厭，誰曾想現在看他哪兒都覺得好。

「真的要我努力？」某人的話語中帶著些許她琢磨不透的意思。

「嗯。」她懶懶地應了聲，「還有屁股，如果你搞不定，以後就不准嘲諷我。」

他的聲音忽然低了，「妳自己說的，希望妳別後悔。」

後悔什麼？

此刻的鳳逍，正側身在她身邊，半個身子壓得低低的，髮絲從他臉側垂下，落在她的枕邊。

她好喜歡鳳逍的髮，如水瀑一樣絲滑柔順。鳳逍的美帶有幾分陰柔，尤其髮絲被放下的時候，會讓她產生侵略與占有的慾望。

她伸出手，撥開他額前落下的一縷調皮的髮，指尖拈起這縷長髮，在手指上繞著圈圈，帶著笑意望著他。

這個動作彷彿點燃爆竹的那點火星，鳳逍的唇忽然猛地落下，侵占她的唇瓣。

這一次的吻與之前那種淺啄完全不同，霸道又狂放，幾乎瞬間就侵奪了嵐顏的呼吸，那柔嫩的唇瓣不自覺地開啟，由他深入。

舌尖被他逼到一個角落中，再無處可躲，嵐顏的舌尖輕巧地試探了下，觸碰著他的舌。

剎那間，她感覺到了他身體突然緊繃，像是在隱忍著什麼，而那吻也更加濃烈了起來。

嵐顏只覺得鳳逍此刻的動作像是要把她吞了一樣，而她的身體更是完全被他控制了般，根本無法動彈。

他放開她的唇，嵐顏的唇已有些麻木微腫，紅豔豔的滿是水光潤澤。

她迷離地看著鳳逍，鳳逍卻引領著她的目光，停落在她那小小的胸脯上，笑道：「是妳要我努力的喲。」

現在的嵐顏，腦子已一片漿糊，根本連他說了什麼，都已經無法消化了。

他那修長的手指，輕輕攏著她胸前的聳起，暖暖的掌心溫度與她的微涼比起來，觸感是那麼清晰。

很奇特的感覺，就彷彿是被他握住了心臟，掌控了一切。

而眼前這個男人，大約她是心甘情願交予心臟，由他掌控一切的吧？

他伸出兩指，輕輕地夾住那頂端的殷紅，拉拽了下，其他的手指，卻慢慢揉撚了起來。

「啊。」嵐顏倒抽了一口氣，忍不住地低喚出聲。

這是什麼感覺？為什麼她以前從未感受過？

那感覺瞬間流轉全身，讓她再也使不出半分力氣。

身體完全酥麻，明明鳳逍只是那麼一個動作，她卻陷入了從未有過的奇妙感覺中，她有些不安、有些害怕，想要逃離。

但是她的身體早已經只屬於鳳逍了，她完全無法反抗任何他的行為，甚至她……有點沉淪在他帶給自己的神奇感受中。

拇指和食指，撚著那頂端，又揉搓了下。

嵐顏再度忍不住，發出了細細的呻吟聲。

這聲音也是她不熟悉的，自己怎麼會有如此嬌軟，帶著幾分舒坦的呻吟聲？

她的臉無聲地紅了。

而她胸前那點殷紅，已經在他的揉玩之下，變得緊繃，紅豔粉嫩。

他低下頭，忽然含了上去。

溫暖濕潤的口腔包裹著她的敏感，靈蛇般的舌尖撥弄著，此刻的嵐顏只覺得身體深處彷彿燃起了一團火焰，將她吞沒。

而他的手掌，卻已經無聲地滑下，在她鬆散的褻褲中伸了進去，貼上了那小巧翹起的臀。

嵐顏的腰身在不安扭動，可她自己也不知道，究竟是想要掙開，還是要靠近。她只知道這身體的反應，沒有一樣是她熟悉的，沒有一樣是她能掌控的。

他的手在她的臀上不住地來回摩挲，輕輕地分開了她的腿。

嵐顏的雙腿無法併攏，這樣的姿勢讓她第一次感到了羞澀，拚命地想要合攏，卻只能夾著他俊健的腰身。

一波波詭異的感受衝擊著嵐顏的身體，她的呻吟已變成了嗚咽，雙手勾著鳳逍的脖子，如一灘軟泥。

別說躲閃反抗，嵐顏根本無法動彈，而鳳逍帶給她的那種怪異感覺，讓她的思考能力似乎都被凍住了。

而此刻鳳逍的眼眸裡，猶如燃燒著兩團火焰，剎那要將她吞噬掉一樣。

忽然，鳳逍的唇放開了她胸前的豔紅，皺著眉頭看著她，「妳的生辰是不是後日？」問她的生辰？

現在嵐顏的腦子，哪還記得如今是什麼日子，又如何判斷自己的生辰是哪一天？

她大口地喘氣，胸膛不住地起伏，破碎的聲音幾乎不成語調，「好像、好像是。」

「滿十六歲，對嗎？」

說話已是艱難，她只能輕輕地應了聲。

鳳逍垂下眼眸，再睜開時，眼眸中的火光漸漸熄滅，有了幾分清明之色。他扯過一旁的被褥，蓋上她的身體，連人帶被子抱了起來，「我幫妳沐浴，然後吃飯。」

嵐顏的身體直到被放入水中還是軟軟的，她發現自己身上都泛著淺粉色，唉，身為一個厚臉皮，從來不知臉紅為何物的人，居然身體會紅成這樣。

鳳逍仔仔細細地為她清洗著，在清涼的水波舒緩下，嵐顏身體中的那團火也漸漸被壓制，可卻又有些不滿足。

身體的每一處都被他撫了個遍，也不知道是幫她沐浴，還是滿足了他，洗了近大半個時辰，她才被他抱出了池水中。

飯桌邊，食物早已經涼了，嵐顏坐在他的膝上，被他餵著。

今日的嵐顏格外安靜，也格外規矩，吃東西都變得秀氣了起來，鳳逍撕下一片雞胸肉，放到她的口邊，她就默默地張開嘴，咬著吃下。

「小傢伙，今日鎮上有集市，要不要去玩？」

嵐顏呆呆地，木然地，恍若未聞。

鳳逍的手指勾上她的鼻尖，刮了下，「妳若是不去，我就自己去了喲。」

慢半拍的人此刻才回過神來，勉強消化掉他說的話，「啊，我要去。」

「想什麼呢？」鳳逍那眼眸掃過她的臉，彷彿要看穿她的心思般。

「沒有。」嵐顏大聲地否認著，「吃東西、吃東西。」

她生怕他繼續追問般，抓起面前的東西就往嘴巴裡送，隨後爆發出一聲怪叫，「啊！」

「妳怎麼了？」鳳逍口氣很是關心，「排骨都不會啃了嗎？還是妳真當自己是狗？」

嵐顏捂著嘴巴，悶悶地不吭聲。

是排骨嗎？她還以為是肉塊，就這麼放進口裡狠狠咬了一口，現在牙齒酸酸的，難受。

「真是，吃個飯都心不在焉。」鳳逍的手撫過她的髮，為她挾起一顆肉丸，送到她的唇邊。

嵐顏張唇含下，心思不由又走神了。

能怪她嗎？現在她腦海中，滿滿都是剛才的場景。

她甚至彷彿看到了這樣的一幕，鳳逍赤裸的身子與她糾纏翻滾著，兩人的呼吸與呻吟交融，汗水與髮絲凌亂。

她身體裡，那小小的火焰又一次騰升了起來，瀰漫了全身。

她可不能讓鳳逍知道她現在心裡的想法，那真的太丟人了。

「含著幹什麼，嚼啊。」鳳逍的聲音恍惚在她的耳邊，她傻傻地抬頭。

那雙媚惑飛揚的眼眸在視線相對的一瞬間，嵐顏猛地低下頭，她發現自己根本不敢與他對視，她怕自己那點小心思被他看穿。

「妳在想什麼？」鳳逍貼上她的背心處，「難道是在想我？」

「沒有！」幾乎是此地無銀地叫嚷，嵐顏激動地否認，可惜下一刻，她就捂著唇，嗚嗚嗚如狗兒般。

「怎麼了？」鳳逍掰開她的手，嵐顏抿著唇，用力地搖頭。

武功再高的人，總有那麼幾個部位是永遠不可能修煉到的，比如眼睛，比如……舌頭。

「咬到色……頭了。」某人含含糊糊地說著，可憐巴巴望著鳳逍。

狐狸眼先是小小一瞇，隨後就爆發出巨大的笑聲，真是半點同情心也沒有。

嵐顏含著唇，心中憂傷。

她今天，真的是不正常，太不正常了。

第三十章 信物

淳樸的小鎮，人們總是格外的熱情，招呼嵐顏和鳳逍時更是凸顯出他們的質樸。

「公子，又帶著妻子來逛集市啊？」一位大媽熱情招呼著。

鳳逍含笑點頭，「是啊。」

「又要買什麼好吃的？」有人從旁邊湊過臉，「我家的牛肉麵可準備好了。」

嵐顏的眼睛亮了，鳳逍立即笑著牽起嵐顏，「那便來兩碗。」

攤主大爺很是開心，「行，多送一份牛肉。」

嵐顏愛吃，隔上幾日就要到集市來，鳳逍的溺寵，往往是她的眼中光芒一閃，就已經心領神會地買下。

俊美的公子與嬌俏美麗的少女，總是格外吸引人的目光，何況這少女還如此能吃，公子又這麼縱容，當真也不知道羨煞了多少人。

嵐顏坐下了，鳳逍卻已走開，嵐顏的目光牽在他身上，看著他不大一會兒功夫，帶著兩個熱乎乎的麻團朝她走了過來。

嵐顏愛肉，也愛甜，更愛軟軟糯糯的食物，什麼糯米餅、大肉粽都是她心頭的最愛。鳳逍顯然把她的喜好摸得通透，看到這兩個麻團，頓時讓嵐顏喜笑顏開。

「真是體貼的好夫君，姑娘好福氣呢。」老闆娘放下麵，忍不住開口。

嵐顏的目光依舊停在鳳逍身上，人群中的他，丰神俊朗俊逸縹緲，恍若天邊一彎冷月，但那唇畔一絲微笑，卻如暖陽。

兩人目光相對，鳳逍唇邊的笑容更大了。

嵐顏也忍不住回給他一個燦爛的笑容，心頭甜滋滋的。

「哎喲，甜死個人呢。」老闆娘在旁邊打趣著，「當真是天造地設的一對璧人，看得我們都心中羨慕。」

鳳逍已走到了她的身邊，兩個小小的麻團放到嵐顏面前，「剛出鍋的，小心燙。」

嵐顏嘟起唇，「哪有那麼容易被燙著。」

鳳逍失笑，「那便不要再咬著舌頭了。」

嵐顏丟給他一個鬼臉，不就是咬著一次舌頭麼，居然成了他取笑自己的談資，過分。

她埋頭吃起了麵，入味的滷牛肉入口即化，好吃得讓她根本沒時間抬頭，一張小臉幾乎埋進了碗裡。

碗中，被放進一塊牛肉，嵐顏坦然地笑納。然後又多了一塊牛肉，嵐顏也毫不留情地挾起放進口中。

一個放得勤快，一個吃得歡樂，兩個人沉浸在其中，自得其樂。

一碗麵很快就進了嵐顏的肚子裡，此刻鳳逍筷子上的麻團已經送到了她嘴邊，麻團上有一個小口，顯然鳳逍已經先挑開了口子放了熱氣。

嵐顏放心張開嘴，大大咬下一口，滿口芝麻的香氣和豆沙的軟糯，讓她滿足地鼓著腮，愉快地咬著。

鳳逍的手抹上她的唇邊，指尖上留下兩粒小小的芝麻，他轉回手指，點上自己的唇，舌尖一劃，芝麻入了他的口。

這個表情、這個姿勢，嵐顏不由地想起了他的吻，那唇的侵占，柔軟又韌性。

她偷偷低下頭，「騷狐狸。」

她的聲音很小，但是他肯定聽見了，因為她聽到了他一聲壞壞的輕笑。

鳳逍的筷子伸到她的唇邊，「快吃，一會兒帶妳去買東西。」

嵐顏吃得滿嘴鼓鼓囊囊的，瞪著閃亮亮的眼睛，一臉好奇，「買好吃的嗎？」

腦門上再度遭到一個小栗子，「妳這腦子，就只知道吃。」

當然，如果不是為了吃，他能輕易把她留在身邊？

吃飽喝足的嵐顏被鳳逍牽著，目光不住地巡著，「鳳逍，我想吃炒松子。」

「好。不過要等會兒。」鳳逍的腳步有點急。

「哎呀，蓮蓬。」嵐顏興奮地叫出聲。

鳳逍握緊她的手，抓住了某人差點忘形奔走的小身子，「一會兒給妳買。」

嵐顏留戀地看著一樣樣好吃的，被鳳逍拖拽著，直到踏進一間店鋪中。

臨進門前，嵐顏特意看了眼頭頂的招牌——金玉滿堂。

這是間首飾店啊，鳳逍需要這些嗎？

嵐顏很快就否定了這個想法，鳳逍是妖族之王，什麼精緻的東西沒見過，何必要上這小鎮裡的店中買？還如此急切。

更何況，以她對鳳逍的瞭解，鳳逍根本不愛任何裝飾物。

他該不會走錯店了吧？

除了這個理由，嵐顏根本想不出任何藉口來解釋此刻鳳逍的行為。

「客官，您需要什麼？」掌櫃看到鳳逍，立即熱情地迎了上來。

「首飾。」鳳逍的話讓嵐顏更加好奇。

他還真的是來買首飾的啊，嵐顏更加無法理解鳳逍此刻的行為了。

「呃，不知公子爺要什麼首飾？」掌櫃詢問著：「是自用，還是贈人？」

「贈人。」

掌櫃的眼睛落在嵐顏身上，頓時明白了什麼，「若是贈心上人，那定當選簪子。贈簪挽髮，寓意著心上人只為自己束髮，也只能由自己為她束髮，這是許終生最好的東西了。」

他一邊說，一邊手還在櫃檯中摸索，嵐顏忽然心頭一動，為他剛才的那句話。

簪子的寓意是這個嗎？

為卿挽髮，為君束髮，竟然是夫妻承諾的話語嗎？

想當初她為管輕言選過一枚簪子，而他則將另外一枚配對的簪子給了自己，她問過為什麼，答案卻是便宜。

鳳逍卻已經搖頭，「不要簪子。」

「那便鐲子如何？」掌櫃繼續推薦著。

鳳逍的目光掃了眼嵐顏，默默地搖了搖頭，「太粗魯，只怕戴一日就敲碎了。」

嵐顏怒了，什麼叫太粗魯，是在說她不夠優雅矜持嗎？

不過……好像他也沒說錯。她討厭被束縛的感覺，真要給她套一個鐲子，不出半日肯定被她砸了。

不過這麼看來，鳳逍是要送自己首飾嗎？

掌櫃的有些不知如何是好了，索性將櫃中的東西都掏了出來，「本店最貴重的首飾都在這裡了，您看看可否有中意的？」

她才不要什麼首飾呢，這些東西好看不好用，別說現在習慣了自由自在，就是當年在封城，她也沒戴過首飾，就是嫌累贅。

她的眼睛掃過盒子中的東西，無非都是鳳釵花鈿，項鏈腰墜等東西，雖然比外面的精美，但決不能和封城中自己昔日的東西相提並論，根本算不上有什麼特別之處。

很快她就斷定，這些自己都不喜歡。

繁複又沉重，再精緻對她來說都是負擔。她轉過頭，無聊地在店內瀏覽起來。

忽然間，她看到角落中，一個小小的盒子裡放著一串鏈子。

完全透雕鏤空的鏈子通體雪白，墜著兩個小小的鈴鐺，通透似玉，紅豔的色澤卻又似瑪瑙，可又比瑪瑙透潤，小巧精緻，光那條細細的鏈子，只怕就花費了不少心血。

可以看出，這是從一塊原石上取下雕刻而成的，鏈子雪白，鈴鐺卻紅豔，紅白相映，猶如雪中紅梅般奪目。

不過這東西似乎並不惹人喜歡，放在角落裡都有些落灰了。

只這一個注目的時間裡，鳳逍的手已經指了上去，兩人的想法幾乎在同時達成了一致。

「這是什麼？」鳳逍直接開口詢問。

店鋪掌櫃表情有些愁苦，解釋道：「這個不是玉，是我們這特產的玲瓏石。論價值定然是不及玉貴重，但是它聲如磬，卻比玉石的聲音更加動聽清脆，所以叫玲瓏石。不過這鏈子因為色澤奇異，雕工更加精巧，工匠花費了半年才細細打磨而成，所以要價反而比一般的玉石金子要貴上不少。」

嵐顏明白，想必是來往的客人聽聞價格後，寧可買玉石或金子，也不會要這雕工精巧、本身價值卻不高的玲瓏石，這石頭又是當地特產，自然本地人也不覺得稀奇，久而久之反倒成了無人問津之物。

那玲瓏石鏈子放入嵐顏的手心中，入手冰涼，細細的鏈子繞在指尖，很是小巧可愛，兩枚鈴鐺觸碰著，「叮……」

聲音幽遠而清脆，比一般的玉鈴鐺要響得多，卻比金銀做的聲音好聽，她拿在手上晃了晃，敲擊聲不絕於耳，嵐顏玩得不亦樂乎。

她拿在手腕上比劃了下，哭喪了臉。

這鏈子好長，長出一大截，她根本戴不了，偏偏又是透雕的石頭，不能取不能截，好不容易看上件玩意，卻戴不了，真是讓人心情鬱卒。

「笨。」腦門上又不輕不重地挨了個栗子，嵐顏嘟著嘴，更沮喪了。

鳳逍從她手中拿過鏈子，彎腰在她面前蹲了下來，一隻手握上她的左足，嵐顏不自覺地抬起了腳。

繡鞋和羅襪被鳳逍輕輕解下，握著她小巧的足踝上自己的膝頭，他雙手展開鏈子，環上她的足踝。

冰涼貼上肌膚，紅豔綻放在她的足踝上，鳳逍手指一撥弄，叮鈴鈴的響著。嵐顏動了動腳腕，剛剛好的長度，隨著她的動作，又是一串清脆響聲。

這一下，嵐顏滿意極了。

鳳逍仰起頭看她一眼，在她開心的笑容中為她著好鞋襪，體貼的動作中，手指壞壞地撓過她的腳心。

嵐顏發出吃吃的笑聲，癢得直縮。

鳳逍站起身，拋下一張銀票，牽起嵐顏的手離開。

一路上，叮叮噹噹的鈴鐺聲不絕於耳，嵐顏像一隻靈巧的雀兒，在他身邊蹦蹦跳跳。

人生的快樂對她來說，就是在鳳逍的身邊。

忽然間，她停下腳步，眼睛看著前方。

「妳想要什麼？」鳳逍低聲問著她，「還是又看到什麼好吃的了？」

嵐顏輕輕搖頭，心裡卻是無邊的感動。

她喜歡吃，他也知道她喜歡吃，這一路行來，她只要盯著超過兩眼，鳳逍必然會上前為她買，更別提那些早年在封城就熟悉的愛好。

她甚至覺得鳳逍對她，已經到了寵壞的程度。

她拎起裙襬，三兩步跳進人群，朝著路旁的小攤販奔去。

路邊的竹筐雞籠裡，幾隻雞在裡面蹦躂，咯咯叫著撲動翅膀，嵐顏上下看著，忽然指著其中一隻，「我要這隻最肥的老母雞。」

攤主二話不說，立即把雞從雞籠裡抓了出來，嵐顏丟下銅板，抓著雞轉身。

鳳逍還站在原地等她，雙手環抱，噙著微笑，眉眼彎彎。這一刻，所有的一切都彷彿不存在了，只有他與這天地，鮮明地在她眼中，風輕輕，雲悠悠，陽光明麗，都比不上此刻的他。

人生最幸福的一刻，便是當你回頭轉身，心中所念的人，在原地等著你。

人生最快樂的一刻，便是當你飛奔而去，心中所愛之人，為你張開懷抱。

鳳逍的笑容，比她吃過的所有糯米糕都軟、都甜，直滲進心中，卻又濃稠地化不開。

他沒有問她買雞的意思，但是笑容已經告訴她，她的心思，他都懂。

為彌補上一次未曾燉成的雞湯，是嵐顏第一次想為他做的事，卻沒能做成，留下的遺憾。

她想做就去做了，他不攔。

她知道他明瞭自己的心意，於是快樂。

兩個人帶著一隻撲騰的雞，在清風暖日之下，回歸他們的小窩。

第三十一章 合巹酒

砂鍋裡咕嘟嘟地冒著泡泡，嵐顏坐在灶台邊，雙手撐著下巴，盯著灶下的火發呆。火光一明一暗，一閃一滅，彷彿是她多變的心思和表情。

她已經坐了一個時辰了，鍋子裡的香氣已經飄了出來，雞湯的鮮味伴隨著她親手採摘的菌菇味道，讓人饞得垂涎欲滴。

她呆呆地看著爐火，眼睛一眨不眨的，就連身邊來了人，也沒有看一眼。

人站在她的身後，掌心按上她的肩頭，她輕輕動了動身體，靠上他的小腹，抬頭迎接著他的目光。

雙目對視，一笑。

有時候溫馨，不過是與心愛之人的一個眼神交流，無需話語，心中已滿足。

「一個時辰了。」他開口。

嵐顏嗯了聲，掌心貼上他落在自己肩頭的手背，很快被他反手握住。

「何必在這守著？」鳳逍握著她的手，手掌分開她的五指，一根根地把玩著，兩人手指忽然勾著，忽而貼著，小小的動作裡，是愛戀的無聲流淌。

「第一次為你燉雞湯，當然要守著，萬一燒乾或燒焦了，那我就太沒面子了。」嵐顏側過臉，臉頰在他的手背上親昵地蹭了蹭。

「我不會嫌棄妳的。」鳳逍笑得有些壞。

「可你會調侃我。」嵐顏皺了皺鼻子，「到時候就成了你一直捏著的笑柄，我才不要。」

鳳逍不正經，從小到大，她可沒少被他欺負，他有多壞她還能不知道？

他的手指勾上她的下巴，細細地摩挲著她柔膩的肌膚，將她的臉抬了起來。

他低下臉，從身後吻上她的唇。

黏膩而纏綿的吻，動人卻叫人羞澀，嵐顏喜歡他的吻，喜歡被他擁著的感覺。她反手抱上他的腰身，這溫暖的身軀，就是她的天下。

她忽然想起一件事，認真地看著他，「鳳逍，當初是你救我的，我的東西是不是也都被你收著了？」

鳳逍眉頭一挑，眼中神色不明，「妳想找什麼？」

「釵。」嵐顏回答得直截了當，「一柄白色的釵。」

「那個什麼管輕言送給妳的？」鳳逍的口吻中，有了一絲絲危險的意思。

「你怎麼不問是不是絕塵？」

鳳逍嗤笑了聲，「一個小和尚，怎麼會送釵這種東西給女子，那就只剩下妳口中心心念念的輕言哥哥了。」

「你在妒忌？」嵐顏似乎聞了酸酸的味道，看著鳳逍的臉色，她忽然有些開心，能看到他吃醋的感覺，真的好爽。

某人眼角一勾，「妳現在是我的，我何須妒忌？」

「那不就行了。」嵐顏朝他攤開手掌，「還我吧。」

鳳逍的手入懷，掏出一個小小的荷包，丟進她的手裡，嵐顏順手捏了捏，裡面破爛零碎，都是自己當初的隨身物。

「妳的及笄禮，是不是他帶妳去行的？」

鳳逍雙手攬著她，幾乎將她整個人都圈在了懷抱中。

嵐顏懶靠著他的胸膛，「你怎麼知道？」

鳳逍笑得明瞭，「妳這種大大咧咧的性格，又怎麼知道這些女兒家的禮數，我救妳的時候，看妳梳的髮式就知道了，除了他還能有誰？」

果然是瞭解她的人，連她不懂女子禮數都摸得一清二楚。

鳳逍的臉支在她的肩頭，「若是未曾遇見我，妳會不會傾心於他？」

嵐顏沒回答，她在努力地想。

管輕言救過她，給予了她新的生活，也等於給予她新的身分、新的經歷，那些相處的點點滴滴，都是無法忘記的過往。

她很老實地回答：「我不知道。」

鳳逍咬上她的耳朵，「嗯？」

那聲音拉得長長的，明顯是飽含了未知的危險。

「因為沒有發生的事，我無法回答。」嵐顏做了個鬼臉，望著他笑，「我懂情的時候，鳳逍在身邊，我有了女兒心態的時候，鳳逍在身邊，所以我動情的對象，是鳳逍。」

她如果一直在那娘娘腔身邊，她也不知道會是什麼答案，畢竟……那時候的她，太小。

在最當年華的時候，遇到了誰，誰便是那個最合適的存在。她，遇到了鳳逍。

這個答案顯然讓鳳逍滿意極了，他的臉埋進她的髮間，深深地嗅著，輕聲道：「明日，妳滿十六了。」

是啊，十六歲了呢！

「明日，我娶妳。」

嵐顏噎了下，目光看向自己的腳踝處，「所以，你送我那鏈子，不僅是定情信物？」

「也是鎖住妳一生的信物。」鳳逍乾脆地回答：「羈絆妳的腳步，無論妳去哪裡，都被我牽繫著。」

這情話，太動聽，太醉人。

嵐顏咬著唇，臉頰有點燒燙，一定是灶臺的火太大了，一定是。

「湯好了。」嵐顏顧左右而言它，快手掀起砂鍋的蓋子，「哎呀，好燙。」

說燙，其實只因心不在焉。隨手一抓，又忘記運功，細皮嫩肉不燙才怪。

其實，嵐顏根本不知道自己在做什麼，她心裡滿滿的都是鳳逍，是鳳逍說娶她的話。

明天……

「笨。」手被抓住，他查看著她微紅的指尖，湊上唇邊輕柔一吻，另外一隻手替她拿下砂鍋的蓋子。

他還好意思笑她，分明都是他惹的禍，混蛋。

鳳逍舀起一碗湯，輕輕地啜了口，「好香。」

當然香，也不想她做乞丐的時候，最擅長的就是偷雞摸狗，燒雞湯、做叫花雞的功力可都是一流的。

「好喝吧？」嵐顏頗有些得意，鳳逍的表情已經是她最大的滿足了。

「還未過門，便已洗手作羹湯了嗎？」鳳逍的調戲換來她一個白眼，伸手搶過湯碗。

「不給你喝了。」她提起腳步就跑。

「那怎麼行，說了給我的。」鳳逍在身後追著她。

兩個人在草地間追逐著，嵐顏的笑聲不絕於耳，足踝間的鈴鐺聲也不絕於耳。

到最後，湯碗早不知道丟到哪兒去了，只剩下兩個人開心地互相玩鬧著。

夜晚時分，兩個人仰躺在草地上，看著頭頂的星光，銀漢迢迢無邊，嵐顏遙想前塵，忽然冒出來一句：「鳳逍，你不會離開我吧？」

「當然不會。」鳳逍的回答很簡單：「為什麼這麼想？」

是啊，為什麼會這麼想？

大概是之前所有生命中遇到的人都會忽然的消失，和她有牽連的人，都會因各種原因離開她，沒有一個人能長久地與她在一起，她害怕失去，害怕再度孤單一個人。

「笨。」熟悉的字眼伴隨著熟悉的栗子，敲上嵐顏的腦門，「無論多少年，無論分別與否，我都會找到妳，與妳在一起。」

嵐顏哼哼著，心裡卻是開心的。

她信任鳳逍，鳳逍說不會離開，就必定不會離開她。他說會找到自己，她之前在江湖中流浪，他也找到了自己。

心頭的不安被壓下，她安心地蜷進他的臂彎裡，「如果你敢離開我，我就是掘地三尺，也要把你找出來。」

鳳逍一聲笑：「掘地三尺，挖墳嗎？」

嵐顏瞪他，哼哼唧唧。

當新的一天來臨時，嵐顏發覺身邊的鳳逍早已不見了身影，她一躍而起，看著晴藍的天空，深遠而高渺，心情格外雀躍。

她四下尋找著鳳逍的身影，可惜山谷中、草坪裡，屋前屋後，都沒有鳳逍的身影。

他去哪兒了？

就連以往她睡醒後早早準備好的食物，今日都沒有看到，可見鳳逍走得有些急。

這不符合鳳逍一貫行事完滿的性格啊！

嵐顏有些無聊地在山谷中等待著，今天的時間對她來說，過得特別慢。

看著山谷深處，狐尾花漫天飛舞，嵐顏不自覺走了過去。

那日，她就是在這裡摘山果，也是在這裡被鳳逍第一次親吻，當然也是第一次嘗到那麼酸的果子，對這裡，尤其對那株山果樹，嵐顏可謂印象深刻。

那日之後，她記得自己那一大堆山果被鳳逍收集起來，醃漬做了果脯，算來也近一個月了，能吃了吧？

果然，越走近樹下，那道青碧色的人影就越清晰。

此刻的鳳逍，正蹲在樹下，手指在樹根處似乎在挖著什麼，忽然間站起身，手中捧著一個小小的罈子。

那罈子看來深埋在地下已有了好些年頭，土沁的顏色侵入罈面，讓它看上去滿是歲月的痕跡。

「這是什麼？」嵐顏好奇地伸過頭。

鳳逍輕輕拂去罈子上的灰土，凝望的目光深沉中有些感慨，彷彿藏著許多的話，凝噎在喉間沒有說出口。

他把罈子放進嵐顏的手中，「妳猜。」

嵐顏手撫著小罈子，看到罈頸處繫著一條紅色的帶子，不過，經過歲月洗禮，帶子的顏色已不再鮮豔，只有依稀可辨的幾個字，模模糊糊的。

嵐顏定睛看去，小聲地念著：「白首同心，魂魄相依。以血相容，死生不離。」

再下面似乎還有什麼，可惜帶子已經埋在地下太多年，脆弱得枯朽斷裂了，只剩下這朦朧的十六個字。

「這……」嵐顏好奇地看向鳳逍。

鳳逍卻只是笑笑，「洞房夜，合巹酒，若沒有酒，豈不是對不起娶妳這兩個字？」

嵐顏看著手中的酒罈，「這酒是你以前埋的嗎？」

鳳逍只是笑，卻不說話。

嵐顏很快就搖搖頭，「不可能，這酒罈在地下最少埋了百年，才會有這樣的情況，怎麼可能是你埋的。」

鳳逍還是笑，依然不說話。

嵐顏忽然明白了，「一定是前人釀的酒，倒是便宜你了。不過……」嵐顏有些疑惑，「你怎麼發現的？這可是樹下啊。」

鳳逍無奈，「妳忘記我的身分了？」

嵐顏恍然大悟：「喔——」長長的語調中，她自作聰明地點頭，恍然大悟道：「大白狗，鼻子靈，聞到的。」

鳳逍無聲地笑了，捏了捏手掌，嵐顏彷彿嗅到了危險的氣息，轉身逃跑。

山谷中，再度迴蕩著她歡快的笑聲。

第三十二章 洞房夜

月色，慢慢升起。

暈黃的光籠罩著平靜的大地，草叢間蟲兒的唧唧聲，輕柔而纏綿。

嵐顏抬首望著那輪黃色，心頭血脈跳動著，她忽然一愣，「今日是十五？」

不小心，又到了月圓之夜，如果她沒記錯，鳳逍將在今夜變身，那她的婚禮……

嵐顏看著身邊的人，上上下下地打量著鳳逍，不無擔憂，「我們還怎麼拜堂？」

她腦海中出現一幅畫面，她和一隻狐狸，對著月亮遙遙相拜。

靠，這畫面太美，她不敢想下去了。

鳳逍笑了，攤開她的掌心，「妳知道妖族是如何拜堂成親的嗎？」

她搖頭，心頭卻依稀有點感覺，她遲疑著開口猜測：「是不是拜月？」

凡人拜天地，妖族以吸收日月精華修煉，那麼他們心中，自然以日月為崇敬，拜月才應該是妖族婚禮的儀式吧？

鳳逍的笑聲清清淺淺，很有些隨興，嵐顏知道自己猜對了。

想也不想，她徑直跪下，仰首月亮閉起了雙目，雙手交扣在胸前心頭默念著。
那光芒撒在身上，熟悉的感覺回歸，彷彿一雙溫柔的手撫過她的身體，舒爽極了。
身體內的妖丹要歡呼，在騷動，在瘋狂地成長。
嵐顏在這一刻，悄然許下自己的願望。
她睜開眼睛，看著身邊的鳳逍，有點可憐巴巴的，「下面該怎麼做？」
鳳逍的眼睛壞壞地挑著，「妳猜。」
這怎麼猜，妖族是那麼神奇詭異的族群，所有她在人界學到的常識都不適用，更遑論婚禮的儀式啊。
難道各自吐個妖丹出來親一下？
還是幻化真身，勾勾尾巴，碰碰腦袋？
嵐顏巴巴地想了半天，最終選擇伸出小爪子，抓上鳳逍的衣角拽了拽，「這次你告訴我，下次我就知道了，肯定不問。」
手腕被捏住，某人盯著她的臉，「妳還想有下次？」
「呃……」嵐顏這才發現自己說錯了話，只能訕訕笑著低下頭。
強大的威脅感下，嵐顏飛快地搖頭，「沒有、沒有，保證沒有！」
「妳還想跟誰成親？」
小爪子被他捏在手中，嵐顏不自覺被鳳逍拉了起來，手腕被他握著，他的手指撫過她的手，展開她那白皙的掌心。
忽然間，鳳逍頎長的身子一矮，單膝跪在她的面前。
嵐顏猛地一驚，不自覺地要回應他，隨他跪下。可是一瞬間，她看到了他眼中的認真，看到了他眸光中的凝重，當然還有滿滿的愛戀和真誠。

與以往的慵懶完全不同。

鳳逍咬破手指，鮮紅的血滴上嵐顏的手心，同時她聽到了鳳逍的話語，「以我之血起誓，此身此魂，永屬嵐顏。鳳逍願許共死之諾，若嵐顏魂消，鳳逍魄散。若鳳逍身死，他日妖魂歸處，唯有吾妻嵐顏能尋。」

這話，又聽得她心裡一跳一跳的，明明是婚儀，為何這血誓之諾如此沉重？

可她的心裡，更有感動。

鳳逍的誓言說得很清楚，如果她死，他就將應血誓與她同赴黃泉，生死與共。但若是他死，她卻可以安然地活著。

好狠的誓言，嵐顏的臉拉了下來，陰沉了。

當血誓落定，她的掌心中，多了一枚朱砂痣，他的血從此沁在她的肌膚中，再也不散去。

「為什麼是這樣的血誓？」嵐顏很是不滿，口氣中帶著隱隱的怒火，「我不相信妖族的血誓只有一種。」

她不要他自以為是的偉大，她不要他為她奉獻，如果有一天，他不在了，她嵐顏獨自活著又有什麼意思？

「笨。」那熟悉的栗子又敲到了她的頭上，手指彎曲著輕輕一敲，「妳能明白我為什麼這麼做嗎？」

嵐顏嘟著嘴，一聲不吭，她現在很鬱悶。

手指勾上她的下巴，把她的臉抬了起來，此刻那小小的臉蛋上，有著無聲的淚水。

一滴清淚掛在眼角，在月光中反射著細弱的光芒。

「明白。」簡單的兩個字，道盡彼此之間的知心懂意。

「妳是我的妻，卻也因我的身分給予妳更沉重的壓力。」鳳逍的手指擦去那滴淚珠，小小的清亮在他的手指間繞著，打著轉，「我想要護衛妳，可我靈根已斷，今生無法踏入巔峰，守護妖族的責任，勢必將要讓妳來為我分擔。」

她明白，她真的什麼都明白。

嵐顏不住地點頭，依偎進鳳逍的懷抱。

「我懶，我不愛練功。你要我為了自己努力下去，為了你，更要堅持下去，我不能死，我不能隨便輸給別人，因為我的身上，有我們兩個人的性命，也有你要我守護的妖族命運。」嵐顏在他懷中輕輕抽著鼻子。

鳳逍輕吻著她的髮頂，「妳不怨我的自私？」

嵐顏無聲搖頭，再搖頭。

一直以來，都是他在守護她。從封城開始，從她不知道什麼時候開始，鳳逍就在她的身邊以他的方式保護著她，那麼從今日起，就讓她來守護他、保護他。

「喂，新婚之夜不能哭，否則會是不圓滿的結局。」鳳逍一句話，嵐顏死死地咬著唇，硬生生把搖搖欲墜的淚水憋著不讓掉下。

鳳逍抓起她的手指，在她的指尖齧咬了下，手指傳來微疼，嵐顏看到她的手指尖，也同樣沁出一滴血色。

「把妳的血，印上我的心間。」

嵐顏的手指，摸索著拉開他的衣衫，露出俊健的胸膛，漂亮的胸線，白皙的胸口微微起伏，等待著她。

指尖輕觸，那滴紅色印入，轉眼間就凝在了肌膚之下。

她的心裡浮現出一種滿足感，這個男人，被印下了屬於她的印記，她的男人！

封泥被拍開，酒香四溢，嗅到便已醉了。

「沒有杯子呢。」嵐顏看著罈子裡，紅豔豔的酒色，清亮如血。

「需要嗎？」鳳逍嘴角帶笑，壞壞的。

他抬起手腕，就唇含進一口，抿著唇似是在品味。

一剎那的表情裡，彷彿是在回味，又彷彿是在思憶，都在那微闔眼眸中，被斂盡。

鳳逍是一個背負太多，心思九轉玲瓏的人。嵐顏一直認為，除非他願意說，否則沒人能猜透他到底在想什麼。

不可否認他是聰明的，可他的聰明背後，嵐顏卻總能摸到一絲哀涼，只是這哀涼，被外表展露出來的風情遮掩。

他輕輕嚥下口中的酒，一聲輕歎，「百年了，果然醇厚，一口便醉了。」

百年的酒，他怎麼知道？

嵐顏心中疑惑，還沒來得及開口詢問，鳳逍又是一口含進，那唇色被滋潤得水光瀲灩。

他一手扣上嵐顏的腦後，唇貼上她的唇瓣，嵐顏情不自禁地啟唇，清涼的酒液順著兩人的緊貼，慢慢地哺了進來。

很香，帶著濃郁的果香味，乍入口是甜甜的，入腹後卻升起了暖暖的氣，一直燃燒到喉間。

好烈的酒，明明是甘甜，為何到後來幾乎燒起來了感覺？

「像不像動情的感覺？」鳳逍呢喃在她耳邊。

嵐顏恍然明白，像，真的很像。

那入口時的甜，那含著時的醇美，不知不覺間就把人燃燒了，在火焰奔騰間被吞噬。以為自己能掌控，卻不小心就被它掌控了，明明沉淪了，還甘之如飴。

情如酒，酒如情。

「這樣一杯合巹酒的感覺如何？」他的手撫著她臉上的嫣紅，讚歎感慨著，「人面桃花。」

她好像被他調戲了，不過她挺喜歡的……

月已上中天，嵐顏眨巴著眼睛，看著那輪圓圓的月色，好奇地詢問著：「鳳逍，你今天怎麼不變身？」

鳳逍低下臉，親上她的臉頰，「難道妳真的嫌棄我？」

嫌棄他？

嵐顏不明白他話中指的是什麼，抬頭間忽然對上了鳳逍壞壞的眸光，她忽然想起了曾經說過的話。

視線下滑，落在他腰際之下某個地方。

「妳很打擊人啊。」鳳逍適時地加上一句：「還沒試過就覺得我無法讓妳滿足。」

嵐顏更加不好意思了。

「我是問真的。」嵐顏無比認真地回答。

她不正經慣了，現在是想正經也沒人信了，果然人總要為自己的行為付出代價的。

「妳的那滴血。」鳳逍抓起她的手，將她指尖上的紅色含入口中。

她的血有這麼大作用，能讓他不變身嗎？

嵐顏的思緒，因那舌尖的溫軟而凝滯、凍結了起來，再也無法思考。

他的舌尖含著她的指尖，嵐顏有些癢，有些想縮回。

她無聲地笑著，咬著唇，軟軟地靠在他的懷裡，他溫暖的肌膚與她的臉頰貼靠著，那陣陣的心跳，漸漸急促了起來。

嵐顏的手指，刮著他的胸膛，細細地劃過他的胸線，來回地摩挲著，在胸口那點殷紅上打著轉，一圈圈地繞著。

他的胸膛隨著她的動作緊繃了起來，呼吸也急促了起來，而那心跳，卻一聲急過一聲，如擂鼓般震著她的耳朵。

在一起這麼久，她也靠在他的懷中睡過無數次，自從定情以來，她的夢中更是頻頻出現那日他水中出浴時的場景。

每次醒來，她都盯著他久久發呆，那目光竟然開始無數次肖想怎麼扒光了他的衣服，再現那日的情景。

她想要他，想到快要流口水了。

如今，眼前是半裸的他，那姿態彷彿是在呼喚著她繼續，告訴她快點下手。人都已經是她的了，當然不必再矜持。

嵐顏的手貼上他的胸膛，掌心下他的肌膚，細膩如羊脂，溫涼中透著力量，嵐顏的唇被他噙住，輾轉深入地吻著。

人，被他放倒在草地間，身下軟嫩的草，頭頂輕柔的月光，還有身邊唧唧歡快的蟲兒鳴叫，都是最美麗的祝福。

「妳知道嗎，我等妳好久了。」鳳逍的話，沉著傷感後的釋放，最是平靜的語氣裡，是無邊的溫柔，「等今日，好久好久。」

不知為什麼，嵐顏忽然有一絲傷感，她雙手環上他的頸項，「鳳逍，為什麼是我？」

以鳳逍的才華、容顏、地位，何等女子要不到，為何獨獨鍾情與她，還是在她都不知道的時候就開始了。

鳳逍的回答那麼簡單，卻又透著她猜不出的深意，「或許，我就為等待妳而存在。」

這天下，總有那麼一個人在默默等你，在你都不知道的時候。

「妳不是說不想再吸血了嗎？」鳳逍吻上她的頸項，手指輕輕拉開她腰間的衣帶，「今夜之後，妳不再需要了。」

赤裸的身軀，在月光下的草地間綻放著妖異的光芒，散亂的髮絲，交纏著兩人的愛戀。

他的掌心，撫上她。

第三十三章

此情繾綣

近乎是以膜拜般的慎重，撫摸著她的身軀。

嵐顏在他的手中輕顫，一陣陣凌亂的呼吸中，她捧上他的臉，一眨不眨地看著他。

這男人天生豔麗，又帶著魅惑人心的妖靈之氣，可偏偏如此深情、如此專注。那雙慵懶的眸光，讓她一旦觸碰上，就深深陷入難以自拔。

以前，她見到他的臉就煩，有多遠就躲多遠，更討厭他身上淡淡的香氣，覺得這個男人就是個以色事人的主。

現在，她見到他的臉就失神，恨不能不要眨眼，能多看多久就看多久，而那魅惑的香氣，輕易地就讓她沉淪了。

誰說女人沒有色心的，至少她嵐顏，對鳳逍就有無比的色心，恨不能撫遍他全身，恨不能愛遍他的每一寸，恨不能時時刻刻都蜷縮在他的懷裡。

他的吻，在她的頸項邊流連，從淺啄到深吮，嵐顏的血液開始急速地流淌。她的呼吸，隨著他的親吻而改變。

當淺啄的時候，她發出小小的歎息聲。而當淺啄變成深吻，她輕吟著，那沉醉而無力的呢喃，始終只是兩個字：鳳逍！

「鳳逍。」她輕哼著，聲音彷彿能滴出水。

那深吮停了停，嵐顏不安地輕微扭動了下腰身，耳邊聽到他誘惑性感的聲音誘惑著她：「叫我的名字。」

她的手，攀著他的後背，呼喚著他的名字：「鳳逍……鳳逍……鳳逍……」

一聲比一聲更清晰，嵐顏笑著，每一次喊著這名字，就彷彿在心中將他刻得更深，最後與心跳融為一體。

這名字，終究是沁入了骨血中，成為她靈魂的一部分。

她發現，每當她喚一次他的名字，他的吻就重了一分。

到最後，他的吻已讓她有些微疼地呻吟出聲。

能感受到他的瘋狂，真好。

她眼中的鳳逍，是個冷靜而睿智的男人，雖然他總是不正經，總是慵懶而散漫，可他的精明、他的周全都是嵐顏欽佩的。

就是這樣的一個男人，此刻為了她而瘋狂，為了她而露出了最不為人所見的一面。獨獨為她而展露的一面。

她覺得自己的頸項就像是以往她拿在手中不斷舔吸齧咬的鴨脖子，如今被鳳逍啃著、品嘗著滋味。

她這種人，怎麼能甘於人後，怎麼能光被啃不反抗？何況還是她饞了許久的鳳逍。

她的手，很快地擁上他的後背，掌心從那背心處劃過，落在凹陷的腰際，他的腰身有力而緊繃，她掌心貼著，久久撫摸。

她記得，在這個地方曾經看到過一個疤痕，斷去靈根的疤痕。想起那疤痕，她的心就不由抽疼了起來。

完美的鳳逍，擁有絕世心思與靈氣的鳳逍，為何要遭受如此的待遇？封城，如若不這麼對鳳逍，縱然有封千寒那樣的絕世奇才，只怕也抵擋不了妖族強大的崛起。

忽然，胸口被掌心不輕不重地捏了下，她重重地倒抽了一口涼氣。

「在這個時候走神，是對男人最大的侮辱。」鳳逍的目光跳動著火焰，不悅地質問：「告訴我，妳在想什麼？」

「我在想……」嵐顏剛開口，發現他的手已經開始游走於她的身體之上，那輕易挑起的火焰，讓她根本無法思考，腦子開始混亂起來。

某人居然還缺德地攏著她的胸口，「說下去。」

這、這怎麼說得下去，她能看著自己的某處小巧，在他的掌心中不斷變換著形狀，還能夸夸其談下去？

他掌心罩著她，就像是攏著她的心臟一樣，「快說。」

「我想，千寒哥哥……」一句話才出口，胸口猛的一緊，她看到他忽然緊繃的面龐，還有眼中的殺氣。

凌厲的殺氣！

「我想，千寒他，只怕也是不及你的。」嵐顏努力地想著，自己話中到底是什麼引起了他的殺意，想來想去，大概只是那句習慣的千寒哥哥吧。

那殺氣，陡然消失。

看來果然是啊，她以後還是不要喊封千寒「哥哥」算了，雖然她也沒有了這個想法，只是一時的口誤。

「以後和我在一起的時候，不要想別的男人。」鳳逍彷彿是警告般地捏了下她的胸口，「尤其是封千寒，即便妳是在恭維我。」

嵐顏傻傻地喔了聲，堆滿笑。

「不過……」鳳逍忽然埋下臉，「大概是我不夠努力，讓妳能夠分神吧。」

話音落，他的唇含上她胸前的緊繃，靈巧的舌撥弄了起來，嵐顏發出一聲長長的呻吟，不自覺地挺了下腰身，倒像是把自己送入他的口中更深處一樣。

她的手，撫上他的臀，那挺翹的弧度，嵐顏貪婪地來回摩挲著。

她記得在封城的時候，他還是那白狐的形態，似乎被她戳過某個地方。

嵐顏不小心地，又失神了。

而這失神，似乎又被某人察覺了。

她依稀聽到了一聲冷哼，接著就是小小的齧咬，在她最敏感的地方。

嵐顏輕聲哼著，他含著那敏感，不斷地在口中吞吐著，而手指已經捏上了她的腰身，身體擠入她的雙腿間。

酥麻的感覺頓時傳遍全身，她幾乎是在瞬間就癱軟無力，可那手指的存在是那麼清晰，他的每一分動作，都讓她戰慄顫抖。

指尖一點點地深入，她越發清晰地感覺到他的存在，她有些不適，輕聲哼著，卻再也說不出一個字，只會攀著他的頸項，由他施為。

「放鬆些。」他低聲地哄著她。

她怎麼放鬆？她本來就沒緊繃啊。

那眼睛朦朦朧朧的，無力地望著鳳逍，滿是水霧的眼眸裡，盡是無奈和可憐。

「算了。」鳳逍輕輕揉著她的敏感，嵐顏發出一聲接一聲的呻吟，那聲音無比的嬌軟，連她都不敢相信，這樣嬌媚的聲音是從自己的口中發出的。

總覺得有個熱硬的東西頂在自己的小腹處，嵐顏的手摸索了下去，入手的熱燙讓她驚了下，隨後就明白了。

她上下地撫弄了下，鳳逍的喉嚨間發出沙啞的輕吟，嵐顏依稀看到，他的喉結在上下滑動，優雅的頸項抬起，重重地吻上她的唇。

如火的侵略，逼迫得讓她瞬間無法呼吸，舌尖在她口中攪動，嵐顏幾乎無法閉上唇，柔嫩的唇瓣被他肆意地蹂躪。

他托起她的腰身，熱燙頂著她的柔軟，「忍著點。」

不等她反應，他已用力挺動腰身。

「唔……」嵐顏發出痛苦的聲音，卻被他盡悉含下，她扭動著腰身，也被他死死地鉗制住。

好疼，火辣辣的疼讓她眼角頓時沁出了淚水。所有的聲音都被他堵著，可她無法忽略，那存在於她體內，幾乎將她撕裂的熱燙存在。

他溫柔地啄著她，額頭上也是汗水點點，聲音有些不穩，「再放鬆點。」

她哭兮兮地望著他，很是不滿，抱怨道：「怎麼放鬆，我拿大拇指硬捅你的鼻孔，讓你放鬆，你能嗎？」

鳳逍的表情哭笑不得，她的形容簡直……太凶殘了。

他緩緩地動著腰身，嵐顏掙扎著，不想讓那痛苦再加深，可是幾下之後，她又察覺到了奇妙的感覺，從兩人身體交合的部位慢慢傳出。

她無法形容，明明是強硬地深入，明明是用力地將她撐到極致，可是每一次深入的感覺，都讓她酥麻。

每一次觸碰，嵐顏都忍不住顫抖，現在的她已是爛泥一團，身體完全由他掌控著。

他的速度越來越快，疼痛早已消失，而那酥麻的感覺則由小腹開始蔓延，大腿、腰身、然後瀰漫到全身。

那感覺越來越明顯，她的身體也越來越緊繃。

在他狂風驟雨的節奏中，嵐顏覺得自己快要昏過去了，她甚至無法睜眼，只有一聲接一聲的呻吟，因為他的動作，從喉嚨間被壓榨出來。

她要死了，她一定是要死了。

身體在搖擺，當他的速度猛地到達頂峰的時候，嵐顏身體深處猶如煙火般炸開，一波波的快感如浪潮，撲面將她打暈。

丹田深處，妖丹爆發出一陣陣絢爛的金色，筋脈中血液流轉，從兩人交合的部位中吸收著什麼，然後在筋脈裡滾動，又回流到丹田中。

妖丹，一瞬間漲大了不少。

而她的身體中，穴道與筋脈的阻滯也突然消失，她的內息順暢無比，幾乎提升了一個境界。

嵐顏完全無力，除了喘息，再也發不出半個聲音，也抬不起手腕。那奇妙的快感依然在瀰漫，她閉上眼睛，感受著。

這種感覺真的很奇妙，她說不出來，到底是他帶給她的快感更讓她滿足，還是他在她身體內的存在，就已經讓她無比滿足。

她的男人，她的鳳逍。

「我的……鳳逍。」她的聲音破碎著，卻又無比饜足。

他的吻，落在她的額頭，她的鼻尖，她的唇，「我的……嵐顏。」

是啊，她是他的，他也是她的。

「喜歡嗎？」他很無恥地問著。

嵐顏懶懶地睜開眼睛，嘴角勾了下，「喜歡。」

她的大膽和直接，才沒有那些矜持，她喜歡鳳逍帶給她的一切感受，就這麼直白地承認。

這回答讓鳳逍滿意極了，不過嵐顏還是在他眼中看到了一縷壞笑，「還要我變身嗎？我可以現在變。」

嵐顏突然瞪大了眼睛！

他變身之後的身軀，會比現在還大，那他的那個……

「不要。」她近乎哀求地叫著：「不行不行，千萬別變。」

她會死的，真的會。

「求我。」他威脅著她。

「求求你。」嵐顏毫不猶豫地開口求他：「人家承受不起，鳳逍……」

「是嗎？」他的雙手抄入她的腋下，將她抱坐而起，這個動作裡，嵐顏再度哼出了聲，她就坐在他的腿上，完全靠著他的力量支撐。

他的唇，咬上她胸前的豔紅，嘖嘖吮吸了起來。

而她身體深處的他，又一次脹大。

嵐顏發出嗚嗚的聲音，扭動腰身想要逃離，越是扭動，他越是緊繃，最終他按住她的腰身，又一次狠狠地撞擊。

嬌小的身軀，在他的力量中起起落落，空氣中不斷飄送著兩人的吟詠，月光照在他們身上，卻是天地間最美的畫面。

第三十四章 鳳逍這妖精

猶如蝴蝶撲上花蕊時的輕柔，一點一點的吻落在她的臉頰上，把她從酣睡中慢慢勾醒。

尚未睜眼，嵐顏就知道這吻一定來自鳳逍。

真討厭呢，她還沒睡夠。嵐顏發出不滿的咿唔聲，想要揮手趕走討厭的他，奈何手卻是一點都抬不起來。

神智在一點一滴回歸，昨夜的瘋狂也在腦海中慢慢流淌而過。

他不知道帶著她領略了多少次極致的巔峰，她已經完全不記得了，她只記得一夜的時光，她都在與他肆意地放任纏綿。無論是草地間還是床榻上，而她，只三兩下的撩撥，就能被他弄得意亂情迷。

這個該死的傢伙，一定有過不少女人，否則怎麼能如此嫻熟？

念頭一入腦海，嵐顏的眼睛立即睜開了，她想起來了，昨日她本來對鳳逍問過這個問題，下場就是被他幾番撫弄後忘記了……

「你這個混蛋。」本來是咬牙切齒的指責，在無力的語氣中，更像是撒嬌。

那雙漂亮的狐狸眼揚起，嵐顏彷彿看到了一直閃著得意眼神的狐狸趴在她面前，展示著自己的戰利品。

「我混蛋嗎？」鳳逍的眼神頗有些無辜，眨巴著目光。

裝什麼裝，最混蛋的就是他，嵐顏覺得此刻身上就如同被碾子碾過似的，全身上下都痠疼無比。果然，太放縱的後果，就連妖族的身體也承受不住。

他的手在她身上緩緩遊移，勁氣順著筋脈透入，舒緩著她的筋脈，暖暖的氣息進入，讓她很舒坦。

嵐顏閉上眼睛享受著，雖然身體上有點不適，但是丹田中卻是鼓脹的，尤其是妖丹，脹大了好多，在丹田中滴溜溜地轉動著。

她覺得自己就像吸取人精氣的妖物，昨夜一夜之後，鳳逍把她餵得飽飽的，全是從鳳逍那吸來的。

身體上忽然傳來異樣的感覺，嵐顏這才發現，某人的氣息正在她的雙腿間，有意無意地撩撥著她的敏感。在鳳逍的掌控之下，那氣息的觸碰就和手指一樣，不、比手指更加讓人敏感，因為氣息可以直接深入到體內。

該死的，有人這麼玩弄自己的真氣嗎？

「混蛋，拿開你的手。」她軟軟地憤怒，幾乎與嬌嗔無異。

「怎麼了？」鳳逍的表情非常無辜，但是眼神卻邪惡異常，輕笑道：「妳不是痠疼嗎？我幫妳舒緩一下。」

舒緩他個頭，明明被他撩撥得都情難自禁了，還舒緩。

「不准碰我。」她嗚嗚著。

「真的嗎？」他壞笑著，手指戀戀不捨地挪開，「好吧。」

當那手收回，嵐顏卻發現還是不爽，情慾的火焰已經被撩起，半路收手的感覺就像是……好吃的給她咬了一口，然後告訴她沒有了。

要麼不吃，要吃就吃飽才是對的嘛！

尤其是他不知道搞了什麼鬼，那勁氣遊過的感覺居然久久不消，酥酥麻麻的，讓她不上不下很是難過。

身體裡有一種渴望，渴望他，渴望這個男人。

他一定是對她用了媚術，一定是。

「你到底對我做了什麼？」她瞪他。

他側臥在她旁邊，髮絲順著臉頰垂下，衣衫半攏半開，胸膛半掩半露，眉眼間滿是逗弄。

再看自己，嵐顏更鬱悶了。

憑什麼他有衣服，自己是全裸著的？而且這半遮半掩的姿態，才是最撩人的，配合著那風騷的眼神，簡直就是在對她無聲地吶喊著：來吃我吧，來吃我吧！

美食！

不僅是美食，是色香味都絕頂的豐盛大餐。

還有那手指，雖然從她身上抽回去了，卻在自己胸前慢慢劃過，這他媽的什麼意思？

她打賭，他這件衣衫之下，什麼都沒穿。

但偏偏就是這寬大的衣袍，把該擋的都擋住了。

「別看。」某人居然適時地送上一句嬌嗔似的語調，「妳看得我都不好意思了。」

不好意思？

他昨天把該玩的、該動的手段都玩遍了，他好意思說自己不好意思？

「你！」嵐顏的手戳上他的胸口，「不准出現在我的眼前。」

「好吧。」某人懶懶地作勢起身，「那我走了。」

修長的腿才踩上地面，衣衫就被某人的手指揪住，「不准走。」

他回首看去，嵐顏面色微紅，輕輕喘息著，「鳳逍……」

那一聲嗲膩，放低了姿態，喊得人心神失守。

他一定在她身上下了媚術，不然為什麼她越來越想要、越來越渴望他？

他輕輕地躺下，衣衫順著無瑕的身體兩側滑下，「我可是病秧子呢，妳可別把我玩壞了，實在是無能為力啊。」

嵐顏總算知道了什麼是睜著眼睛說瞎話，他這一副任君採擷隨便品嘗的姿態，說著身體不適，不適能這樣？

她的眼神落在他身體的某處，恨恨地翻了個白眼。

偏偏鳳逍一副嬌軟無力的模樣，卻讓人心生蹂躪的快感，這樣的姿態在任何人做來或許都違和，唯獨在鳳逍身上，只讓她想要欺凌。

有種男人，可以清高可以冷傲，可以精明可以溫柔，更可以……媚絕天下。

尤其是這樣的男人，臣服在身下的時候，那種滿足感，才是一生難忘的。

嵐顏翻身把他壓在身下，雙手撐在他的胸口，她看到鳳逍的眼睛眯了起來，彷彿認命般的仰起了頸項，發出輕輕的歎息。

這樣的人，不要就對不起自己了。

嵐顏慢慢的沉落身體，一點點地吞沒他，鳳逍喉嚨間低啞的呻吟隨著她的動作小小地擠出，勾魂攝魄。

與昨日的被侵略感覺完全不同，此刻的鳳逍被她征服，他的雙手在她腰間，扶著她的身體，而所有的節奏都由她來掌控。

這個姿勢下，鳳逍的每一個動作，她都可以看得清清楚楚。

他的情動，他的愛戀，他的溫柔，他的呻吟，甚至那髮絲在枕畔的蜿蜒扭動，都是由她來掌控的。

她的男人，屬於她的身體，更是屬於她的心。

鳳逍知道如何征服她，也知道如何臣服於她，一個這樣的男人，如何讓她不愛？

鳳逍的喘息，鳳逍的呻吟，鳳逍那微啟著的唇，如溺斃前的無力，性感的聲音一句句呼喚著她的名字。

什麼叫會讓人死在肚皮上的媚啊……

當嵐顏趴在他胸前，再也不能動彈的時候，她終於體會到了這句話的精髓。尤其是某人瞇著眼睛，極盡滿足的表情。

她居然覺得，只為了看到這表情一切都值得。

「你這妖精。」嵐顏哼著，不爽地在他胸口咬出一個圓圓的印子。

他的魅香，滿滿地將她環繞。

她總有一天會被他弄死的，而且是心甘情願地死。

「這裡玩膩了吧，我們換個地方。」鳳逍忽然冒出一句，嵐顏懶懶地從他懷裡抬起頭，身體一動，忽然間又感受到了他在體內的變化。

「你這個狐狸精！」某人哀嚎著，「我動不了了。」

剛才激動過度了，現在嘗到苦頭了吧，他居然還有體力，真是慾求不滿的妖怪。

「昨日某人問我是不是在封城裡女人無數才練就的本事，我只是用事實告訴妳，如果女人無數，就不會這麼渴求妳了。」他抬了下腰，嵐顏情不自禁呻吟出聲，耳邊是鳳逍恬不知恥的話語：「這不是怕妳不信嗎？」

「信，我信。」嵐顏求饒，「放過我吧，我真的動不了了。」

「不用妳動。」他翻身將她壓在了身下，聲音忽然變得無比誘惑，「我動就行。」

當嵐顏終於在幾度風月後拖著沉重的腳步上路時，她發誓，再也不能貪慾求歡，再也不要看身邊這個男人，再也不要靠近他。

他絕不是普通人能滿足的，可憐她的小身板，完全伺候不起啊！

月光打在她的臉上，少女的青澀已褪去，舉手投足間是女人成熟的風韻，尤其眉眼之間，妖嬈與風情，也在悄然展現。

她更不會知道，此刻的自己，比之之前的容顏，也悄然地變得更加美豔。

第三十五章
生離死別

一路上的相伴，對嵐顏來說是最為快樂的。

有了夫君，有了幸福的生活，無憂無慮。她雖然試圖尋找著管輕言，但是他們的流浪過程中，卻打聽不到任何一點關於管輕言下落的消息。

而鳳逍似乎也有他的顧慮，他們的居所都是妖族的陣法之中，每到一處也不過一個月就會離開。一個月，嵐顏非常好分辨，因為每次的十五月圓之後，鳳逍就會帶著她換一個地方。

新婚燕爾，如膠似漆，哪怕是再平淡的日子，與鳳逍在一起，他都能讓她感受到極致的關懷與體貼。

世間有一個男人如此愛自己，還有什麼苛求的？

而這段時間，也是她妖丹急劇暴漲的時間。如今月下對劍，她在鳳逍面前支撐的時間越來越長，對戰的經驗，對招式的熟練度，都以飛躍的速度在增長。

她喜歡看著鳳逍在月下吹簫，那迎風飛揚的衣衫在月光下縹縹緲緲，透著幾分仙氣，有時候她會恍惚有種錯覺，這男人會不會就這麼被風吹散了，不見了？

不過她馬上把這樣的想法搖散掉，鳳逍是她的，她還要長長久久地相伴下去呢。

鳳逍也會作畫，在狐尾花的飛舞中，他幾筆青山綠水，分外超然。

如此完美的男人，居然屬於她，嵐顏覺得自己無比幸運。

「想什麼呢？」一雙臂彎從身後攏上她，將她抱在懷內，溫柔低語。

「想你為什麼會看上我啊？」嵐顏挑著眼，「封城中美女無數，我不過是個粗魯的小子，長得還平凡醜陋，你到底看上我哪一點？」

鳳逍一直守衛著她，她能不能理解為鳳逍在她少時就看上了她？

可是少時的自己，連嵐顏她都嫌棄。又醜又懶，雞崽子一樣的身形，平板臉，唯一可倚仗的就是身分，脾氣還臭，鳳逍到底愛她哪一點？

「誰讓我是妖族的人呢？」鳳逍的口氣很是無奈，「我要尋妻只能是妖族的人，奈何人間沒有妖族的人，好不容易遇到了妳，只好將就了。」

「將就？」這個答案真是讓人心酸。

嵐顏不服氣地反駁，「只要是妖你都可以？那如果是名男子，你也將就了？」

鳳逍挑了挑眉，沒說話。

「還有。」嵐顏拉起身上的裙子，「鳳逍，你是不是最愛紅色？」

「為什麼這麼問？」

嵐顏扭著裙角，「我記得在封城的時候，你總是一身豔麗的紅色，只是現在遇到你，你卻比較常穿青綠色。」

如果他愛紅，為什麼現在卻換顏色了？如果他不愛紅，為什麼封城中穿得如此豔麗？而且，為她準備的裙子，也都是紅色的。

「是愛。」鳳逍的手輕輕撫上她的肩頭，「紅色是我摯愛。」

「我也覺得你穿紅色最美。」嵐顏笑道。

白色太縹緲，綠色太靈秀，這兩種顏色在他身上，總讓她覺得他身上的人氣不夠，彷彿隨時會消失般，唯有那強烈奪目的色澤，會告訴她，他的存在是那麼清晰。

與其說是喜歡，不如說是她更想強烈地感受他在身邊。

「那明日去換一身紅色，在封城那種的豔紅怎麼樣？」鳳逍的縱容讓她覺得無比受寵愛，不過是小小的一個提議，他都無條件的答應。

斷尾的傷害，以及在封城的禁錮對於鳳逍來說無異是殘忍的，她發現鳳逍的身上總是散發著一種淡淡的病態，儘管他隱藏得很好，她還是能感受到。

惟願自己，能守護他一生。

忽然間，嵐顏的丹田一跳，她抬頭望著天空，又是一輪明月。

時間過得真快，又一個十五月圓之夜，難怪她丹田裡的妖丹分外騷動，這陣子的修煉，她隱約覺得自己到了一個臨界點，尤其屬於白羽的那一團真氣又鬆動了一些。

她需要吸收那些真氣，白羽的氣息太醇厚，吸收起來也艱難，妖丹越跳越快，嵐顏已經來不及換任何地方了，她盤膝而坐，張口吐出了妖丹。

妖丹在月光下飛舞，深紅的色澤在空中脹大，白羽的氣息在丹田中旋轉。

兩股力量，嵐顏不能分任何一點神，她一股精神力要操控著妖丹吸收著月華，另外一股精神力則要控制丹田吸收著白羽的真氣。她知道，無論哪一方面出了問題，她都會受到重創。

可儘管如此，她的靈識居然還能清晰地看著外界，她看到鳳逍滿面嚴肅，坐在她的身邊。

這，是在為她護法吧？

嵐顏有些好笑，更多的是甜蜜。

這是有妖族禁咒的地方，根本不可能有外人能夠踏足，鳳逍這樣做，似乎有點誇張了。不過這種誇張彷彿又在表明，他對她的在意。

等她完成行功，一定好好的犒賞他。

想到這，不由地分了神，那妖丹在空中微微晃了下。

耳邊，突然響起鳳逍傳音：「收攝心神，不准亂想。」

唉，真是沒面子，就連這樣都能被他看出來自己走神了。

她按捺下心神，重新控制自己的真氣，運轉著妖丹，吸收月華靈氣。

妖丹在天空中慢慢變大，顏色更加清透，隨著光華的增強轉動越來越慢，唯有嵐顏知道這一次吸收的靈氣，比之前都要濃烈。

她發現自己逐漸適應了妖族的身分，之前不知如何吸收靈氣的她，已經完全能掌控妖丹了，她覺得自己身上有種隱隱流轉的東西，讓她的氣質逐漸變得妖嬈嫵媚，或許這就是她的妖氣吧？

看著前方那個人，她覺得自己與鳳逍的氣質在逐漸地相溶，心又安定了不少。

就這樣做一對妖精眷侶也不錯啊。

妖丹緩緩回歸，重入丹田內，她靜下心，一點點化解著妖丹中的靈氣，化歸已用。但這個過程太過緩慢，又有著白羽的氣息在身體裡，白羽的靈氣太濃，千年的仙氣與她的妖氣太難融合，反而事倍功半。

這一次，只怕要數日時間了吧？

但是有鳳逍在側，心也是安寧無比的。

時間在一點一滴地流逝，轉眼已是兩日，而嵐顏的吸收，也不過才剛剛過半，鳳逍一直在她身前坐著，兩日來未曾有過半分移動。

忽然間，鳳逍的身體動了，他站起身，在竹林邊摘下數道竹枝，慢慢地插上嵐顏身邊。一道道的竹枝錯落地排列，讓嵐顏不明白他到底在做什麼。

不過此刻的她，只能看到，不能問不能說。

看著那竹枝雖然凌亂卻有著奇詭的規律時，嵐顏不禁猜測，這是不是妖族的陣法？

她不明白的是，鳳逍為什麼要在自己身邊布下陣法？

鳳逍布好陣法，遙遙站定了身體在她的前方，雙手背負，那背影有一股說不出的悲涼。

忽然間，空中傳來一道聲音：「封城叛妖，總算被我找到了。」

人影落地，精壯高大的身體頓時遮掩了一片日頭，凶殘的氣息從身體上爆發而出，帶著凜冽的殺氣，「鳳逍，縱然你狡兔三窟，逃了近兩年，終究還是被我找到了吧？」他一步步地踏前，逼近鳳逍，「我追蹤了你一年多，若不扒了你的狐狸皮，我絕不回封城見城主。」

這個人是劍蠻，嵐顏認識他，是封南易的貼身侍衛，也是武功最高的侍衛。

可是他，為什麼會來追蹤鳳逍？叛妖又是怎麼回事？

劍蠻看著鳳逍，「你應該知道，妖族放在封城的質子，沒有城主的命令絕不允許離開，若私自出城，封城可以下令格殺。你在封城這麼多年，一向老實，倒讓城主放鬆了對你的警惕心，被你掙脫了火碎珠的封印，逃出了封城。」

他是逃出封城的嗎？

嵐顏心頭一動，彷彿明白了什麼。

以封南易的性格，再聯想封城與妖族的前仇，她怎麼會輕易地相信鳳逍是被放出城的呢？將近兩年的時間，那時候不正是她在封家傳出滅門消息的時候嗎？鳳逍是為了她、為了找她才不顧性命出封城。

劍鸞的聲音一陣陣地傳來，「你知道每月十五妖氣外洩，會被我感知到，所以每次十五過後立即離開，算你夠狡猾。可惜這一次，終究還是大意了。今日，你絕跑不了了！」

難怪，鳳逍每次十五過後，總是要離開與她居住的地方，說是換一處更美的地方玩耍，原來卻是這樣一個原因。而這次，他是為了守護她才不肯離開，才被劍鸞追蹤到的嗎？

鳳逍，你為什麼不說啊，為什麼一直不說啊！

嵐顏的心頭一陣陣地追悔，她只知沉浸在幸福中，卻不知鳳逍為了她背負了如此多的事情。

「那就試試好了。」鳳逍倒是一點也不在意，輕輕抬起了手腕。

劍鸞長劍出鞘，兩人身上的勁氣迸發，撞擊著。

兩道身影在風中旋轉，劍氣沖天，不斷的敲擊聲震撼著嵐顏的視線，她無法安定心神，可她不得不安定心神。

只有越快行功完畢，才能趕緊去幫鳳逍。

可是越急，那一團在她體內的白羽真氣，越是糾結一團無法化開。

鳳逍一連串的攻擊之下，劍鸞節節敗退，數十招之後，已只有抵擋的能力。

「你不是我對手。」鳳逍冷然笑著，「即便是封千寒，也不敢說輕易取我性命，你就更別妄想了。」

劍鸞身上一層層的劍痕，血跡斑斑。他低頭看看自己的胸前，凶神惡煞地抬起頭，「鳳逍，你莫要得意，等你落在我的手中……」

鳳逍冷然一笑，「你還想怎麼樣？」

「我會讓你魂飛魄散，永世不能成妖。」劍鸞冷哼著，「你以為我不知道嗎，妖族的人只要魂魄不滅，妖丹不破，又可以再度重生，而且……」他咬牙切齒，「我會讓你知道什麼叫最慘烈的屈辱。」

鳳逍冷笑，手腕劍花抖動，劍鑾身體急退，卻還是沒能躲過，胸前又多了幾道劍劃過的痕跡。劍鑾不斷地後退著，鳳逍步步緊逼，看到這裡嵐顏的心稍有安定。

可就在這一瞬間，異變突起。

劍鑾手中忽然打出一樣東西，漫天閃耀的紅色籠罩上鳳逍的身體，鳳逍急退，身體卻突然緩慢了速度，那紅色落在他的肩頭，竟然牢牢黏住了。

而鳳逍的身形，從此刻開始忽然變得沉滯，再也不復剛才的靈動飄逸。

嵐顏認識那個是火碎珠的碎片，也是克制妖氣的法寶。

「如果沒有它，你覺得我是如何突破你一次次妖族封印進入你的地方？」劍鑾揮舞著劍，一劍劍逼向鳳逍，「幸好，這最後一枚火碎珠派上了用場。」

鳳逍的腳步越來越慢，劍鑾手中的劍一道道劃上他的身體，青碧色的衣衫上，轉眼多了數道紅痕。

「看來你的妖氣枯竭了不少，還是當初掙脫那一串火碎珠消耗太多？你竟然連這碎片都彈不開了嗎？」劍鑾一步步逼近，「看來，就算我不追殺你，你說不定也活不了多久。」

什麼！

嵐顏心頭猛地一沉，她忽然覺得劍鑾說的不是假話，最近這段時光裡，她總是覺得鳳逍越來越縹緲，越來越飄忽，其實根本不是，實際是他的氣息越來越弱，才讓她老覺得查探不到。

嵐顏按捺著自己的衝動，不斷催動妖丹，想要趕緊讓自己從行功中解脫出來。

不行了，她不能再等了，眼見著鳳逍身上的傷痕越來越多，腳步越來越沉重，她無法再忍耐，無法再等待。大不了、大不了不要白羽師傅的真氣了，她不能讓鳳逍面對一點危險！

一念之間，她準備把白羽封在她身體裡的真氣散掉。

可是這時候，身體裡忽然升起一股怪異的火焰，把她的衝動壓制了下去，不僅如此，那火焰還牢牢地壓制著她的內息，不准她妄動。

這、這是怎麼回事？

「女人，我說過我在沉睡不要打擾我，我也說過不要做任何傷害翎凰的事，這真氣是他封印於妳體內，贈與妳的。我絕不容許妳這麼做。」那威嚴的聲音帶著怒火，在她心頭響起。

他，他怎麼醒了？

「我本行功大成，若不是妳有此舉動，我不會醒。」那聲音低沉威嚴，「妳讓我再度推遲了塑形的時間。」

「放開我。」嵐顏的心頭在吶喊，想要抵擋他的力量，可他的壓制力好可怕，不僅她的氣息動彈不了，就連妖丹都被牢牢地壓制了。

她無助地看著前方的鳳逍，看著他在劍鑾的力量下艱難地抵擋。

「鳳逍……鳳逍……」她張口欲呼，卻一點聲音也發不出來。

「一縷即將油盡燈枯的精魂而已。」那聲音在她心頭不屑地響起，「女人妳激動什麼？」

「不准你這麼說鳳逍！」嵐顏激動地吶喊，可這聲音，只能在腦海中徘徊。

「我又沒說錯。」那聲音嗤笑，「他遲早會消散的。」

「我要去救他！」嵐顏吶喊著，可是身體怎樣都無法動彈，身體裡的氣息被死死壓制著，只能眼睜睜地看著前面鳳逍被劍鑾逼得一步步後退，苦苦支撐。

「不可能。」心頭那個聲音冷酷地拒絕她，「女人，我不會讓妳亂來。」

嵐顏心頭的火焰在騰騰地燃燒著，「你為了保衛師傅留下的真氣，我為了保護我的男人，如果他死了，我也不活了，別說白羽師傅的真氣，就連你，都給我滾一邊去吧。沒有人能掌控我的意願！」

「好啊，那妳試試看就是了，衝動之下，妳必然是真氣相撞爆體而亡，到時候妳一樣救不了他，如果妳被他看到妳爆體而亡，妳覺得他又會怎麼樣？」那聲音冰冷而無情。

壓制著她的氣息收了，嵐顏卻再也不敢動了。

是的，她活著鳳逍才有機會，她答應過替鳳逍守護妖族，她的手心裡還有鳳逍為她落下的血誓。她不能衝動，她不能死。

她終於知道了當初那血誓的原因，其實從那一刻起，鳳逍就知道自己會死，所以他不允許她殉情，不准她陪著死，他要她活著，甚至不惜用為他守護妖族的責任來讓她不敢妄動。

——鳳逍，你好狠！

嵐顏能夠感覺到，淚水順著眼眶慢慢滑下，無聲地淌下。

明明被模糊了視線，眼前鳳逍的身影卻那麼清晰。他在艱難地抵擋，卻已是苟延殘喘。

嵐顏閉上眼睛，默默地轉動著真氣，那一團團凝結的真氣，還有沉重的妖丹，都是她此刻最大的負擔。

——鳳逍，撐下去，你千萬要撐下去！

可是這些聲音，都是徒勞的祈求，鳳逍再也無法抵擋劍蠻的進攻，一道劍光穿透他的身體，明晃晃的劍尖，晃在嵐顏的眼前。

心好痛，痛得幾乎喘不上氣，嵐顏的真氣，亂了。

真氣瘋狂地在身體裡遊走，衝撞著她的筋脈，但她已經感覺不到痛了，因為沒有任何一個地方會比她的心更痛。

一個陣法，劍鑾雖然看不到她，但是她可以清清楚楚看到眼前的一切，就在眼前，她深愛的男人，如風中的枯葉，墜落。

血，從青碧色的衣衫上滲出，頃刻間染紅了他的胸前，也染滿了嵐顏的眼眶，嵐顏只覺得自己的身體一陣陣地發麻，彷彿靈魂都從身體裡飄了出來，她已經完全顧不上如何調整真氣了，她的心中，只有一個聲音在不斷咆哮著：鳳逍……鳳逍……

那地上的人，幾不可見地微微轉了下頭，朝著她的方向，綻開了一個微笑。

曾經讓她心動悸然的魅惑微笑，曾經無數個夜晚讓她魂不守舍的微笑，曾經讓她常常驚歎垂涎的誘惑微笑，在此刻卻成了狠狠捏住心臟的那隻手。

那一抹笑，就像是妖族的狐尾草，濃豔得化不開，然後隨著風，飄飄蕩蕩地消失在她的視線中。隨著……他的生命離去。

鳳逍！

嵐顏就像一個封在木頭中的靈魂，而那木頭就是她的身軀，不能動不能說，不能呼叫不能哭泣，她只能呆呆地看著，任由溫熱的淚珠從眼眶不斷滑落。

她不能哭，哭了就再也看不清鳳逍的臉了。

她不能哭，哭了就對不起鳳逍那淺淺的一笑了。

鳳逍要她開心，可她……如何開心？

——鳳逍，不要死，你撐住，撐住好不好？

鳳逍的唇邊，輕輕又勾了下，彷彿聽到了她的聲音一般。

那雙曾經紅豔的唇，曾經吻過她全身，為她許下無數動人情話的唇，如今已不見半分血色，唯見唇角邊的血，那麼奪目刺眼。

血，一滴滴的落下，落在草地上，觸目驚心。

那些真氣在嵐顏的身體裡亂竄著，嵐顏彷彿聽到了筋脈斷裂的聲音，她已經顧不得，也管不了了，她的眼中，她的心裡都只有那個人、那個名字。

鳳逍……

她什麼也做不了，她只能眼睜睜地看著劍蠻一步步走近鳳逍，而鳳逍卻彷彿根本未見他的靠近，只是輕柔地笑著，望著她的方向。

那笑容，平靜得像一縷春風，依然溫柔，猶如每日她醒來時看到的一樣。

「火碎珠是你妖族的剋星，尤其你這種斷了靈根的妖物，若要掙脫火碎珠必然要以本命靈氣相抗，沒想到你居然真的敢拚卻一死，也要震碎身上的火碎珠。」劍蠻看著鳳逍，露出怪異的笑容，「你必死，本來封城根本不必追你，你知道我為什麼要追你嗎？」

他的腳，踩上鳳逍的胸口，「封城三絕之一的鳳逍，擁有著絕世的容顏和妖族特有的媚態，你知道我多想試試你的味道嗎？」

鳳逍笑了，隨著他的笑，口中的血洶湧得更烈，已是油盡燈枯的前兆。

嵐顏的心在瘋狂地叫著：不要，不要……

她無法接受，那麼清高自傲的鳳逍，在這樣的情況下，還要遭受別人的侮辱。

鳳逍雖然有時候最毒損她，偶爾也會風情撩騷地故意賣弄下，但是她知道，鳳逍的內心深處，是孤傲而清冷的。

這樣的男人，絕不會允許他人碰自己一下，何況……還是一個噁心而醜陋的男子。

不能，絕不能！

嵐顏覺得喉嚨口都是腥甜的味道，一股股紅色的血絲，從口中滑下，她不用看也知道，自己的筋脈已被真氣重創了。

——鳳逍，只怕要對不起你了，做不到對你的承諾，無法為你守護妖族了。

嵐顏的心頭閃過一個念頭，她要自斷筋脈。

她死了，鳳逍與她的血誓就會被發動，同赴黃泉也勝過讓鳳逍眼睜睜地受辱好。

「你沒有機會的。」鳳逍的聲音冷冷清清的，聲音弱得被風剎那吹散，卻又那麼清晰地傳入嵐顏的耳中。

就在嵐顏即將放棄所有一切，任那真氣震斷筋脈的時候，她的心頭猛地一震。

彷彿有什麼牽絆的東西，斷了。

又彷彿是什麼內心最深處的隱藏，被挖走了。

什麼都剩不下，只有一個空蕩蕩的血洞，沒有了心跳、沒有了呼吸，只有滿眼的淚，徹底模糊了視線。

鳳逍，比她更快……

自斷筋脈！

她再也感應不到那個人的存在，她這才知道，世界上原來真的有心靈互通的事情存在，當那個人突然消失不見，兩人間的門就在這樣的恍惚中，關上了。

她就這樣失去了他嗎？

不是說好了永遠相隨，生死不離的嗎？為什麼他可以如此決絕，為什麼他可以如此淡然，為什麼他可以如此捨得下？

可她，卻只能笑，為鳳逍此刻的決絕，為鳳逍不甘受辱的心。

她知道，鳳逍一定明白她不會願意看到他被劍鑾凌辱，她會自斷筋脈，所以他比她更快。

鳳逍，為何連一次共死的機會都不留下？

劍鑾呆了，他口中罵罵咧咧的，用力地踹著地上已經沒有生氣的身體。

青碧色的人影，在草地上打著滾，再也不會為了她睜開眼睛，再也不會對她說著情話，留給她的，只有那平靜而安寧的微笑。

「你以為死了，我就沒有辦法了嗎？」劍鑾冷笑著，看著地上的人影。

那修長的身影在慢慢變淡，淡出了嵐顏的視線，青碧色的衣衫之下，出現了一具身體，雪白的毛髮在風中微微拂動，卻再也沒有半分生氣。

鳳逍的真身，那曾經以柔軟而溫暖的身軀籠著她的身體。

她還記得，就在上一次的月圓之夜，她故意讓鳳逍變身，然後枕在他的小腹處，讓那軟軟的毛髮包裹著自己，而他那八條軟軟的尾巴，就如同軟衾，蓋在她的身上。

那麼清晰的記憶，彷彿就在昨天。

可是一切，卻又那麼遙遠，遙遠得無法再追回。

「我說了要帶你的狐狸皮回去見城主，否則我又如何邀功呢？」劍鑾狂笑著，抬起手，那劍入手心，劍上的血一滴滴地滑下。

那是鳳逍的血、鳳逍的血！

當劍鑾的劍劃上白狐的身體時，嵐顏閉上了眼睛，她不願意再看，但是鳳逍倒下的一刻，鳳逍的微笑，以及那劍過白狐身體的一幕幕，她都牢牢地記在心中。

她的丈夫，屍骨不全，死後被人扒皮，她嵐顏記下了！

她的愛人，為了不受凌辱，在她面前自盡，她嵐顏也記下了！

她不能死，她決不能死！

嵐顏用力地壓制著身體裡的真氣，一點點將它們從亂竄中抽了回來，納入丹田中，這一刻她的心如死水，進入了前所未有的平靜。

唯有她自己知道，這平靜是為了鳳逍，為了她對鳳逍所有的承諾，對鳳逍的那一滴血誓。靈台，前所未有的空靈，妖丹在身體裡飛快地轉動著，終於將散亂的真氣，融在了一起。手指動了動，嵐顏用力一握，彷彿握著鳳逍的手般，掌心裡是那滴血印。

鳳逍留給她的，唯一紀念。

睜開雙目，劍鑾早已不知所蹤，而她眼前的草地上，一團血肉模糊的身軀正在慢慢變淡。妖身的幻滅，代表著消亡，當妖身幻滅的一瞬間，妖魂回歸妖族。

妖界，妖界在哪裡？

她要上哪兒去找鳳逍，她要如何才能去妖界？

鳳逍都沒有告訴過她！

就算回了妖界，她又上哪兒去找鳳逍的妖魂？

所有的念頭都在一瞬間閃過她的腦海，她只想知道，自己還能否找到鳳逍，鳳逍的妖魂究竟在哪裡？

人間？妖界？還是黃泉？

無論在哪裡，鳳逍是她的丈夫，她都要找到他！

那血肉的身軀只剩下一團模糊的虛影，嵐顏想也不想，張開了唇。

那枚火紅的妖丹從她口中吐出，飛快地附上那逐漸變淡的影子，在它即將消失的一瞬間，融了進去。

鳳逍說過，他們之間有血誓制約，他們之間有肌膚之親，他們之間有魂魄的吸引，所以無論他在哪裡，她都可以找到他，可她不放心，她害怕。

害怕因為自己的一點點錯誤，就再也尋找不到鳳逍的下落，如今，他的妖魂上有她的妖丹，她相信，她一定會找到他的。

無論三界六道，她嵐顏一定會尋回他，尋回鳳逍。

地上，血跡猶鮮。

嵐顏蹲下身體，將那染了血的草一片片摘了下來，攏在掌心中，彷彿之前的每一天，鳳逍這般溫柔攏著她似的。

她解下身上的小荷包，那是鳳逍之前為逗她開心買的，她鄭重地將那一片片嫩草放了進去。

她不需要為鳳逍立塚，鳳逍未死，無論多少年、無論多少世，她都會找到他。

沒有了妖丹，她又要重新修煉，但是她不後悔。現在她的目標，只有一個地方——封城。

她記得，當年在山洞中，她找到秋珞伽的妖丹，還有那件妖霞衣。

穿上那件衣服，三界六道任她行。

她必須回去，為了自己、為了鳳逍，更為了……報仇！

第三十六章

回封城

嵐顏一步步地走著，眼前的夕陽在她看來如血一般豔烈。這裡，離封城還有十里。

她要回到封城，一定要回去，這是她活著的目的。

此刻的嵐顏開始想著一件事，一件讓她必須考慮，也不得不考慮的事——如何進入封城？

當年的她，是以封家旁系分支孩子的身分離開的，也是要以比鬥的身分回來才能進入封城，可嵐顏這個名字，已經隨著她那一支旁系的滅門而消亡了，她無法參加各旁系分家的比試，就無法有資格進入封城。

現在的她，更不能正大光明地進入封城，她是見不得光的人。

換回了乞丐的衣衫，沒有人注意她小小的身體蜷縮在牆根下，也不會有人注意一個小乞丐。

這裡是距離封城最近的城鎮，無數劍客武士在這裡進進出出，每一個人的勁裝之下都能看出內斂的武功，可見都是封家各旁系分支紛紛趕來的高手。

而嵐顏盯上的，就是他們身上的入城令。

這些權杖，證明了他們是各旁系分支挑選出來的精英，擁有著入城資格的人，嵐顏只要從其中某個人的身上拿到他的入城令，就可以輕易頂替這人的身分進入城中。

這裡是客棧，住在這裡的大多是即將入城的人，嵐顏在挑選著她下手的對象。

她探出頭，看著裡面來來往往的人，此刻正值用餐的時間，幾乎每張桌子都坐滿了，形形色色的客人在她眼中不斷閃過，她的目光從一張桌子遊移到另外一張桌子，仔細估量著。

她不允許自己再犯任何一點錯誤，所以她選擇的人，必須不能留下任何麻煩。

正當她仔細觀察每一個人的時候，耳邊忽然聽到了吱吱呀呀的聲音，像是一把小木頭推車在她身邊停了下來。

嵐顏沒有回頭，街頭每天都有很多這樣的車，她懶得分神回頭，她只顧著選擇客棧裡適合下手的對象。

「你是不是餓了？」輕柔的聲音，帶著氣虛的溫雅，在她耳邊飄過。

香氣飄過鼻端，嵐顏愕然回頭。

一個荷葉的紙包遞到她的面前，碧綠的荷葉上是一隻燒雞，伴隨著兩個大白饅頭。

嵐顏坐在地上，以她的角度看過去，最先看到的是托著那荷葉的手。

修長卻瘦弱的手，手指很白，具體的說是蒼白。手指很瘦，瘦得能看到皮膚下的青筋。

她的目光慢慢抬起，看到與那手指一樣蒼白的臉，一張蒼白病弱的臉，看不到血色。

眼前的男人坐在輪椅上，微笑看著她。他的眼睛很柔和，讓嵐顏瞬間想到了雲，天邊的白雲，時刻會被吹走的白雲。

他的微笑，帶著奇怪的力量，那是一種溫文爾雅、讓人舒服的力量，完全不帶侵略性的微笑。就如同他這個人一樣，乍眼看上去不奪目、不具侵略性，卻在這微微一笑間，讓人不禁將他牢記了。

杏色的衣衫，平和的表情，都在告訴他人，他不是個喜歡與人相爭的人，可他的微笑卻彷彿帶著奇特的感覺，讓人順從他的話。

這是嵐顏看到他後的第一反應。

第二反應就是：他身體不好，很不好。

他的病弱，讓她恍惚想起了昔年的鳳逍，那個因為靈氣被火碎珠禁錮而常常蒼白著面容臥床的男人。

她最愛的男人。

那個名字一閃過、那個面容一浮現，嵐顏幾乎瞬間無法呼吸。

幾個月過去了，她還是不敢想起那一幕，更捨不得忘記，就在日日夜夜的煎熬中，被失去鳳逍的痛侵蝕著。

她望著眼前的男人，呆呆地出神。

他托著那個荷葉包，又往前遞了遞，「吃吧，沒關係的。」

那聲音，春風和煦，只是氣太弱。

他只怕病得不輕吧？嵐顏的目光從他身上滑下，落在他身下的輪椅上，原來剛才那吱吱呀呀的聲音是從這裡傳來的。

已到了要坐輪椅的地步嗎？那只怕他活不過兩年了。

嵐顏心頭暗自閃過這句話，視線卻很快，沒有讓對方察覺她的心思，手伸了出去，如一個尋常小乞丐般鄭重捧上荷葉包，點著頭，口中連忙說著：「謝謝大爺，謝謝大爺賞。」

「不必謝，趁熱快吃吧。」他的聲音非常自然，自然得就像是與老朋友聊天一般，根本不像尋常賞飯吃的富貴人家。

她知道，他出身一定不同尋常，憑那衣衫的質地她就知道，這種出身的人卻毫無半點歧視之心，如此自然地給她食物，他一定是個天生就有著溫和與憐憫心的人。

他的手指推上輪椅，想要離去。

就在輪椅剛剛起步的一瞬間，客棧中走出一名武者，而輪椅大幅度的轉身，與他撞在了一起。說是撞，倒也算不上，因為那男人的反應很快，錯步閃開了，不過嵐顏看得清清楚楚，即便他閃身讓開，手中卻還是粗魯地推了下，將那輪椅用力推開，「好狗不擋道，滾遠點。」

這力量很大，大到輪椅偏離了方向，撞向一旁。

嵐顏快速伸手在輪椅上擋了一下，又悄然縮回，所有的動作快得沒有人發現，只看到輪椅吱呀呀衝出去，搖搖晃晃停住。

那男人甚至腳步都沒停下，看也不看他們，徑直邁步走著。

就這武功和打扮，他必然是來參加封城比武的人，而他只有一個人，不必擔心會被親宗認出她冒名頂替的身分。

就他了！

嵐顏選定了對象，身體慢慢站了起來，手指扶上那輪椅，輕聲道：「大爺，您住哪裡？我送您回去吧！」

這個男人，讓她想起了鳳逍，這段時間以來懶得關心周身任何人與事的嵐顏，難得地伸出了她的手。

「不用了。」他笑得溫雅，「我自己可以回去的。」

「我吃了您的飯，幫您是應該的。」嵐顏隨口說著。

「那就到前面的集市吧，我想買些東西。」他說話輕輕的、慢慢的，聽在耳內格外舒坦，就是這柔柔的節奏，讓他的人更加溫柔了起來。

嵐顏推著他的輪椅，將他送到集市。

「就送到這裡吧。」他開口。

嵐顏停下，看著熙熙攘攘的人群，皺起了眉頭，她可不認為這種地方適合一個病弱的人坐著輪椅遊玩。

「您別進去了吧。」看著細細長長的街巷，她由衷地建議。

他點點頭，和煦輕柔回答，「好。」

人家都這樣了，連她一個小乞丐的話都能這麼認真地回應，她還能說什麼？真是個好脾氣的人，也是個好欺負的人。

嵐顏不再多話，也不再多事，她放開了推著他輪椅的手，「大爺你慢慢玩，小的走了。」她，要去找那名武者。

放開輪椅，她毫不遲疑地鑽入人群中，小小的身體很快地淹沒在人群中，她沒有去看那名少年，畢竟一場偶遇，沒有人能讓她想多看一眼。

她的目光一直盯著那名武者，眼見著男人走到巷尾，這對嵐顏來說簡直是再好不過。

她幾步跟了上去，狠狠地撞了下那名男子。

「媽的，走路長不長眼睛啊？」那男子一瞥眼，開口便罵，罵完才發現撞他的人是嵐顏，「原來是你這個小子啊。」

嵐顏就像是一個普通報復人的小乞丐，衝著他遠遠齜牙咧嘴，手中的石頭恨恨地丟了出去。

那男人身體晃了下，原本可以躲開的身體，居然沒能躲掉這石頭，被重重地砸在了額頭上。

「該死的，沒發現你這個小子居然會武功。」那男人的眼中爆發殺意，手指撫過額頭，抹下一片紅色的血跡。

他想也不想，騰身追向嵐顏，嵐顏腳下快步跑著，朝著城外的小樹林。

轉眼間，兩人已經奔進了樹林，嵐顏停下腳步。

「小子，沒處可跑了吧！」男子猙獰著表情，一掌拍向嵐顏，那手中的力量，分明是要將嵐顏一掌打死，半分餘地也不留，「找死！」

那手還沒來得及抓上嵐顏，就頓在了空中，眼中的凶狠在一點一點地消失，不，具體的說，是眼中的生氣在一點一點地消失。

那身體僵硬著，轟然……倒地。

嵐顏冷冷地看著地上的人，快速從他身上摸出一個小權杖，滿意地露出了笑容，草草將人就地埋了。

她提起腳步，毫不遲疑地離開小鎮，朝著封城的方向而去。

十里地雖然不遠，但是當嵐顏抵達的時候，封城的城門已經關了，嵐顏無奈之下，只能在城門外的小林子裡窩著。

雙手枕在腦後，她叼著草，悠悠然地望著頭頂星光，輕輕地眨著眼睛。

鳳逍，你在哪裡？明明說過能彼此感知的，為什麼她卻一直沒有感覺到鳳逍的魂魄？

但是她相信，鳳逍一定在某個地方等她。

每一夜，她都在這種錐心的思念中度過，然後在念叨著他名字中恍惚睡去。

從來不知道失眠的她這個時候才知道，想要睡覺，原來如此艱難。

醒來，居然是被吱吱呀呀的聲音吵醒。

嵐顏睜開眼睛，發現早已是日頭大亮，城門邊已經堆滿了等待入城的人，看來封城這一次的比武，很值得人期待。

她拿著手中的權杖，戴上早已經準備好的斗笠，默默地站到等待入城的人群中。

她發現這一次封城的安全守衛分外嚴格，不僅要出示權杖，甚至要登記權杖擁有者的身分，幸好……她把對方所有的東西都搜刮來了，不至於露餡。

這個權杖的主人叫封啟，是封家西地蕭縣的人，嵐顏看上他，就是因為他一個人獨行，不用擔心被人揭穿。

前面的一人遞出權杖，只聽到守衛旁登記的人邊寫邊念著：「封家西地蕭縣，封懷。」

嵐顏前方的一人點著頭，接過還來的權杖，自然地問了聲：「不知家兄是否登記入城了？他原本與我約定今日清晨城門前見，我卻未見到他的人。」

「你兄長何人？」

「封啟。」

兩人的對話傳入嵐顏的耳中，嵐顏肚子裡閃過一聲咒罵。

該死的，怎麼這麼巧？

原來那個傢伙有兄弟一同參加比試，她還這麼倒楣的與他兄弟撞到了一起入城，現在只要她遞出權杖，只怕登記官一念，她就會被那個封懷認出自己不是封啟。

嵐顏腳下輕輕退了退，想要離開。

可就在這個時候，封懷已經收好權杖準備入城，而登記官則朝她伸手，「你的權杖。」

給？不給？

當然不能給，可是此刻不給，依照封城的守備，一定會對她嚴查到底，她想要入城，只怕非常非常難了。

「你的權杖。」登記官的聲音大了。

「我……」嵐顏的手上上下下地在身上摸索著，假裝自己找不到權杖，口中期期艾艾的，「我找……找……」

就是這短短的一瞬間，城門守備手中的武器已經舉了起來，而登記官的聲音更加嚴厲了，「你的權杖！」

「他是我家的隨從，權杖在我這裡。」一道聲音，在嵐顏身後響起。

「她是我的床伺，你們封城也要盤查嗎？」另一個低啞性感的聲音同時從嵐顏身邊的車上悠悠傳來。

嵐顏心中，驚愣。

第三十七章 蘇九？段非煙？

嵐顏平靜地回頭，身後杏色的衣衫飄飄，輪椅上的人溫雅清弱，帶著微笑看著她，那點點暖意，即便隔著距離，嵐顏依然可以清晰感受到。

另外一邊，身旁紫金色的車簾被挑起一個角，露出一張俊美到妖異的面容，噙著笑望著她，那手指停留在半空中，朝著她伸出，薄唇勾著邪氣，卻又是完全篤定。

兩個人，都在等她的選擇、等她的答案。

城門前的守衛，傻兮兮地在兩個人面前來回轉著目光，最後定格在嵐顏的臉上，人，他們是不敢再攔了，不管是蘇家的隨從還是鬼城城主的床伺，都不是他們這種小嘍囉能惹得起的。

嵐顏的目光在兩人身上劃過，短暫的靜止後，她忽然聽到了段非煙的聲音。

「傳聞在四城自由行走、來去隨意的蘇家，連四城城主都少放在眼中，更遑論絕世英才蘇九公子。」段非煙那獨有的性感嗓音飄送著話語，卻是衝著輪椅上的少年公子，「沒想到封城比武，連你都出現了。」

原來是他……

嵐顏就是再傻，好歹也在封城待過，蘇家的名字怎麼可能沒聽過，蘇九的名字又怎麼可能不知道？

蘇家，是唯一一個不需要一座城就能和四大主城抗衡的家族，他們看上去沒有野心，完全超然的存在，但是蘇家擁有著連四大主城都忌憚的能力。

除了擁有著天底下最齊全的武學，更有著天下間最齊全的妖丹煉化之法，蘇家人彷彿天生就擁有這種能力，無論什麼妖丹只要到了他們手中，就知道是多少年的妖丹，如何才能將妖丹中的精氣最大的保留下來，更知道怎麼樣才能化為己用。

這種能力，自然會引得無數人覬覦，可是這麼多年來，不但沒有人敢動蘇家，反而四大主城都在盡心竭力地保護蘇家，甚至可以說在供奉著蘇家，導致蘇家的地位猶比四大主城城主更高。

原因非常簡單，因為蘇家所擁有的祕笈寶典都在他們的心中，口口相傳。那些識別妖丹的能力和煉化之法，也都是藏在心裡的。而蘇家每一任都會出現一位絕世天才，過目不忘擁有著七竅玲瓏般的心，那些典籍就這樣被藏在這名天才的心中，可惜的是，天意註定不能讓這樣的人久活於世，往往都是英年早逝。

所以四大主城的人，往往有什麼靈丹妙藥都往蘇家送，只怕某一天，蘇家的武功和妖丹煉化方法因為天才的逝去而全部消失。

蘇九，全名蘇逸，這一任蘇家最天才的人物，也是所有武功典籍和煉化妖丹方法的擁有者。

看著他身下的輪椅還有那蒼白的面容，嵐顏終於相信了傳言，蘇家這種天縱英才，是不長命的。這般溫暖的人，不該短命的。

他，讓她想起了鳳逍，同樣的剔透、同樣的溫柔，僅僅一面之緣，他就出口救她。

大概，是因為他的勢力，足以保護她吧。

與段非煙比起來，蘇逸自然是最好的選擇，嵐顏的腳步動了動，朝他的方向移了下。

「我與千寒少城主有約，所以來封城，恰巧趕上比武而已。」蘇逸微笑，「最讓人沒想到的，只怕是鬼城之主親臨。常言鬼城不與人界交往，雖然是玩笑，卻足以代表段宮主對四城的不屑，能見到段宮主親臨，才是最驚奇的事。」蘇九的目光從段非煙的臉上一掃而過，「段宮主的寒玉功已到十層了吧。」

明明只是最普通的話，甚至字句裡還是恭維的意思，嵐顏卻看到了段非煙眼中的陰沉。

果然，對著這種陰寒又邪氣的男人，還是蘇逸的溫暖更適合自己。

她的腳步提了起來，篤定地朝著蘇逸的方向走去。而就在腳步還未落下的時候，耳邊忽然傳來一陣馬蹄聲，城門守衛的聲音高喊著，「千寒少城主恭迎貴客……」

該死，封千寒來了！

嵐顏的目光一轉，看到了那精緻華貴的馬車，再看蘇逸那孤零零的輪椅，她給了蘇逸一個抱歉的眼神，快步走向了段非煙的馬車前，手掌一送，放進了段非煙等待許久的掌心中。

段非煙的手很涼，一如她對這個人的感覺，無情冷血。

他的手中傳來力量，瞬間將嵐顏拉上了車，馬車的車簾落下，遮擋了兩人的身形，幾乎是在同時，馬蹄聲到了門口。讓嵐顏熟悉的聲音也迴蕩在耳邊，「蘇九公子、段宮主，久違了。」

是他，那個永遠清寒的語調，疏離中的客套，是他一貫的說話方式，唯有……唯有在面對她的時候，才有他的溫暖。

可那一切，都是假的。

嵐顏心頭一抽，即便沒有面對，她還是無法釋懷，也無法忘懷，她甚至能從那一步步的腳步聲中，判斷著封千寒的身形姿態，在腦海中幻化著他的身影。

不行！

她猛然地反應過來，她與封千寒太熟悉，熟悉到對彼此的氣息都有著詭異的感知力，即便她逃上了車，即便他們三年未見，即便她如今已經脫胎換骨，但是氣息太容易出賣她，她需要一個遮掩，一個能隔絕她的氣息，比她更強大的氣息遮掩。

她想也不想，直接看向段非煙。

他還是那種浪蕩的姿態，衣服隨意地攏在身前，只在腰間繫了一條絲絛，半抹胸膛露在外面，白皙中瑩光隱隱，的確如玉般。

手隨意地扯開他的衣衫，完美而俊健的身軀袒露在她的眼中，不過嵐顏可沒時間去欣賞，她直接投入他的懷抱中，讓那衣衫將自己包裹，埋縮在他的懷中。

這個動作對於任何一個男子來說，都是絕對的冒犯，任何一個正人君子也不會由她這麼做，但是……段非煙可不是正人君子。

這個動作之下，他居然直接雙手環抱，將她擁緊，身體微傾，將她壓倒。

身下，是軟軟的羊毛毯，細潤潔白的羊毛散發著溫暖的溫度，香爐裡散發著裊裊的熏香。

真是個邪性的人，連熏香也用得如此濃烈又誘惑，勾引著人的呼吸。再加上他眉眼之間的挑逗意味，難怪有那麼多女人不顧一切地為他投懷送抱，這個男人，就是天底下最烈性的春藥。

他的臉俯下，呼吸掃過她的唇，就像是一種無形的親吻，更像是一種誘惑，單手繞著她的腰身，讓兩人的身軀緊緊相貼，另外一隻手撐在臉側，指間髮絲如瀑，窗外微光透過，完美的側面讓人情不自禁地心動。

但是這個姿勢，讓嵐顏很不舒服，尤其是小腹之下與他緊緊貼合著，這樣的姿勢太曖昧了，還有他放在自己腰間的手，幾乎在宣告自己是他的掌中物似的。

「少城主客氣了，段某怎敢勞少城主親迎。」段非煙的聲音一如既往地沙啞，如果不是那目光直勾勾地盯著嵐顏，嵐顏幾乎以為他是在勾引封千寒了。

他雖然不是在勾引封千寒，但是他的的確確是在勾引自己，她幾乎能從他的眼眸中，讀到……慾望。

這個靠下半身思考的男人！

嵐顏的手下意識地推上他的肩頭，想要把他從太過親密的距離推開，但是當手貼上他的肩頭時，嵐顏又忍住了。

她要進入封城，她不能讓封千寒發現自己的存在，她不能洩露一點氣息，她只能……忍。

而段非煙顯然發現了這一點，那手在她腰身間來回摩挲著，嵐顏只能拿一雙眼睛瞪他，還要防止自己因為動怒而將氣息外洩。

而這個時候，蘇逸溫雅的聲音也緩緩傳入耳內，「少城主親迎，蘇逸不敢當。」

「二位都是封城貴客，應該的。」封千寒的腳步逐漸走向段非煙的馬車，嵐顏輕輕閉上眼睛，努力控制著自己的心跳。

那腳步停在車外，「二位現在就隨千寒入城如何？」

她與封千寒，只隔著一道車簾，三年來最近的距離。

忽然間，段非煙的手從她的腰間撤離，撩開了車簾。

該死的！嵐顏一急，索性鑽入了他的懷抱中，車外的人，只能看到段非煙褪到腰間的外衫和赤裸的上身。

剛剛才上車的人，和這麼快就半裸的男人，任誰都能明白其中的意思。

嵐顏嘆息著，他段非煙色名在外，更是淫蕩無恥的代名詞，她嵐顏的名聲啊就這麼毀在他的手上，此刻的她千萬不能被人發現，不然她就是用盡天下水也洗不清了。

「少城主親迎，非煙本該下車把臂同行，奈何……」段非煙悶聲笑著，回首低下頭，親上嵐顏的唇瓣。

媽的，他居然當著封千寒的面吻她，雖然有他身體做遮擋，但依然是眾目睽睽之下啊，她不能反抗，只能被他親。

那靈巧的舌，鑽入她的唇瓣內，挑勾著齒間還來不及閉合的縫隙，勾上她的舌尖，在軟嫩中肆意地遊走。

嘖嘖的吮吸聲，充斥她的耳朵。

這個該死的男人，連吻都能吻得這麼淫蕩。

車外的封千寒發出一聲輕笑，「千寒明白，那就請宮主的馬車隨千寒入城。」

馬蹄聲中，她能感覺到封千寒就在前方不遠處，馬車跟在封千寒的身後，晃晃悠悠地入城。

而她，就在馬車的晃晃悠悠中，與他的身體摩擦著，被他肆意地親吻著，還有那隻手，指尖在她的腰側不斷撩撥，挑逗著她。

一段路不長，但是足以讓她被占盡便宜，如果時間再長些，她肯定這浪蕩貨一定會把自己吃乾抹淨！

第三十八章

暗戰漸起

車入驛館，封千寒的聲音穩穩傳入車內，「千寒先行告辭，不叨擾宮主休息了。」

「非煙不送，過兩日再來請罪。」段非煙的手指摩挲著嵐顏微腫的唇瓣，隨意地開口。

封千寒的馬蹄聲剛響，段非煙忽然低下頭，狠狠地在嵐顏的唇瓣上咬了口。

「唔……」嵐顏吃痛，忍不住地哼了聲。

她完全沒想到，段非煙會在這個時候忽然咬她，原本因為封千寒離去而放下的心，沒能防備住這一次的偷襲。

馬蹄聲，忽停。

嵐顏的心又提了起來，而段非煙徹底侵入她的口中，親吻極盡勾引，逼迫著她回應。

馬蹄聲，又起。

卻離他們越來越近，嵐顏幾乎恨死了段非煙。

她好不容易進入了封城沒有惹起他人的注意，卻因為他的故意搗亂，又把封千寒引回來，如果她要失敗了，她就殺了眼前這個傢伙。

膝蓋一抬，狠狠地撞向他壓制著自己的雙腿中間部位，段非煙單手一擋，嵐顏下一個動作，卻是膝蓋撞上他的胸口，將他從自己身上踢開，段非煙發出一聲悶哼，仰面躺倒在地上。

段非煙雖然吃了悶虧，笑容卻是不減，他看著嵐顏，舌尖緩緩劃過自己的唇瓣，這動作讓嵐顏更加憤恨。

段非煙的手，指指外面，又衝她勾勾手。

沒有了他那邪性的氣息，封千寒就在外面……

嵐顏咬著牙，瞪他一眼，猙獰地撲入段非煙的懷中，段非煙發出一聲性感的笑聲，雙手環抱上她的身體。

封千寒調侃的聲音傳來，「段宮主，溫柔些。」

馬蹄再起，很快地消失在耳畔，嵐顏確認封千寒走遠，一腳踹開身上的段非煙，坐了起來。手背狠狠地擦過唇角，嵐顏衝他哼了聲，手指掀開簾子準備跳下車。

「就這麼走嗎？雖然封城妳比我熟，但是在比武期間找一個藏身之所不容易，如果提前被發現，豈不是沒得玩了。」段非煙的聲音讓嵐顏的手一頓，「妳若這樣功虧一簣，太虧。」

嵐顏的手落下，猛然回頭，「你知道多少？」

以他這樣的口吻，她相信段非煙不是詐自己，縱然她隱藏再多，也瞞不住像段非煙這樣的有心人，現在她要知道的，是段非煙究竟查出了多少與自己有關的消息？

段非煙衝她勾勾手指，嵐顏的目光落在他赤裸的胸膛上，他浪蕩的姿勢讓她真想一腳踹上他的臉。但是強忍之下，嵐顏趴進了他的懷裡。

兩個人親密相擁，看上去最是曖昧的姿勢下，卻是不帶半點感情的交談。

「封嵐顏，封城的九宮主。」段非煙的唇貼上她的耳邊，「雖然傳言中封城的九宮主是男的，但我篤定，就是妳。」

「憑什麼？」嵐顏冷眼看他。

「就憑……」段非煙的手點上她的唇瓣，被她拍開，「就憑剛才封千寒的反應，就憑妳對他的躲閃。」

剛才她無意的那一聲哼，封千寒就回來了，對她來說是緊張，又何嘗不是在提醒段非煙自己對封千寒的在意。所以剛才他咬她，根本就是故意的，他要的是看封千寒的反應。

「八脈絕陰的妖族人，在人界這麼多年，不可能沒人發現。直到我那日看到九尾狐的出現。」段非煙薄唇輕揚，「九尾本就少，更何況還斷了靈根的九尾。鳳逍的身分在封城是祕密，我要查到卻還不難。」

他說得沒錯，以他的精明，只要有一點蛛絲馬跡，就能找出無數線索。更何況段非煙就如同一條蛇，被他纏上了，又豈能輕易甩掉？

「如果不是鳳逍篤定存在的人，又怎麼會用靈氣掙脫封城的桎梏，而他在封城中形同軟禁，能接觸的人太少了，所有他能接觸的人中，又已離開了封城的……」他衝著嵐顏的耳孔呵著氣，「只有九宮主嵐顏。」

「還有嗎？」嵐顏不得不佩服他的敏銳，一句句全中，讓她連反駁的話都說不出來。

「我不知道封千寒是如何把妳的存在隱瞞了十幾年，但是我知道，像封千寒這種人絕不會做沒有用處的事。封千寒溺寵封嵐顏十年人盡皆知，他這種冷血的人，絕對不可能，那就只能說這封嵐顏對他有著巨大的作用。」

下面的話段非煙沒有繼續說，只用一雙眼睛挑看著她。

沒錯，從本質上說，他和封千寒都是冷情的人，猜心思一點都不難。他段非煙認出了她的八脈絕陰，就不可能猜不到封千寒的目的，她的身分也就坐得實實在在的。

她皮笑肉不笑地扯了下嘴角，「不愧是鬼城城主，很聰明。」

「這就聰明了嗎？」段非煙的手撫上她的臉頰，手指捏上她小小的下巴，將她的臉輕輕抬了起來，「如果我猜到妳來的目的，妳會不會給點獎勵？」

嵐顏心頭一驚，臉沉了。

秋珞伽留下妖丹的事他也可能知道嗎？甚至她要為鳳逍報仇的心，段非煙也能猜到？

不可能的，絕不可能！

「妳會躲封千寒，證明妳已經知道了他隱藏的祕密，於情於理妳都不可能再回來，再加上……」他的舌尖忽然舔了下她的耳朵，那挑逗的意味十足，嵐顏身體緊繃地躲閃開。

段非煙的笑容落在嵐顏眼中，只覺得無恥。

「妳把身子給了鳳逍，又怎麼能坐視他死？而他為了找妳，以靈力掙脫火碎珠，註定命不長，以妳的妖力，根本沒有能力打開妖界之門，那妳能倚仗的只有傳說中秋珞伽的妖丹和妖霞衣。」段非煙笑道。

這個男人的聰明遠遠超出了她的想像，甚至連她與鳳逍之間的事都能猜出來，真是沒有任何隱瞞的可能。

「不是猜的。」他的手又有意無意地劃過她的腰側，嵐顏一個哆嗦。

「你的手能老實點嗎？」她終於忍不住地開口。

「我身邊女人這麼多，是否處子我一眼就能看出，當初與妳相識的時候，妳還什麼都不懂，如今卻已經知曉人事，不是鳳逍又是誰？」段非煙一笑，「不過，我就喜歡妳這樣的，太笨拙的懶得調教，初嘗滋味的才最有風情。」

「滾！」嵐顏終於忍不住了，又是一腳踹了出去。

這一次段非煙反應很快，雙腿將她的腿夾住，「現在談談合作如何？」

「談你個鬼。」嵐顏憤憤地喘息著，憋出一句話，「你不就是要和我上床嗎？」

「原來妳知道啊。」段非煙嘖嘖出聲：「雙修。」

嵐顏連連冷笑，「真的是雙修嗎，還是要我保你的命？」

段非煙眉頭一跳，原本逗弄的眼神凝窒了下，這一個小小的變化，又如何逃得過近距離之下的嵐顏。

「寒玉功本屬於女子練的功，越練體內的寒氣越重，你以男子之身強行練功，若不是強行吸取女子陰氣，你根本練不到十層，再往下練，你的筋脈就會被陰氣所封，你要我……」嵐顏哼了聲，「難道不是看上了我八脈絕陰可以吸收你體內的陰氣，讓你繼續練下去嗎？」

她越說，段非煙的臉越陰沉，嵐顏怪笑了下，「所以，現在是你求我與你合作，不是我求你收容我，你不能讓我死，無論什麼情況之下，你都必須保護我，因為這個世間你尋不到第二個八脈絕陰的人。」

她的手，推開段非煙，輕巧地跳下車，轉身消失。

車上，段非煙的手撩過長髮，撐在自己臉側，露出玩味的微笑，「這麼急嗎？我的第三個猜測，妳不聽會後悔的。」

可惜這個時候，嵐顏已經聽不到他說了什麼，現在的她只想著如何回到當日那個山崖。

三年前只走過一次的路，她能否再回到那個地方？

她一個人在街頭走著，戴著斗笠，面紗垂落在眼前飄動。沒有人注意到她。

現在的她，不是那個嵐顏宮的少宮主了，不是那個走在街頭會引無數人注意的紈絝少年了，熟悉的街道、熟悉的熱鬧，卻恍如隔世。

其實，就算不戴著面紗，只怕也沒人能認出她了。

「快看，是依城的車隊。」人群中不知道誰喊了一聲，嵐顏隨著人群，回頭。

華麗的車隊由遠而近，車簾上的風鈴搖曳著清脆的聲音，遠遠地飄來，翠綠的色澤中嵐顏瞬間判斷出，那是一整塊翠玉雕琢而成的風鈴。

整齊的馬隊，護送著中間華麗的馬車，路過嵐顏眼前時只覺得一陣閃耀，戳瞎了嵐顏的狗眼。這依泠月還真是習慣不改，馬隊上的馬鐙都是純金打造的，有錢人就是有錢人。

青蔥的玉指撩起一角車簾，露出半張嬌美的容顏，人群再度爆發出驚歎之聲，眾人的議論，聲聲入耳。

「依泠月姑娘還是那麼美，三年不見，更加高貴了。」

「是啊，除了依泠月姑娘，誰還配得上我們少城主？」

「嘿嘿，忘記了咱們的九宮主嗎？」這聲音裡，充滿了嘲諷，聲音大得讓人想忽略都難。

哄笑聲頓起，各種聲音不斷傳來。

「九宮主？不是聽說他們那支被滅門了嗎，九宮主只怕死了吧？」

「不死又怎麼樣，難道還敢回來爭嗎？」

哄笑中，有人甚至在路邊開起了攤子，「來來來，我坐莊，有沒人來下注，這一次為少城主定下的賭約，九宮主贏還是依泠月姑娘贏？依泠月姑娘一賠一，九宮主一賠五十！」

「當然是依泠月姑娘啊，誰敢賭九宮主？人都不知道死活呢。」

嵐顏的手忍不住撫上臉頰，無奈地想著，她有那麼差嗎？一賠五十都沒人給面子。

伸手在懷裡摸了摸，她怎麼著也要給自己一點面子不是？要不要考慮開個張？

「我下一百兩。」一道春風和煦的聲音從人群後響起，伴隨著吱吱呀呀的輪椅聲，「賭你們九宮主贏。」

人紛紛回頭，人群之後，杏色的衣衫飄搖，在人群中卓爾不凡。

「一、一百兩？」那莊家有點結巴。

「是啊。」杏色少年含笑，目光卻從嵐顏身上一晃而過，「一百兩，賭九宮主贏。」

又一個腦子有坑的人，嵐顏無聲地翻著白眼。

不過她似乎罵早了，因為……

「我家少主聽聞下注，讓我來湊個熱鬧，我家少主下注……」忽然出現的老者站在莊家面前，掏出一疊銀票，「一萬兩，押九宮主贏。」

好吧，嵐顏收回前面的話，和一百兩比起來，這個一萬兩才是真正腦子被驢踢過的。

那老者放下銀票，朝著蘇逸恭敬行禮。

蘇逸含笑頷首，「沒想到原家少城主也來了，蘇逸久仰其名，始終無緣得見。」

那老者越發恭敬起來，「蘇九少爺與我家公子眼光一樣，也算是惺惺相惜了，見與不見又有什麼關係。」

蘇逸的笑容更大，手指從懷中掏出一張銀票，看著遠方一輛普通的車，「為這一句惺惺相惜，蘇某做陪，一萬兩，賭九宮主贏。」

原家？

嵐顏的眉頭皺了起來，她知道原家是四大主城之一的原城城主，可是……她完全跟原家沒有任何交集啊？賭一萬兩她贏，這原家少城主不是被驢踢了腦子，是被一萬頭驢踢過腦子。

再看蘇逸，她直接翻了個白眼，這個人大概也病得不輕了，有錢人的世界，不是她能懂的。

不管他們下多少錢的注，至少嵐顏沒有打算再登上擂臺，她是來拿妖霞衣和妖丹的，不是來和依泠月爭封千寒的。

嵐顏轉身，舉步離開，才剛剛行出數步，忽然間耳邊傳來不甚清晰的兩個字，「多謝。」

嵐顏的腳步頓時定住，整個身體僵硬，她快速地回頭，想要尋找那聲音的出處，可是人群擁擠，人頭攢動，剛才那兩個字，彷彿只是她的錯覺。

是他嗎？還是她的……錯覺？

第三十九章

秋珞伽還是嵐顏？

嵐顏的目光四下搜尋，甚至不顧一切地展開氣息搜尋。

可惜……無果。

果然是自己的錯覺呢。

嵐顏失望地再度轉身，才走了兩步，耳邊忽然聽到了吱吱呀呀的聲音，側目看去，一角杏色飄蕩。

說來倒是巧，她一直遇到他呢，不過嵐顏記得此刻自己已經改變了裝扮，如今是女子之身的穿著，不再是那小鎮上的乞丐，也不再是城門前的武士，明知是他，也不能上前打招呼。

她就這麼漫不經心地走著，可那輪椅似乎合上了她的速度，始終是並肩而行的姿態，讓她在走出百步之後，不得不停下。

她停，他也停。

果然，他的目的是她。

「公子有何事？」她不得不假裝著彼此毫不相識，矜持地衝他開口。

他優雅地揚起一抹笑容，無害而乾淨的笑容，「已相見三度，何必談陌生？」

嵐顏心中咯噔一下，她是和他見過三次，但是每一次都是不同的面貌出現，他居然每次都能認出自己？

不可能，她對自己的易容術還是有自信的，扮什麼像什麼，別說乞丐和武士的差別，現在的自己可是連臉都沒露，說他能靠體型認人那簡直就太搞笑了。

明明是和煦溫柔的語調，卻如此篤定，篤定得讓她想再度否認的勇氣都沒有。

有些事情如果被人看穿，硬撐就太失風度了。

可她不明白，他是如何看穿自己的？

他的手朝她伸了過來，手指間拈著一串藍色的珠串，剔透似水晶，可又帶著珍珠般七彩流霞似的光芒，溫潤緩緩，就像他的人一般，淺淺的藍色讓人看上去就心情舒適。

「拿著。」他的笑容，讓人難以拒絕。更讓她難以拒絕的卻是他下面的話：「它可以遮擋妳所有的妖氣。」

妖氣……嵐顏苦笑，原來是這個出賣了自己。

他是蘇家的九公子，是胸中藏著無數煉化妖丹方法的人，他這一生打過交道的妖丹，足以讓他可以瞬間辨別出人和妖了，難怪無論她如何裝扮都逃不過他的眼睛。

見她不伸手，他的手也沒抽回，而是停在空中，「這不是火碎珠，火碎珠太過霸道，強勢地壓制妖氣，幾乎是以互相傷害的方式硬拚，而這海光石則是幫妳遮掩妖氣，取海底精魄煉化，天底下只此一串，沒有人知道它的功效，妳儘管戴著。而且，它不會克制妳任何氣息，哪怕妳此刻面對的人是封千寒，他也不會察覺到。」

好一個聰明人，連她上次是為了躲封千寒都知道，只怕……

嵐顏低下頭，覺得自己的身分就像是乞丐的衣服，破破爛爛難以掩蓋。這看似優雅的九公子，只怕也已將她的身分看了個通透吧？

果然，他的下一句話，就印證了她的猜測，「妳我都行九，也算是一種緣分吧。」

「不算，九宮主早就被趕出封城，和我一點關係都沒有。」嵐顏輕輕地開口：「早在那鎮中，你給我送食物，就是察覺到了我的身分？」

他搖搖頭，「沒有，我只是感覺到妳的妖氣，知道妳是妖族中人，所以才將食物給妳。猜到妳身分，卻是因為妳後來襄助之舉。」

果然那日仗義伸手，還是被他發現了。

「想不到對妖族來說最讓人討厭的蘇家，卻是會對妖族給予施捨的人，我倒是看錯了。」她輕哼了下。

對於妖族來說，妖丹被煉化之痛，不是被奪取妖丹或者被殺的痛苦所能相比，因為只要妖魂在，就能再重修，即便妖丹失去，對於不懂得煉化的人，就永遠無法奪取其中的精魂，可妖丹一旦被煉化，就是永無再生之機了。

對於蘇家之恨，更在那些人之上。

「妳不知道的事還很多。」他微笑著，完全不因她的嫌棄而惱怒。

嵐顏垂下目光，看著他手中那串手串，想了想接了過來，「謝謝。」

「這麼容易就感謝我，那下面的事，妳又該如何謝我？」他忽然的話讓嵐顏一愣。

「什麼事？」

他卻不回答嵐顏的問題，而是將目光投射向市場中，「我第一次來封城，不知道有什麼小吃好吃？」

嵐顏無語，走向一旁的小攤子，不多時手中多了一個小紙包，放進他的手中，「這是封城有名的裹山赤，這麼多年也就這家最出名，你嘗嘗。」

蘇逸打開紙包，一顆顆小果子沾染著糖粉，裡面隱約是山果的紅色，紅白相間很是可愛，他拈起一顆放進嘴巴裡，抿唇品嘗著，不住點著頭。

看他吃得開心，嵐顏也忍不住拿了一顆放進口中。闊別許久的味道在口中蔓延開，酸中帶著甜，她含著讓那酸味蔓延。

記得，鳳逍最愛這種酸酸甜甜的果子，每次吃的時候，那眉眼一瞇，忒是動人。

這酸味，沁染進心頭。

「還有嗎？」蘇逸有些不滿足，目光四下望著，眼中的渴望是瞞不了人的。

這傢伙，竟是個吃貨。

嵐顏走過一家小店，轉身進去，再出來時手中多了兩個綠色軟糯的青團，熱呼呼地放到他的面前。

他拈起一個，放進口中咬著，臉上頓時浮現了饜足的表情，稱讚道：「中間的豆沙又甜又細，好吃。」

看不出來，還是個好甜的主。

一路走，一路吃，越往前嵐顏的心越沉，因為眼見著前方的宮殿越來越清晰，恢弘的氣勢中，帶著高絕冷傲之風，曾經她最為熟悉也最喜歡待的地方——千寒宮。

封千寒住的地方，以往沒事就往這裡跑，現在卻望而卻步了。

「我們回轉吧，這裡沒有吃的了，要吃的話去另外一條街。」嵐顏嘆氣，開口。

蘇逸把最後一口點心塞進嘴巴裡，拍了拍巴掌，「吃飽了，繼續往前吧。」

「你要去千寒宮？」嵐顏終於明白了他的目的，但是對於她來說，此刻是絕對不想見到那個人的。

「當然。」蘇逸倒是一口承認，「否則如何說得上幫妳忙？」

「我似乎並不需要。」嵐顏很快地拒絕他的好意。

「妳不需要找那識途老馬嗎？」蘇逸輕聲笑了，那眼神彷彿看穿了嵐顏的心思。

嵐顏頓時不知如何回答，當初她想給城主做壽，抓了一匹火浪馬，也正是那匹火浪馬將她帶去了藏著秋珞伽妖丹的地方，現在她要找回妖丹，必須要找到那匹火浪馬，也不知道是她的幸或者不幸，那匹馬如今是封千寒的坐騎，嵐顏思來想去幾次，都不知道如何進入千寒宮中把馬引出來，誰知這蘇逸卻發現了她的心思。

她發現，這世間心思精靈的男人，一時間全都在這封城出現了，任她覺得自己如何掩藏行跡，卻太容易為人發現。

「就在這裡等吧。」蘇逸指著一旁遠遠的角落，「等一會兒就看妳的本事了。」

嵐顏只是看著他，「為什麼幫我？」

蘇逸微笑著，「將來，妳自是會明白，總之我沒有害妳之心。」

嵐顏的眼睛盯著他的眼，看了很久很久。他迎視著嵐顏，但笑不語。

良久之後嵐顏抽回目光，蘇逸還是那雲淡風輕的樣子，「我真的希望妳能出現在擂臺上，不知道封千寒那時候的表情會怎麼樣呢？」

嵐顏翻了個白眼不回應，默默地走向那個小小的角落，在攤子上要了一碗豆腐腦，慢條斯理吃了起來。

不多時，馬蹄踩踏聲遠遠傳來，嵐顏知道這是封千寒巡城的時間，果然當馬蹄聲漸近，那蹄聲忽然慢了下來，蘇逸的聲音也響了起來：「少城主。」

衣袂聲中，封千寒跳下馬背，「蘇公子不在驛站休息一會兒嗎？」

清清冽冽的嗓音，透著性子裡的寒，嵐顏不禁想著，當年她是如何覺得他寵愛自己的？

她想看看他，可她不能。因為任何一道目光的投射，都太容易引起封千寒的感知。

蘇逸笑聲起，「蘇九貪食，走到哪都想一嘗小吃，聽聞封城小吃多，就興起四處看看，一時眼花竟不知從何選起。」

「千寒作陪，帶你去尋幾處如何？」

「那蘇九叨擾了。」

封千寒放下馬轡，手掌心在馬頭上輕輕拍了拍，「你回去。」

馬兒長嘶，轉身。

嵐顏不禁佩服蘇逸，他居然連封千寒的禮儀氣度都算計在了裡面，若不是蘇逸坐著輪椅，任何人如此請封千寒，他都不會讓馬兒回轉，可若要照顧蘇逸的行動不便，封千寒一定不會讓馬兒跟隨在旁，這是大家的風範，卻成了蘇逸為嵐顏創造的機會。

封千寒陪著蘇逸走了，嵐顏也追著馬兒而去，看著那火紅的身影，她也不確定如今的自己，是否還能讓牠記得？

她身體一縱，落在馬兒的背上，那馬兒身體猛地一震，似乎想要把她抖下來，嵐顏已經出聲：「老朋友，還記得我嗎？」

馬兒發出一聲長嘶，彷彿在回應她的話。

嵐顏的手撫上牠的鬃毛，「不虧是天下靈物火浪馬，才不過一天的友情，事隔三年，你居然還記得我。」

馬兒又是一聲長嘶，前蹄彎曲，跪了下來。

牠在告訴她，她是第一個征服牠的人，牠會一直忠誠於她。

「還記得那夜你帶我去的山間嗎？」嵐顏拍撫著牠的頸項，「帶我回去。」

馬兒再度發出一聲長嘶，撒開四蹄，帶著嵐顏乘風而去。

青山漫漫，藤蔓層層，馬兒在山中跳躍，當嵐顏再度看到那一層層厚重的藤蔓時，她的心開始跳躍了起來，越跳越快。

跳下馬背，嵐顏拍拍牠的頸項，「謝謝你了，老朋友。快回去，不然可就被他發現了。」

馬兒發出一聲長嘶，轉身撒開四蹄離去。

嵐顏目送著牠漸漸消失在視線中，這才伸手撥開藤蔓。

在伸手之前，她還有些忐忑，忐忑這三年間，有人發現了這個地方，有人先她一步拿走了妖丹，帶走了妖霞衣。

可當手撥上藤蔓的一瞬間，她的心忽然安定了，因為那一股溫暖的氣息，讓她彷彿回到了家一般。

妖族的人，對妖丹的感應力，讓她一瞬間知道，秋珞伽的妖丹，還在。

她緩緩走入山洞，藤蔓在身側落下，她置身於這妖丹氣息濃烈之處，通體說不出的舒適。妖霞衣就在眼前，依舊鮮亮濃豔。

嵐顏的手抬起，妖霞衣落入她的手中，輕柔薄透的手感中，她輕輕撫摸著，慢慢張開雙臂。妖霞衣緩緩覆上她的肩頭，頓時有一種說不出的熟悉感，嵐顏的手撫上那衣衫，彷彿尋回了故友一般。

手腕再抬，那枚妖丹緩緩落入她的掌心中。

她握上妖丹，感受其間凝結著的真氣，可此刻的她，握住的不僅僅是妖丹，感受到的也不僅僅是真氣。

有張揚、有機敏、有通透，也有哀傷，那似乎都是秋珞伽的情感，但那些情感，都只是秋珞伽的一部分，她感受最深的是堅定濃烈的愛。

此刻的她，比三年前更加能領略秋珞伽的心思，因為現在的她才真正懂得了為愛癡狂，遙想當年的秋珞伽，若是她嵐顏有這能力，也必然會做出這樣的瘋狂舉動吧？

屠一城，為一人。若天下棄你，我願為你棄天下。

鳳逍之仇，她一定會報。鳳逍之魂，她也一定會找回來。

自己那枚小小的妖丹已經追隨著鳳逍的魂魄而去，秋珞伽的妖丹，她嵐顏就此收下了。

嵐顏盤膝而坐，她手中握著那枚妖丹，心念合一，讓自己的氣息包裹起那枚妖丹。

妖丹是千百年的精氣所化，有著主人的精魄意念，若那麼容易為人煉化，蘇家也就不會那麼受人崇敬，正是因為若煉化不當，妖丹會自碎，期間的精氣更不容易被人化歸己用。

即便她是妖，想要吸收別人的妖丹，也不是輕易能做到的事，更何況還是秋珞伽的。

但是當她的氣息一凝上妖丹，那妖丹中的精氣就彷彿找到了夥伴一樣，狂熱地朝她洶湧而至，浪潮一般撲入她的筋脈中。

很濃烈也很狂熱的氣息，但卻沒有其他勁氣入體時的凶猛，即便是白羽那精純萬載的真氣，在進入她身體的時候，她都會有不適的感覺，但是這秋珞伽的妖丹，在她筋脈中的湧動，就像是久別的遊子回家一樣，快樂地跳動、釋放著。

這完全交融的感覺，連嵐顏都驚訝了，竟然沒半點不適，只有濃烈而洶湧的充盈，不斷填充著她的筋脈。

她閉上眼睛，將自己完全融入其中，感受著每一縷律動，也感受這妖丹中年年月月積累下的秋珞伽的情感。

人，始終保持著打坐的姿勢，彷彿是神智的沉凝，但那妖異的紅色衣衫，卻開始閃動著流光，而她的臉上，緊閉的雙目中，緩緩淌下淚水。

時間猶如靜止，若不是那兩行不曾停歇的眼淚。

也不知過了多久，嵐顏終於睜開了眼睛，而此刻她的眼眸中凝結著沉穩、成熟，甚至還有歲月印痕中的滄桑，眸光閃亮，卻已褪去青澀，只留下睿智和堅定。

那張面容，竟也彷彿多了豔麗與魅惑，讓人挪不開眼睛。

她輕輕地站起身，抬起手腕，指尖清透修長，柔若無骨。手指慢慢撫過身上的衣衫，幽幽的一聲嘆息：「兩百年了，我竟在這麼久之後，才找回來。」

豔麗的紅唇微啟，妖丹從口中飛出，懸停在空中，滴溜溜地打了個轉，又重新回到她的口中，消失不見。

「鳳逍……」那兩個字從她口中吐出，有著說不出的悲傷，「為什麼，為什麼我竟然沒有想起來？為什麼竟然要等到你來找我？鳳淩寰宇，逍遙九天。淩寰……我曾為你而戰，卻又再一次失去了你。我竟然傻傻地問你，既然自己是妖，為何不會幻化妖身，你為何瞞我、為何瞞我？」

紅色的妖霞衣飛舞，如張揚的烈火，騰空而舞，她的髮絲在空中飛揚，手指張開中，慢慢化為厲爪。

當那身體趴伏下，紅色的巨大身體後飛起九條毛絨絨的狐尾，妖氣升騰中，凌空擺動著。

九尾，妖王的標誌。

那眼眸，也在一瞬間變得魅惑妖嬈，卻又殺氣濃烈。

身形再幻，女子之姿重現，豔麗的唇角勾起，「兩世之仇，我豈能隨意放下，淩寰，等我帶著那劍鑾的性命來鑄你的魂魄。」

腳步輕移，女人優雅而妖媚的姿態緩緩踏出這山洞，遙望天邊的淺淺藍色，風拂起她的髮絲，她抬起眸光，冷笑中清澈的聲音飄飛，「看來這擂臺，我不能不戰了。」

番外

人妖殊途，情意同道

紅衣的女子躺在褐色的大石上，懶懶地翻了個身，暖暖的陽光打在臉上，說不出的舒適，讓人連翻個身的力氣都沒有。

紅色輕紗順著大石滑下，一條潔白的長腿曲著，白皙粉嫩的腳趾輕輕地撓了撓光滑的石面。

她喜歡陽光，更喜歡躺在這大石上曬太陽。不，她也喜歡曬月亮，日月的靈氣會增進妖丹的運轉，讓她的真氣越來越強大。

她是妖族的人，具體的說，她是妖族的王。而這裡，是屬於她的妖族之地，她一個人休憩的地方。

她懶，而身為妖王自然是沒什麼時辰可以偷懶，能在這裡擠出幾日的悠閒，已是太難得了。

沒有任何人打擾，也沒有長老們的聒噪，簡直太舒服了，她覺得自己不僅身體懶，就連骨頭都懶了。

清靜的日子真好，沒有不斷催促自己找夫婿的話語，沒有不斷推到面前的男人，沒有各種妖界愛慕的眼光。只有陽光只有流水，只有青青的綠草，只有那空氣中飛舞的狐尾花。

不就是不選夫嘛，有必要整天追在屁股後面吵嗎？到底誰是妖王啊？

想起那一群老人家，某人柳葉長眉皺了起來，一聲輕柔的嘆息飄蕩在空中。

沒錯，身為妖王，到了她這個年紀還未成親的確有些怪異，可是這能怪她嗎？沒有遇到能讓她妖血沸騰的男子，她也沒辦法。

妖血也好，妖氣也罷，她知道那取決於自己的心，簡單的說，也就是沒有男人能讓她動心，讓她想要開口奪取他的血液，讓他的血與自己妖氣融合，結為夫妻。

於是一拖再拖，轉眼百年已過，那群老妖怪自然也不肯放過她了。

纖纖玉指撫上額頭，她的唇角微微勾了下，是無奈的苦笑。不過那豔紅的唇色，幾分慵懶的姿態，讓她渾身上下都充滿了一股風情，勾魂攝魄的風情。

她是妖，幾百年的老妖，自然渾身上下妖裡妖氣的，某人又是無聲地笑了下，長髮隨著手的姿勢飛起幾縷，落在生長的嫩草上，狐尾花在風中飛舞，隨著她手指的動作，幻化無數個圈，她清脆地笑出聲，亦是同樣嬌媚異常。

她愛紅，喜歡豔麗如血的顏色，就如同她的性格一樣，如火、如陽。偏偏這樣炙熱的顏色下，她的性格卻是喜靜，一片碧綠的山水修竹與淺溪，是她最喜歡住的地方。

這數百年來，她在人間最為幽靜的山水之處布下妖陣，封藏了那秀麗的一角，翠竹搭建的茅屋，粗糙卻又精緻，與山水相融，靈氣滋生著她的懶勁。

每年，她都要尋這麼一兩處地方，為自己建一間小屋，住上一段時間，只要妖族的事讓她累了，便住上幾日，遠離所有喧鬧。

不過也只能偷幾日懶，她畢竟還是妖族的王。她要護衛著自己的子民，她要為他們的安全負責。

想想剩餘能偷懶的日子，似乎只有三兩日了，這種安寧，不知道下一次會是什麼時候才能享受到？

除非……她找個王夫，或許那些長老們會放她多一點時間吧？

算了，與這個不切實際的想法比起來，她還是寧可多累些。

她執起身邊的那一桿翠竹，遠遠地甩出魚絲，看著魚鉤劃出漂亮的弧度落入水中，激起小小的漣漪。

她在石上翻了個身，舒服到懶得睜眼。

這個地方，是她尋找到的十數個人間幽靜之地的其中一個，也是她最偏好的一處，尤其這溪水邊的大石頭，簡直就是天生的石床，躺在上面享受著清新的風，小溪就在腳邊潺潺地流過，嘩啦啦的水聲伴隨著好夢，當真是人間樂事。

過幾個月，就去那幽靜的竹林住上幾日吧，她愛極了那竹屋，那四面的輕紗飛舞中，連陽光也溫柔了起來。

某人如是想著。

忽然，她那彎彎的眉頭皺了下，拇指食指微扣，一縷勁風從指尖彈了出去。

「叮。」空氣中傳來一聲輕微的響動，她那弧度優美的唇角微扯了下，垂下了手指，那雙眼眸始終未曾睜開。

「看來，我是侵入了妳的私人領地。」遠遠的聲音傳來，溫文又沉穩。

「能入我這妖界封印，你身上有火碎珠吧？」她慢悠悠地開口，就連聲音也是懶懶的。

「這就是妳對我出手的原因？」那聲音帶著笑意，似乎對她的出手並沒有太大的惱怒。

她的手指輕輕抬在空中，晃了晃，白皙的修筍幾乎被陽光穿透，「能擁有火碎珠的不是普通人，我是好奇，看到火碎珠碎裂、明白自己侵入妖界，卻還要繼續前行的人，究竟有什麼來支撐這分膽量而已。」

「所以妳好奇之下想試探我，看看我的斤兩？」那聲音輕柔中帶著笑，朝著她緩緩而來，「妳剛剛的出手並沒有殺氣，似乎並不討厭我的侵入。」

「聰明的人。」她唇角邊的笑意也大了，「不過不是我討厭不討厭，而是懶不懶的問題，更何況，你也沒有殺意，畢竟人妖殊途，見面拔劍相向的人太多了，難得的是你身上也沒有殺氣。」

她出手沒有殺氣，就是這個原因，反而也是因為這個原因，讓她出手。

說起來有點怪異，可偏偏就是這樣的理由。

人與妖之間，本就是勢不兩立的對手，尤其是人類，為了讓自己可以提升修為或是活得更長久，但凡看到妖的存在，就會立即出手奪取妖丹。這樣的廝殺早已延續千年，幾成了定律。

而他闖入了妖界，卻沒有殺氣，確實讓她好奇，那一指的試探，已讓她破格了。

畢竟，她現在是以懶為目的地休息。

她是妖，卻不是喜歡殺人的妖，尤其在懶得動的時候。他既然沒有殺氣，試探一下功底就行了。

「那妳試探完了？」他的聲音很近，一片陰影遮擋了陽光，打在她的身上。

「嗯。」她依舊閉著眼睛，聽著潺潺流水，手中的釣竿動了動，她隨手一抬，一尾魚兒順著魚線躍出了水面，帶起一片波光淋漓，落在他的腳邊。

「我隨手一指，你就能判斷出我的力量和勁道，幾乎是同樣的內息，完全抵消我的真氣，一點都不多，一點也不少。」她的聲音緩慢得彷彿要睡著了，「僅憑這一點，就是我見過的最頂尖的高手。」

她沉默了下，又一次緩緩開口：「只怕在人間已是極致。」

何止人間，即便是百年妖物，也沒有人是他的對手，就連自己……

第一次，有人讓她無法判斷勝負輸贏。

「更可怕的是，你身上沒有妖靈的氣息。」

沒有妖靈的氣息，證明他從未掠奪過妖丹成為自己練功的助益，那他所有的武功，竟然是靠自己練出來的。

這男子，怕是人間的絕世奇才。

「這，難道不是開心的事嗎？」那人影俯下身體，拎起了自己腳邊拍打跳動的魚兒，隨手解下了魚鉤。

呼喇聲傳入她的耳內，她又輕輕地笑了，那魚兒好像又被他丟進水裡了。

「是啊，真是讓人開心的事。」她歎息著。

這樣的人不是敵人，的確是讓人開心的事，她每年都這麼累，可不想再多一個難纏的對手。

「可是我忽然間，覺得這不是讓人開心的事了。」他的回答藏著深意。

她的唇角抿出一縷妖異的笑，彷彿是因為這話而開心，「想與我成為對手？」

「是的。」那聲音輕柔，溫潤。

就像，那大石頭下的水流，緩緩繞著她的耳畔打轉。

他不僅是個練武的奇才，也是個心機中的絕世毓秀人物，兩個人之間誰也沒有把話說破，卻都明白彼此的意思。

他未曾殺過妖族的人，身為族長她應該開心，畢竟沒人願意與他這般的人物為敵。可他想要成為她的對手，因為唯有成為對手，才是最瞭解對方的人。

他想要瞭解她……

短短三句話中，繞了太多層的意思。

「現在，難道不是對手了嗎？」她笑出聲，那齒咬上唇瓣，白如珍珠的貝齒，在陽光下閃爍著光華。

「是。」他短短一個字，讓她的心中起了異樣的感覺。

言語能夠交鋒，能夠彼此過招，不也是對手嗎？

百年來，朋友難求，知己難求，動心的人難求，便是敵人……亦難求。

數百年，她不枉白等。

「對手過招，不是應該先報上名字嗎？」她的手指慢慢撩過髮，紅色的衣袖順著白皙的皓腕滑下，露出柔膩雪白的一截，聲音悠悠慢慢，半點不像過招前的樣子。

「我的名字妳應該猜得到。」

「就像你輕易猜到我是誰一樣。」她歎息。

這樣的人物，若是猜不到，便是蠢貨了。

「名是報給別人的，私人的號給妳如何？」他和煦的聲音，就如同他此刻的語調，總是讓人暖暖的。

她嘴角的笑意更大了，慢慢地道出八個字：「鳳淩寰宇，逍遙九天。」

「這也被妳猜到了。」他的聲音裡有著藏不住的欣喜與釋然，也彷彿是久違的等待，終於等到了他要找的人。

「鳳逍。」她輕輕地念著這兩個字，「比淩寰少了霸氣，多了肆意。」

世人只道封淩寰，鳳逍這兩個字，卻是他心中所思所想。唉，又一個與她一樣，希望能縱情山水間的人。

那始終輕闔的眸子慢慢睜開，露出了一雙秋水凝眸，媚色妖嬈，風情優雅，慵懶轉動間，停留在那碧色的俊秀手姿上，紅豔的唇慢慢開啟，「秋珞伽。」

無論等待多久，無論人妖殊途，該屬於彼此的，終究會出現在對方的面前。

（完）

星光熠熠，在晴空之下愛得閃閃發亮～

晴空首次與 POPO 原創網合作舉辦

決戰星勢力主題徵文比賽活動預告

活動名稱：決戰星勢力之偶像經紀人徵文比賽

主辦單位：晴空出版、POPO原創網

活動時間：2015/6/1～2015/6/28

報名辦法：2015/6/1起，於POPO原創網（http://www.popo.tw）決戰星勢力徵文活動專區報名，並完成線上創作及作品張貼。活動網址將另行公告。

活動辦法：

1. 請參賽者扮演偶像經紀人的角色，從指定的10位候選角色中，挑選1～3人組成偶像（團體），並為該偶像（團體）創造引吸人的故事。候選角色資料請見晴空blog的活動公告。
2. 偶像（團體）一定要從指定的10名角色中挑選，但可以再加入自行原創的角色（例如：經紀人、競爭對手、女主角……等等）。
3. 體材不拘，不論是愛情、奇幻、推理、恐怖、BL……皆可，只要角色有魅力、故事吸引人閱讀，不論什麼體材都歡迎。
4. 活動於6/28（週日）凌晨截止，參賽作品要達到以下闖關標準，方可進入編輯評選階段：

   (1)點閱1000以上、(2)收藏40以上、(3)珍珠30以上、 (4)心得留言40則以上（字數不限，只計算數量）、(5)總字數達6萬字以上

   ※上述統計方式，以POPO原創網線上數據為基礎。
5. 獲得優勝作品須達字數8萬字以上方可出版，因此參賽作品可於連載期間把整部作品連載完，或是取得優勝通知後把字數補齊。但若未達闖關標準的6萬字以上會直接進行淘汰。

活動獎勵：優勝作品，將可獲得晴空出版實體書的機會。

提醒事項：

1. 本活動由晴空出版與POPO原創網合辦，所有相關活動辦法與進度會同步公告POPO原創網(http://www.popo.tw)的活動頁面以及晴空blog：http://sky.ryefield.com.tw
2. 本消息為活動預告訊息，詳細辦法請以2015/6/1活動上線之辦法為準。
3. 由於開放報名時間有限（2015/6/1～2015/6/28），有興趣的作家朋友，可以開始全力準備囉～

快來吧！
錯過就只能等明年囉！

晴空家族
2014 集點活動開麥拉

超值好康獎不完，千萬別錯過！

為慶祝晴空家族成立，麥莉莉要來舉辦好康大放送的活動了！凡購買晴空家族 2014 年 11 月底至 2015 年 3 月底出版之指定新書，集滿任 10 本書腰或折口截角上的「晴空券」，就有機會獲得晴空家族 2015 全新推出的獨家限量好禮，一年只有這一次，機會難得，請快把握！

活動辦法

請於 2015 年 4 月 15 日前〈郵戳為憑〉，剪下晴空家族指定書籍內附的「2014 晴空券」10 點，貼於明信片上，並於明信片上註明真實姓名、電話、年齡、學校〈年級〉或職業別、住址、e-mail，寄送到 104 台北市中山區民生東路二段 141 號 5 樓「晴空家族 2014 集點活動收」，就能參加抽獎。

獎品

【名額】以抽獎方式抽出 20 名幸運讀者

【獎品】送晴空家族 2015 年書展首發新書周邊精品。

【活動時間】於 2015 年 5 月 5 日抽獎，5 月 15 日在「晴空萬里」部落格公布得獎名單，並於 6 月 1 日前寄出獎項。

注意事項

1. 單書的「晴空券」限用一張，如同一本書重複寄了兩張以上晴空券參加抽獎活動，將以單張計，不另行寄還，如晴空券不足 10 張，將視同棄權。
2. 主辦單位保留隨時修正、暫停或終止本活動之權利，如有變動將另行公布於「晴空萬里」部落格。
3. 活動辦法及中獎名單以「晴空萬里」部落格之公告為準。
4. 本活動獎品之規格及外觀以實物為準，網頁／書封／廣告上圖片僅供參考，獎項均不得轉換、轉讓或折現。

主辦單位保留更換活動書單與等值獎品之權利。

【預定參加書單】

漾小說	綺思館		狂想館
沖喜 1-5（完）	喂，別亂來（上、下）	娘子說了算（上、下）	縷紅新草（上）
許你盛世安穩（上、中、下）	出槌仙姬 1-2	夫君們，笑一個 1	超感應拍檔（上）

綺思館006

夫君們，笑一個（2）

情竇終於開

國家圖書館出版品預行編目資料

夫君們，笑一個2 / 逍遙紅塵著. -- 臺北市：晴空出版：家庭傳媒城邦分公司發行,
2015.04
冊； 公分. --（綺思館006）
ISBN 978-986-91602-3-0（2冊：平裝）

857.7　　104003743

作者　逍遙紅塵
封面繪圖　柳宮燐
文字校對　真儀
責任編輯　高章敏
國際版權　吳玲緯
行銷　陳麗雯　蘇莞婷
業務　李再星　陳玫潾　陳美燕　枡幸君
副總編輯　林秀梅
副總經理　陳瀅如
編輯總監　劉麗真
總經理　陳逸瑛
發行人　凃玉雲
出版　晴空
城邦文化事業股份有限公司
104台北市中山區民生東路二段141號5樓
電話：（886）2-2500-7696　傳真：（886）2-2500-1967
E-mail：bwps.service@cite.com.tw
發行　英屬蓋曼群島商家庭傳媒股份有限公司城邦分公司
104台北市中山區民生東路二段141號2樓
書虫客服服務專線：(886)2-2500-7718；2500-7719
24小時傳真服務：(886)2-2500-1990；2500-1991
服務時間：週一至週五09:30-12:00；13:30-17:00
郵撥帳號：19863813　戶名：書虫股份有限公司
讀者服務信箱E-mail：service@readingclub.com.tw
晴空部落格　http://sky.ryefield.com.tw
香港發行所　城邦（香港）出版集團有限公司
香港灣仔駱克道193號東超商業中心1樓
電話：852-2508-6231　傳真：852-2578-9337
E-mail：hkcite@biznetvigator.com
馬新發行所　城邦（馬新）出版集團【Cite(M)Sdn. Bhd.(45832U)】
411, Jalan 30D/146, Desa Tasik,Sungai Besi, 57000 Kuala Lumpur, Malaysia.
電話：(603) 9056-3833　傳真：(603) 9056-2833
美術設計　薛妤涵
內頁排版　洸譜創意設計股份有限公司
印刷　鴻霖印刷傳媒股份有限公司
初版一刷　2015年4月
定價　260元
ISBN　978-986-91602-3-0